「……何がなんだか
わからないんだけど
……ここはどこ？」
異世界転移者
ユウリ・フジカワ
（富士川悠里）
不運な事故から異世界転移した警備員。前向きな性格で、しっかり者だがちょっと能天気なところも……。
警備嬢は、異世界でスローライフを希望です
～第二の人生はまったりポーション作り始めます！～

ポーションを作ったり、

美味しいごはんを
食べたり
異世界を満喫中！
国王近衛団・団長
レオナルド・
ゴディアーニ
見た目は強面だが心優しく
真面目で頼りがいもあり部
下に慕われている。
メルリアード男爵でもある。
神獣
シュカ
白狐。酒が入るとフェンリル
のように身体が大きくなる。

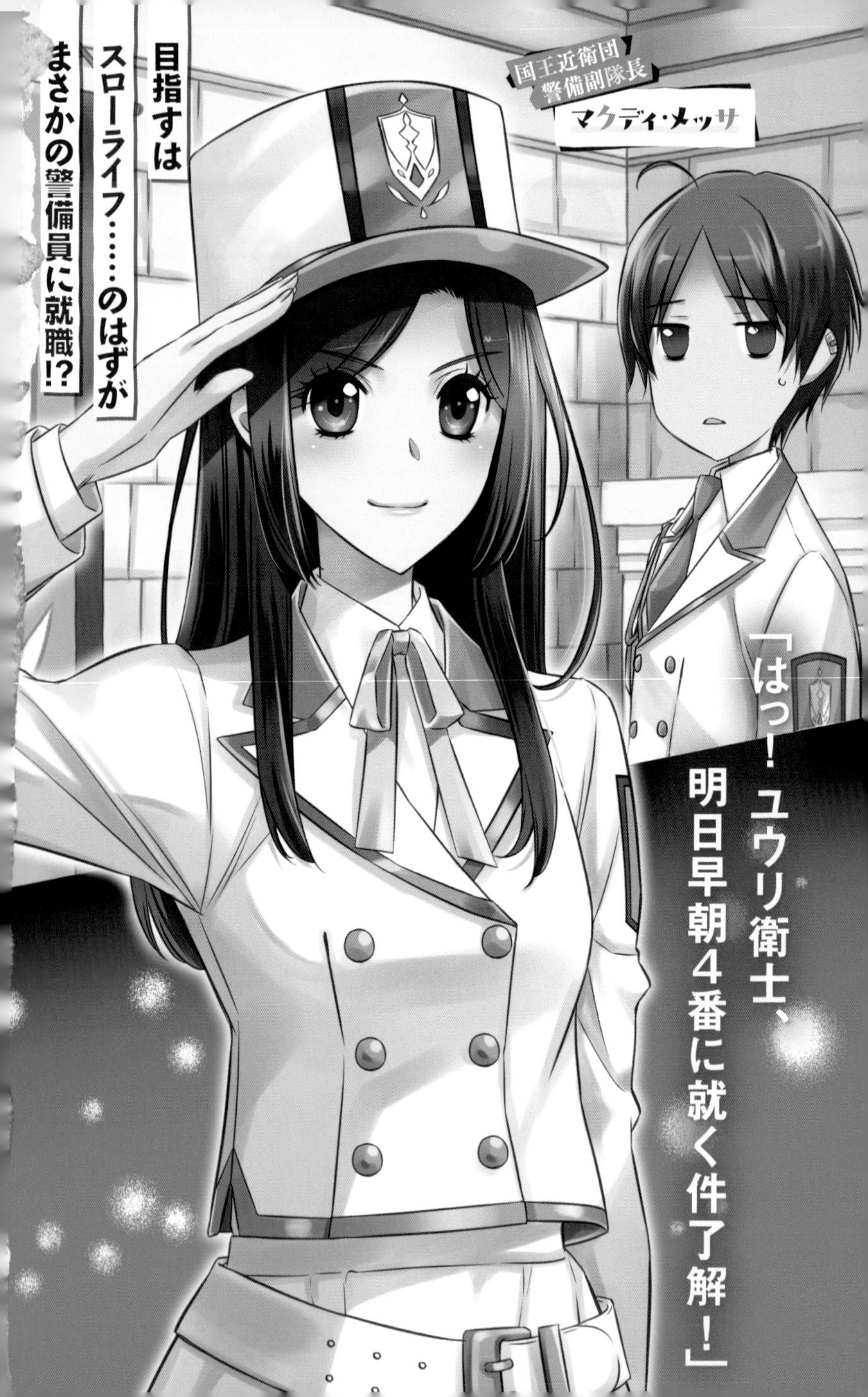

目指すは
スローライフ……のはずが
まさかの警備員に就職!?
国王近衛団
警備副隊長
マクディ・メッサ
「はっ！ユウリ衛士、
明日早朝４番に就く件了解！」

# 警備嬢は、異世界でスローライフを希望です

## ～第二の人生はまったりポーション作り始めます！～


くすだま琴

イラスト ぽぽるちゃ

口絵・本文イラスト
ぽぽるちゃ

装丁
ムシカゴグラフィクス

keibijou ha, isekai de slowlife wo kibou desu
~daini no jinsei ha
mattari portion dukuri hajimemasu!~



# contents

本書は、二〇二〇年にカクヨムで実施された
「第5回カクヨムWeb小説コンテスト」で異世界ファンタジー部門特別賞を受賞した
「警備嬢は、異世界でスローライフを希望です ～おいしいお酒とおつまみともふもふ付きでお願いします～」
を改題・加筆修正したものです。

# プロローグ　申し子、落ちる

どこにでもいるような普通の警備員だったあたしは、あの時、転落事故で死んだのだ。多分。

嗚呼《ああ》、焼き鳥で一杯を楽しみにしていたのに――――！


一年に一度、現任《げんにん》研修が本社で行われる。

本社ビルの会議室で座学座学座学と六時間。

基本動作の確認も一通りあるけど、ほんのちょっとね。

不審者対応の実技練習とか、もっと多くてもいいと思うのよ。施設警備って、時々変わった人を相手にするから。

この現任研修、違う場所へ配置されている同期と会えるのがちょっと楽しみだった。

今回も、二歳下で同期の乃吏子《のりこ》と未希《みき》がいっしょだったから、帰りは飲みに行こうと思っているのよ。

先月は休みが二日しかなかったし残業もかなりあった。人が足りないのはわかるから仕方ないけど、帰りに一杯飲んで憂さ晴らしくらいしてもいいと思うの。

どこに飲みに行こうかなぁ。

本社に来た時じゃないと行けないお店も多いから、悩む。

スペインバルとかオイスターバーとか、地鶏《じどり》の串焼《くしや》きで一杯もいい。

そんな想像でニマニマしていたのに、昼休憩になった途端。

「未希。ちょっと、顔貸しなさいよ」

「望むところよ」

と、二人は外の非常階段へ出て行ってしまった。

もちろんあたしも後を追って外に出る。

あなたたち仲悪かったっけ？

思い出そうとしてみても、配属場所が違う人たちの話はなかなか耳に入らないものだし、前回いっしょになった時は普通に飲みに行った記憶がある。

ビル風吹きすさぶ本社ビル五階の非常階段。なんかもう嫌な予感しかしない。

「あんたエリアマネージャーとデートしたって言いふらしてるらしいじゃないの」

「言いふらしてるってなによ。ええ、デートしたわよ。ご飯食べに行ったわ。それがなに？」

「ただ休憩時間に食事に行ったくらいでなんでデートとか言ってんの⁉　あたしだってそんなの行ってるわよ！　彼女気取りもいい加減にしてくれない⁉」

ほほぅ、エリアマネージャーの取り合いってことか。

彼ねぇ……仕事を円満に進めるためにって、食事しながら現場の話聞いてくれるのよね。社食でだけど。

感じもいいし最近は頼れる男っぽくなってきたし、モテるのもわからなくはない。あたしはもっと筋肉ついてる方がいいけど。

「前からあんたのことは気に入らなかったのよ！」

「あんたこそ目障りなのよ！」

どんどんヒートアップする二人に、割って入ったのが良くなかった。

「まぁまぁ、二人ともそんなに熱くならずにね。ここ外から丸見えだし、五階だし危ないから中で落ち着いて……」

「うるさい！」

「悠里《ゆうり》さんはひっこんでてください！」

「いやいや、そういうわけにもいかないでしょ……！」

三人で揉《も》み合ったはずみに、勢いよく後ろへよろめいた。

体を支えようと手すりによりかかろうとしたけど勢いがあり過ぎて、あたしは下り階段の柵《さく》に背面飛びを決めていた。

あ――――――。

驚愕《きょうがく》の表情で見下ろす二人。それがあたしの日本で最後の記憶となった。

◇◇◇

ドサッと体が地面に叩《たた》きつけられる。

死ぬ死ぬ死んだ！　死んだから！　痛いのは嫌……!!

お尻《しり》から落ちてギュッと目をつぶって丸まっていると、上から声が降ってきた。

「――――ねえちゃん！　大丈夫!?」

「大丈夫じゃな……ん……？」

「ねえちゃん！　起きられるか⁉　ここ馬車が通るから寝てると危ないんだよ！」

必死な声に目を開ければ少年が見下ろしていて、目を開けたあたしを確認すると腕をひっぱって起こした。

「立てるか⁉」

「……大丈夫、かも」

腕を取られて、壁沿いの木立へと連れて行かれる。

「ここなら安全だ。座って休んでも大丈夫だぞ」

木陰になっている芝生の上に座り込むと、さっきあたしが倒れていたあたりを本当に馬車が通っていった。危ないところだった……！

馬車はその先の空きスペースで停《と》まった。他にも馬車が何台か並んで停まっている。駐車場……いや、駐馬車場？

手入れの行き届いた広い広ーい庭。

美しい芝が生えそろい、馬車の通り道にはウッドチップ。それを挟み込むように石畳が敷かれており、ロータリー中央では噴水がキラキラと水を振りまいている。

その向こうに、お城のような大きく立派な石造りの建物が建っていた。

前側の低めの棟が背後の高い建物に繋《つな》がり、その中央の三角屋根が空へそびえ立っている。


――――――これ夢？

転がった時に打ち付けた腰やお尻は痛いから、夢ってことはないと思うんだけど。

あたし、さっき五階から落ちたわよね。ちょうどあの建物の最上階くらいから。そりゃ死んだでしょ。だって、五階からよ。二人ともすごい顔して見てたもの。ほんのちょっと前のことだし、覚えてる。

ってことは、もしかして天国？　そうか、死んでも痛みってあるものなのね。っていうかそれ地獄？

そろそろ現実を見よう。

ここ一体どこよ――――？

ちらちらとこっちを気にしながら立っている少年に、声をかけてみた。

「……ねぇ、キミ。さっきはありがとう」

話しかけられると思わなかったのか、びっくりした顔で恐る恐る近づいてくる。地獄の獄卒《おに》ではなさそうだ。

背の高さや顔の雰囲気からすると中学生か高校生くらい。

髪の毛は短く刈られ、柔らかそうな白い開襟シャツに茶色のボトムというこざっぱりとした恰好《かっこう》をしている。

「……いや、いいんだけどさ。ねえちゃんこそ、大丈夫か？　さっき馬車道の上が光ったと思ったらねえちゃんが出てきてさ。あれ、どういう魔法なんだ？　この王城には魔法で転移《アリターン》できない結界が張ってあるのに」

魔法！　転移《アリターン》！　結界！

異世界ワードがいっぱい出てきたわよ！

あたし異世界転生した⁉　悪役令嬢なの⁉　手を見れば、短く切った色気のない爪にかさかさ指の見慣れたものだし、服は警備の制服のまま。どう見ても悪役令嬢という感じではない。

じゃ、召喚なの？　聖女ってガラではないけど、やぶさかじゃないわよ。

「……あたしにも何がなんだかわからないんだけど……ここはどこ？」

「ここはレイザンブール城の前庭だよ。オレは厩務員《きゅうむいん》のルディル。ここで馬車の馬の世話を手伝ってんだ。ねえちゃんは？」

「あたしは富士川《ふじかわ》……悠里よ。ユウリ」

「ユーリか。ユーリはどこから来たんだ？」

「どこって……日本って国だけど」

「ニホン……？　聞いたことないな」

まぁ、そうでしょうね。あたしも、レイザンブール城なんて聞いたことないもの。

一瞬視界が陰り見上げると、上空を長ひょろい生き物がゆるゆると横切っていった。

お寺の天井に描かれている竜とか麒麟《きりん》とかそんな感じの生き物。

ポカンと口を開けて見ていると、ルディルも上を見て笑った。

「あ、野良《のら》の飛竜だ。この辺にいるの珍しいなぁ」

「のらのひりゅう」

「他の国から来たなら知らないかもしれないけど、街の外は結界がないから竜を見たら木の下とかに隠れないとだめだぞ」

「えっ、そうなの？　あそこから襲ってくるとか⁉」

「いや、フンが降ってくるから」

「ふんがふってくる」

「当たりどころが悪いと死んじゃうからな」

……マジか。

確かにあの高さから落ちてきたらただじゃすまないかもしれない。

空飛ぶ竜自体を受け入れられてないのに、フンの落下の加速度について考える妙に冷静な自分がいた。

一体これはどうなっちゃっているのか。

途方に暮れながら、あたしは小さくなっていく飛竜をただ目で追っていた。

# 第一章　申し子、捕まる

一人晩酌しながらスマホをいじるのが、日々の楽しみだった。

つまみをいくつか作ってワインをちびちび飲みながら、動画見たりマンガやら小説を読むのは至福の時間よ。

悪役令嬢モノも好きだけど、異世界転移してスローライフする話も好きだった。

あまりにも毎日殺伐と仕事していたから、小説に描かれるスローライフはまさに理想の世界。内政だとか生産チートだとか、いい！

趣味と実益を兼ねた酒屋とか憧《あこが》れるわ。チーズやナッツとワインを売るの。で、時々裏稼業で冒険者とか。だってダンジョンとかも行ってみたいし。

そういえばスマホは⁉　と思ってポケットを触ってみると、どうやら入っているっぽい。割れてもいないみたい。異世界で使えるわけないけど、手放せない大事なものが手元にあったことにほっとした。

ついでにあちこち触って確認してみる。よく見ると、制服に標章《ワッペン》が付いていなかった。ただのツートンカラーのシャツとスラックスになっちゃっているし、微妙に肌触りも違う気がする。

腰の装備品も違っている。仕事の時に身に付けている伸縮式警戒棒のホルスターが、黒から白に変わっている。そしてなんとなく細く長い。

なんか変化してる……？

中身を確認しようとした時、視界の端に捉《とら》えたのは、白い服の人たちが歩いている姿だった。

よく見ると、軍服のような白のキラキラしいダブルジャケットを着た三人が、こちらに向かってきている。

「……ルディル、なんか来ない？」

「……警備隊だ」

ルディルはチッと舌打ちをした。

あたしは視線を外さず、立ち上がった。

「やっぱり変な所から現れたのがまずいわよね。逃げた方がいい？」

「ユーリは悪いことしてないだろ。逃げなくていいよ。――きっと、団長が助けてくれる」

団長？

聞き返したかったけど、三人はもうすぐ近くに来ていた。

白い制帽の下の表情はなんだか好意的な感じではないし、付き従っている二人は槍《やり》のようなものを手にしている。

ええ？　槍⁉　棒でいいじゃない棒で！　警戒棒か警戒杖《じょう》、せめて刺股《さすまた》でよくない？　槍じゃ刺したら死んじゃうわよ！

金ボタンキラキラ白制服のお腹《なか》がぽこんとした、タヌキみたいな黒縁眼鏡の男が口を開いた。

「――娘。城の結界を破って現れたのはお前ですか」

「違う！　ユーリは知らないで来ちゃっただけで、結界を破ったとかじゃない！」

「うるさいです。お前には聞いてないですよ。答えなさい、娘」

「……結界を破ったかどうかは知りませんが、そこに現れたのはあたしです」

「やはりそうですか。――娘、手を挙げなさい！」

両手を挙げると、タヌキみたいな男が腰の棒へ手を伸ばしてきた。

あーもう！　仕方がないんだけど！　こんな男に触られるなんて気分悪いなっ！

手がホルスターへ触れそうになった時、バチッ‼　と特大静電気のような音がした。

「ギャッ！！！！」

男は自分の手を押さえながら、後ろに飛《と》び退《の》く。

槍男たちもザザザッと後ろへ下がっていったわよ。

本格的に腰の棒は変わってしまっているみたい。でも、棒！　ナイスガード！　いい仕事！

「――怪しげな武器を持ちやがりますね……まぁこの城では魔法は使えないですから、魔法用の短杖《ワンド》くらいいいでしょう。ワタシは寛大な隊長ですからね」

引きつった顔でなんか負け惜しみを言っているわね。

「警備室に連行します！　おとなしくついてきなさい。お前たち、この女を逃がさないように」

「「はっ」」

――仕方がない。抵抗するつもりはないし。

黙ってついていこうとすると、ルディルがタヌキ男にくってかかり割って入った。

「待てよ！　ユーリは悪いことはなにもしてないだろ！　お前じゃ話になんない！　団長を呼べよ！」

そこは地雷だったらしく一瞬でタヌキ男の顔は真《ま》っ赤《か》に染まった。

そして勢いよくルディルに近づき、地面に突き飛ばした。

ちょっと、そんな子どもになんてことするのよ！

「ルディル……！」

差し出そうとした手が、槍の柄《え》で阻止される。

「城の警備は近衛《このえ》団警備隊の管轄です！　警備隊長であるワタシの管轄にあるのです！　近衛団長様のお手をわずらわせることではないのです！」

「ふざけんな！　ユーリ……！」

手を伸ばしてくるルディルに首を振って、大丈夫だという顔をした。

そしてそのまま罪人のように槍の二人に挟まれ、城へ連れて行かれたのだった。

◇◇◇

「──で、娘。この結界の守り固き城にどうやって転移《アリターン》してきたのです？」

それはあたしが聞きたいわけよ。

椅子に座らされているけど左右に槍持ちが立ち、前ではタヌキ男が偉そうに机に肘《ひじ》をついている。

「わかりません。気づいたらあそこにいたので」

もうこれ聞くの何度目よ？　わからない知らないって何度言っても聞いてくるんだけど。

同業者だしその苦労もわかるから協力してあげようと思ったけど、そろそろあたしの忍耐力も限界を迎えそう。

「どこの国の者です？　どんな目的で？　正直に言えばひどい目には遭わせませんよ」

優しそうな笑顔のつもりなのか、悪巧みするタヌキにしか見えない顔で覗《のぞ》き込んでくる。もうコイツの名前は悪ダヌキでいいわ。

何人かの元上司の顔が脳裏をよぎった。倒れなければ病気じゃないとか言ったあの上司も、そういえばこんな顔してたわ。いろいろ思い出したらいろいろイヤになって口をぎゅっと閉じた。

向かいの石造りの壁へ視線を移すと、鈍く光るプレートには紋章のような模様と『レイザンブール国王近衛団《ロイヤルガード》』と書かれていた。

さっきこの悪ダヌキ、近衛団警備隊って言ってた。で、コレが警備隊長。ルディルが団長を呼べって言ってたから、大きく近衛団というものの下に警備隊とかなんとか隊があるってことだろう。

そういえば耳元で目立つ銀色のイヤーカフ、横の二人も付けている。もしかして警備の通信機器なのだろうか。

向かいの悪ダヌキは何も言われないものだから、一人でベラベラとしゃべっている。

「――訳のわからない移民が大量に入り込んでいる時なのです。城の守りは固め過ぎるくらいでいいのですよ。ちょろちょろと本当に腹の立つ。お前もどうせ得体の知れない外国から来た盗人《ぬすっと》なのでしょう？　何を盗みに来たんです？　このワタシがいる限り、お前たちの好きにはさせませんよ？」

忌々しげにつぶやかれた言葉に、あたしはとうとうキレた。盗人ってなんだ盗人って‼　誤認で確保どころか、まだなんにもしてない人を盗人扱いするの⁉

ガタン‼

立ち上がった拍子に椅子が派手に倒れて、横に立っていた二人が驚いて離れる。

あたしは右手を左腰へ伸ばし、素早く警戒棒のストラップを手首へ通した。グリップを掴《つか》みホルスターから取り出す。ヒュッと振り下ろすと、二段階に伸びた棒は腕ほどの長さになった。

棒を掴んだこぶしを腹の前あたりに出し、中段の構えをしようとしたところで、あきらかに怪しく変化した棒に気づいた。

……なんかうちの棒、白いモヤを纏《まと》っているんですけど……。

元々はなんの飾りもないシンプルだったグリップエンドには、多面カット水晶のようなキラキラした物がついているし、グリップは無駄に派手な白色でいつの間にか鍔《つば》までもが出現している。

そしてモヤがモヤモヤ。

呪《のろ》われてるの？　ねぇ、これ呪われてるの⁉　もう持っちゃったわよ‼

その怪しさに、悪ダヌキも横の二人もめいっぱい後ずさりした。あたしも後ずさりたかった。

けど、チャンスだ。よし、逃げよう！

出入り口の扉へ向かって駆けるのと、扉の向こうがにわかに騒がしくなったのは同時だった。

（「――たのですが、光の申し子と思われる人物を連行して――」）

（「――それはマズイだろ――」）

ダン！　と手荒く扉が開けられ、そっちへ向かっていたあたしの体は、勢いよく入ってきた男の人に抱き留められていた。

「――――おっと」

大きな胸の中で見上げると、深い青色の瞳《ひとみ》と視線がぶつかった。日が沈んだ直後の空のような青。

そしてブランデーのような暗い琥珀色《こはくいろ》の髪が、顔を縁取っていた。たてがみのようにふわりとしてライオンを思わせる。

目を見開き驚いていた顔は、視線を前に戻した途端に獰猛《どうもう》な獅子《しし》となった。

誰《だれ》もが縮み上がるような恐ろしい顔で部屋を見回し、射殺できそうな視線を一か所に留めた。

「――グライブン・マダック警備隊長、これはどういうことだ？」

「団長！」

首を回して後方を見ると、悪ダヌキはガタガタッと立ち上がり、他の二人とともに敬礼をした。

この人が団長――――。さっきルディルが呼べって言っていた人だ。

「団長に報告するです！　前庭に不審な女が現れたため連行、取り調べをしておりました！」

悪ダヌキがそう言うと、団長の大きな体の後ろから声がした。

「警備隊長！　私は『光とともに現れた者あり、保護を』と伝えたじゃないですか！」

「結界を破って入り込んだ怪しい者に、なぜ保護が必要ですか」

答えた悪ダヌキに、団長はちょっとだけ口元を歪《ゆが》めた。

「グライブン。光の申し子についての通達事項は覚えているか？」

「なんのことでしょう？」

「……そうか。お前は通達書を一年分読み直し、終わり次第に近衛執務室へ報告に来ること。わかったな？」

「はっ！　通達書一年分読み終わり次第、近衛執務室に報告に行くです！」

団長はやっとあたしを抱えていた腕を緩めた。深い青色の目が覗き込んでくる。

「お嬢さん、大変失礼しました。場所を変えても構いませんか？」

もとよりこんな場所にいたくない。

ルディルの予言通り団長に助けられ、あたしは悪ダヌキの下から脱出した。

◇◇◇

立派な調度品が並ぶ部屋は、さっきのタヌキの部屋とは比べものにならないほど広く品良く整えられていた。奥の窓を背にするように大きな執務机があり、その手前に応接セットが置かれている。現在、あたしは革のソファに座り、向かいの大きくがっしりとした獅子……じゃなく団長と見合っている状態。

入り口横に、付き従ってきた白い制服制帽の青年が控えていた。

目の前の顔にさっきの鋭さはなく、真摯《しんし》な目でこちらを見ている。厳しい表情が無くなると、とても整った顔だと嫌でも気づいてしまう。

着ている黒のダブルのジャケットは、警備の白制服と色違いで、それがとてもよく似合っている。耳元の銀色のイヤーカフもあつらえたように馴染《なじ》んでいて、もうまるっきり外国映画の登場人物みたいだ。

その整った顔が困ったように眉《まゆ》を下げた。

「部下が大変失礼しました。私はレイザンブール国王近衛団《ロイヤルガード》の団長、レオナルド・ゴディアーニと申します。──怪我《けが》などありませんか？」

「……はい、大丈夫です。ゴディアーニさんとお呼びしたらいいのでしょうか？　ユウリ・フジカワと申します。どうしてこちらのお庭に来てしまったのかわからずに、ここにおります」

「私のことはレオナルドと。フジカワ嬢、あなたは多分『光の申し子』でしょう。この国では、神が遣わした光を纏って現れる子のことを、そう呼んでいます。昔からその存在は語り継がれていて、その者たちはこの世界ではないどこかの世界から来ると言われているのです」

光の申し子。

なんですかその偉そうな存在は。

それがあたしなの？　ええ？　もしかして本当に聖女的なアレ？　いきなりそんなの聞かされて

も、よくわからないし信じられないのが本当のところなんだけど。

「……光の申し子、ですか……？　この世界ではないところから来たというのはその通りだと思います。元の世界には、結界や魔法というものは存在しませんでしたし」

「フジカワ嬢がいた世界には魔法がなかったと？　――そのお持ちになっている短杖《ワンド》は、魔法使いの杖《メイジズワンド》に見えるのですが……」

レオナルド団長に言われて自分の手を見れば、そういえば棒を持ったままだった。相変わらず、白いモヤがモヤモヤしている。

自分でもなんでこんな棒に変わっているのかわからないのに、どう説明したらいいものか困るじゃない！

「それがその、なんでこんなのを持っているのかわからないというか……」

く、苦しい。自分でもだいぶ苦しい言い訳だと思うわよ。

持っているのがいたたまれなくなって、棒の先を床にコンと打ち付け小さく収納し、ホルスターにしまう。

レオナルド団長は「こんな杖があるのか……」と小さくつぶやいた。

「――光の申し子は世界を渡ってくる奇跡の存在。ご本人もわからない不思議なこともあるのでしょう」

深い青色の瞳が優しく細められる。

「もしかしたら、こちらで魔法の才能が花開くのかもしれませんよ」

そんなことがあるのならちょっと楽しみかもしれない。

優しい言葉に「はい」とあたしは笑い返した。

「魔法がない世界がどんな世界なのか、今度機会があればぜひ聞かせていただきたいものです。が、まずはこちらの世界の話と光の申し子の話をいたしましょう。訳もわからず不安だと思いますが、光の申し子を保護する法もありますので心配いりません」

どっしりと構えたこの人が心配しなくていいと言うだけで、本当に大丈夫な気がしてくる。

長い話になりますからくつろいでください。とレオナルド団長は紅茶とクッキーをテーブルへ出してから、話を始めた。

◇◇◇

この世界には魔素という魔法の素《もと》となる気が漂っている。

魔法はこの魔素と四大元素《エレメンタル》と使い手の魔力により構成されているが、魔素に関しては特別に何かをして働きかける必要はない。

空気と共にいつもそこにあり、魔法を使えば勝手に働いてくれるからだ。

その魔素はところによって濃い吹き溜《ふだ》まりとなっており、そこへ強い風が嵌《はま》ってしまうと暴走し台風のような暴風へと変わる。

それ自体はさほど珍しいことではなく、人々が耐えなければならない自然災害のうちの一つだった。

ただ百年に一度くらいの割合で、どうしようもなく大きな魔素の暴風がこの国を苦しめた。

二年前の魔素大暴風も、風の強さもさることながら、さほど大きくはないこの島大陸のほぼ全土を通るルートだったことが、被害の拡大に繋《つな》がった。

脆弱《ぜいじゃく》な建物を壊し、畑の食物をだめにし、魔物を不安定にさせる。

正気を失った魔物は凶暴化し、テリトリーがわからなくなり街や街道を襲い、さらに繁殖活動も異常化し数が増え、暴風が去った後々まで戦いを余儀なくされた。

王都や辺境伯領都といった海運貿易の要《かなめ》となっている大きな街は、城塞《じょうさい》都市として頑丈に作られた外壁があり、結界も張られ国軍も常駐している。

しかし、その他の多くの領地には壁も結界もなく、国軍が常駐している場所はごくわずかな地域に限られていた。

そのため身と財産を守るために、土地用の結界が付与された証書が売られているのだが、高価なその結界を敷かなかった家は多く、ほとんどが暴風と魔物によって破壊された。

そして、暴風後にテリトリーに帰れなかった魔物と鉢合わせた地域の自衛団や、異常な繁殖行動により想定外に増えた魔物の討伐を一身に背負っていた国軍の人的被害は深刻なものだった。

そんなレイザンブール王国へ、神が遣わしたのが『光の申し子』。

昔からの言い伝えでは、大きな災害の後ごく稀《まれ》に降臨の報告があるのだと言う。

◇◇◇

「――で、その『光の申し子』というのは何なんですか？　何か仕事が？」

「特定の何かをする人だというのは聞いておりません。何かをしてもらうということもないはずです。ただ――必要としている場所に、そこに合う者が遣わされると言われていますね。ですが、強制はされません。光の申し子の意思は尊重するように、法で定められていますから」

「そうですか……」

転生でもなく召喚でもなく、好きにしなさいよ。と、なかなか中途半端な異世界転移のようだ。きっと日本では死んでいて帰れないだろうし、どうせ異世界に来たのなら好きに生きようか。もうあくせく働くのはやめて、目指せスローライフよ。

レオナルド団長はふと耳元のイヤーカフへ手をやり、二言三言しゃべったようだった。やっぱり通信機器らしい。こんな近いのにやりとりが聞こえないとか、いわゆる魔法なの？　魔道具ってやつなの？　ちょっと見せてほしい。

「フジカワ嬢、申し訳ないのですが一旦《いったん》陛下へ報告に参ります。少々席を外しますが、私がいない間はあちらのエクレールにご用をお申し付けください。なるべく早く戻ります」

レオナルド団長は「頼んだぞ」と言葉を残して出ていった。

金髪を制帽でぴっちりと押さえつけている真面目《まじめ》そうな青年は、ソファの近くへ歩を進めた。

「先ほどはご挨拶《あいさつ》もできず失礼しました。警備隊のエクレール・トライムといいます。エクレールとお呼びください。……もっと早く助けに行きたかったのですが、遅くなってすみませんでした」

「いいえ、抗議してくれてうれしかったです。エクレールさんもよかったら座りませんか」

「勤務中ですので。お気遣いありがとうございます。近衛《このえ》団では敬称を付けないので、敬称もなしでお願いします。――打ち身とか大丈夫でしたか？」

「大丈夫です。ちょっと青アザができているかもしれないですけど。もしかして、あたしが現れたところを見ました？」

「はい。あの時、庭を騎馬巡回中だったのですが、馬車道の上で光が爆発するように眩《まぶ》しくなって、フジカワ様が転がり出てきたんですよ。ルディルが近くにいてよかった」

「あ、ユウリでいいですよ。ホント、ルディルがいなかったら、あたし馬車にひかれてましたよね」

「今思い出しても肝が冷えます……でもやはりその後、私がお迎えに行けばよかったです。警備隊長に空話《くうわ》で報告して巡回の継続を命じられたけど、無視すればよかった。大事な光の申し子を、まさか槍《やり》で脅して拘束するなんて――――もう本当に、あの、無能！　どうしようもないと思いません⁉」

……あの悪ダヌキなら、いろいろやらかしてそう。

どの世界でも、どうしようもない上司に振り回されるのは、下の人間ってことなのよねぇ。

「先日もですね！　突然、新人の教育をするとか言って立哨《りっしょう》しだして、高位文官に余計な挨拶をするわ、入り口を間違えた外商を捕えようとするわ、新人なのは誰かと胸ぐら掴《つか》んで問い詰めたかったですよぅ！　他にもですね――――……」

何かが切れちゃったエクレールの、次から次へとあふれ出る愚痴を聞いて盛り上がっているところへ、レオナルド団長が帰ってきた。

「――お待たせしました。不自由ありませんでしたか？」

「楽しいお話を聞かせていただいていました」

「そう、ですか……？　エクレール、ご苦労だった。あの時間に騎馬巡回ということは早朝番だな？　そろそろ下番《かばん》時刻になる。下がっていいぞ」

「はっ！　エクレール・トライム衛士《えいし》、業務に戻ったのち下番いたします！」

ピシリと制帽のつばへ指を揃《そろ》えて敬礼するエクレールに、レオナルド団長が同じように答礼した。

見慣れた挙手注目の敬礼を見て、元の世界の他国にでもいるような気分になる。異世界でも同じ敬礼とか不思議だわ。

「では、ユウリ様、失礼します」

と敬礼されたので、つい立ち上がって答礼してしまった。

慣れって怖いわね……。

◇◇◇

二人きりになった部屋で、何か言いたげなレオナルド団長の視線を受けつつ、ソファに座り直す。

……そんなに見ないでほしいんですけど……。

片手で口を覆った後、小さく首を振ったレオナルド団長は、ようやく口を開いた。

「…………フジカワ嬢。今後について陛下と話し合ってまいりました。申し子の存在は貴重で有用なため、よからぬ者に狙《ねら》われる可能性があります。ですので、なるべく存在を伏せて、他国から移住してきた者という立場を装うのがよろしいかと思うのですが、いかがでしょうか？」

「はい、それで構いません。というか、あたしは貴族でもありませんし、普通に接していただけるとうれしいのですが」

「そうですか、わかりました。では、失礼して崩させていただこう。――ユウリ嬢とお呼びしても？」

「ユウリでいいですよ」

「では、私……俺のことはレオと」

「レオさん？」

呼びかけると照れたようにうなずいたレオナルド団長は、眩しそうに目を細めた。

「もし誰かに何か言われたら、俺の名を出して、うちの他国の親戚《しんせき》という体を装ってくれて構わない。国の宝である光の申し子を、うちで囲うようで気が引けるがな」

「国の宝、ですか」

「そうだ。光の申し子は特別なスキルや才能を持つと伝え聞いている。だから国の宝と言われているんだぞ。今回の魔素大暴風後に、他の場所でも降臨の報告はあったのだが、詳細は伏せられていてどこにいるのか陛下もご存じない。降臨の報告をせずに囲っているところもあるかもしれないから、多分現在数名は存在するのだろうな」

他にも異世界に来た人がいるのね。それは会ってみたい。

あれ、でも、誰《だれ》にも気づかれずにこっちに落ちた人もきっといるわよね。なんで光の申し子ってわかるんだろう。

私、光の申し子ですって自己申告なわけないだろうし。もしかして何か見分ける方法があるとか？

「あたしのようにわかりやすく現れる人ばかりではないと思うのですけど、光の申し子かどうかはどうやってわかるのですか？　嘘《うそ》の申告もできません？」

「それが簡単にわかる方法がある」

レオナルド団長は部屋の奥のデスクに回り込み、引き出しからなにかを取り出した。

戻ってきて差し出されたのは、水晶だろうか透明の石がはまった銀色のシンプルなバングルだった。

「これは身分証明具となっている。何かあった時のために近衛隊で一つだけ準備しておいた物だから、このタイプしかないが我慢してくれるか。街の細工ギルドに行けば違うデザインやペンダントも売っているんだが」

「……いただいていいんですか？」

「もちろんだ。つけてみてくれ」

ちょっと大きいと思いながら左腕につけると、手首の位置でちょうどいいサイズに変化する。

「大きさが変わった――？」

驚くあたしに、レオナルド団長がおかしそうに顔を崩した。

「……ああ、そういうものなんだ。――あとこれが通行証だ。城内で通行証を見せるように言われたら、これを提示してくれ」

そう言って、水晶を覆うようにパチリとはめられたのは、紋章が透かし彫りになった青いカバーみたいなものだった。

「この通行証は城外では見えなくなるようにできているからな。では、身分証明具の使い方を説明しよう。その水晶に働きかけるように頭の中で［状況《ステータス》］と唱えてみてくれ。自分にだけステータスが見えるようになる」

バングルの水晶を見ながら（［状況《ステータス》］）と頭の中で言うと、水晶の上に半透明のスクリーンが現れ、文字が浮かび上がった。

〈ステータス〉
【名前】ユウリ・フジカワ　【年齢】26　【種族】人　【状態】正常
【職業】中級警備士　【称号】申し子［ウワバミ］　【賞罰】精勤賞
〈アビリティ〉
【生命】２４００／２４００　【魔量】５０８４８／５０８４８
【筋力】54　【知力】81　【敏捷《びんしょう》】93　【器用】89

【スキル】体術　63　棒術　90　魔法　32　料理　92　調合　80
【特殊スキル】申し子の言語辞典、申し子の鞄《かばん》、四大元素《エレメンタル》の種、シルフィードの羽根、シルフィードの指、サラマンダーのしっぽ

…………。


【称号】がおかしい。申し子［ウワバミ］って‼

ウワバミ。

蟒蛇《うわばみ》。大蛇、オロチ。大酒飲みのことを指す。

頭の中をウワバミの定義がつらーっと横切ったけど！

ない！　ないわー‼

うら若き女子のステータスにウワバミとかありえないわー‼

思わずステータス画面を二度見したわよ。

それでもウワバミの文字が変わることはなく、あたしは［状況《ステータス》］を絶対に誰にも教えまいと心に固く誓った。

◇◇◇

「見てもらえばわかると思うが、上側が身分証明にも使われる［状況《ステータス》］で、下側が［能力《アビリティ》］の現在値になる。どこかに『光の申し子』と入っていないだろうか？」

「称号のところに『申し子』とあります」

「ほう、そこに記載があるのか。――どうしてもというわけではないのだが……見せてもらうことはできないか？　「状況開示《オープンステータス》」と唱えてくれれば他の者も見……」

「駄　目　です」

「……そうか」

眉《まゆ》を下げ、わかりやすくしょんぼりする獅子《しし》。いや、ワンコね。ちょっとかわいい。

「この【称号】というのは他の人はどんなことが書いてあるんでしょうか」

「……称号なしと書いてある者がほとんどだ。爵位を持っていればそれが明記されている。俺の場合は『メルリアード男爵［国王の獅子］』と書いてある」

国王の獅子ですって！　かっこいいじゃないのー！　こっちはウワバミよ？

そう思ったらムカーっとした。もうレオナルド団長には本当に絶対に見せない。

「……ん？　メルリアード男爵？　レオさんは男爵様なんですか？」

「ああ、メルリアード男爵領を拝領している。だから本来ならメルリアード男爵レオナルド・ゴディアーニと呼ばれる身なのだが、面倒でな。近衛《このえ》団ではだいたい元々の名のレオナルド・ゴディアーニで通している。他国の方にはわかりづらいだろうか？」

ようするに、メルリアードっていうのは、地名的なものってことよね。

メルリアード市長のレオナルド・ゴディアーニ氏。おっけーおっけー。

「なんとなくわかりました」

「そうか。では次の【賞罰】は、賞があれば賞を、犯罪を犯していれば罪名などが記されている。申し子のほとんどに、ある賞の記載があると聞いているのだが……」

「――精勤賞とありますね」

「やはりそうか。光の申し子たちは働き者ばかりなのだな」

レオナルド団長は感心したようにつぶやいた。

「この国ではよく働き結果を出した者がギルドから与えられる賞なのだが、まぁご老人が受賞することが多い」

働き者というのは間違ってないわ。先月は十五連勤したし。休日は二日よ。

「この賞を受けていると信用度が格段に上がる。職探しや融資が楽になるとてもよい賞なんだぞ」

「それはよかったです。この先のことを考えたらありがたいことです」

「――ユウリ、あなたは光を伴って現れたところを見られてしまったから、存在を完全に伏せておくのは難しい。先ほども言ったように、光の申し子と知られれば危険なことがあるかもしれない。が、そうと知って欲しがる職場も結婚相手もたくさんあるだろう。引く手数多《あまた》だ。心配しなくていいと思うぞ」

そういうものなのかな。右も左もわからない異世界で心配しなくていいって言われても、それはそれで困ってしまう。

でも、さっきの悪ダヌキみたいなのは少ないってことなのかしら。それならちょっと安心。

たしかにレオナルド団長はすごく優しいし。警備室でめっちゃ怖い顔してたけど。

こんな上司だったら警備の仕事もやりがいがあって楽しいのかもしれない。元々、施設警備の仕事は嫌いじゃないしね。

あ。でも、直属の上司は悪ダヌキか。だめだな。却下。

やっぱ目指せスローライフ。

「次は［能力《アビリティ》］だが、こちらは開示《オープン》できないものだ。絶対に人に教えては駄目だからな。光の申し子は特殊で貴重なスキルを持っていると聞く。悪用されないように気を付けてほしい。どうしても聞かなければならないことがあったら、俺に言ってくれ。絶対に悪用しないと誓う」

悪用って何されるの、怖い！　団長の真剣な目にコクコクとうなずいた。

「一般スキルは何を持っているかくらいは言っても大丈夫だが、何か聞きたいことはあるか？」

――なんとなくわかるような気がする単語が並んでいるから、大丈夫かな。首をひねるようなのは特殊スキルで、これは言ってはいけないやつなのだろう。

「多分大丈夫です。後で何か出てきたらその時に聞きます」

「わかった。そうしてくれ」

その後、ちょっと豪華な社員食堂という感じの食堂で、夕食をごちそうしてもらった。

とてもシンプルな味付けで悪くない。とりあえず、ほっとする。

異世界モノの小説で味が濃いとか薄いとかよく読んだから、ちょっと心配してたのよね。

塩のみで焼いた牛肉は、肉の味が濃くて美味《おい》しいんだけどちょっと臭みもあって、コショウがあったらさらに美味しそうなのに……なんて思ってしまう。ニンニクとか大根おろしでも美味しいと思うのよ。

野菜もドレッシングとかせめてちょっと油があるといいのに。

もしかしてそういう物がない世界？

ドイツパンに似た黒パンは好きだからいいとしても、これは自炊しながら調味料をどうにかした方がいいような気がする。

明日は住民登録をしにレオナルド団長と街へ行くことになった。

そして今晩泊まる部屋へ案内してもらうと、なんと王城の客間。侍女《ティーレディ》さんが三人も控えていて、ようこそいらっしゃいましたと迎え入れられた。

すっごい豪華！　豪華すぎて語彙《ごい》が死ぬ！

シャンデリアはキラキラと輝き、天蓋《てんがい》付きベッドはレースがふんだんに使われ、テーブルにはピンク色のバラが飾られている。絵に描いたようなお城のお部屋よ。

驚きのあまりパカッと口を開けて見回しているところを、団長に見られ笑われた。

「ゆっくり休むといいぞ」

こんな豪華な部屋で落ち着いて寝られるかな。

なんて思ったけど、相当疲れていたらしい。用意されていたお風呂《ふろ》に入って大きなベッドに横になったら、その晩はもう起き上がることはできなかった。

◇◇◇

その夜、夢を見た。

「遅くなってすまんのう」

そう言ったのは、目の前に立つおじいちゃんだった。ツルピカッとした頭の下には目を覆う白い眉毛《まゆげ》、長い白いヒゲをたくわえて杖《つえ》をついている。

もしかしてこのお方は――。

「――神様でしょうか？」

「そうじゃのう、そういう言い方をする者もおるかの。この姿もおぬしにとってわかりやすい姿になっておるはずじゃ」

人によって見える姿が違うのね。

それにしても異世界転生や転移の神様と言えば、移動の前に出てくるものだと思ってたわ。

ああ、だから、遅くなってすまんってこと？

不思議に思っていると、神様は飄々《ひょうひょう》と続けた。

「本来なら向こうの世界から移ってくる時に話をするんじゃが……おぬしが気を失わなかったものでな。こうも気丈な者はなかなかおらんのう。ふぉふぉふぉ」

……なんかすごく恥ずかしいんですけど……。

「さて、悠里よ。おぬしは向こうの世界では亡くなったことになっておる」

「……そう、ですよね……。五階から落ちましたからね……」

「高さがあったからわしも間に合ったのじゃ。せっかくの働き者で健やかな魂がなくなってしまうのは惜しいからの、わしが途中でつかまえてこっちに連れてきたのじゃ。向こうで落ちたのはそっくりに作った人形じゃよ」

「え……。では、あたし死んでないのですか？」

「そういうことじゃな。向こうの世界での命運は尽きてしもうたからのぅ、もう戻ることはできないがのう」

死んだと思ってたから、戻ることは考えてもいなかったけれども。

神様にはっきりと命運尽きた戻れないと言われると、全身が冷えていくような感じがした。

……やっぱりそうなのね……。

こうなってしまったら、親が先に亡くなっていたのはよかったのかもしれない。娘の死なんてことを経験させずに済んだ。弟も成人しているし、あたしがいなくてもなんとか生きていくだろう。

「まるっきり知らぬ世界に連れてこられて、おぬしも戸惑っていると思う。じゃが、こちらもわしが大事にしている世界じゃ。もう聞いたとは思うがの、この国は大変な災害のせいでちぃと弱っておる。おぬしの力で元気づけてやってくれんかのう」

「……あたしで力になれるのなら。何をしたらいいのでしょうか」

「おぬしは好きに生きてよいのじゃ。申し子が好きに生きるだけで国は活性化する。だがまぁ、しいて言うのなら——申し子というのは望まれて遣わす子という意味じゃ。わしは拾った者をこの世界に連れてはくるが、行く先を決めるのはこの世界なのじゃ。その者を一番欲している場所が、受け取っているのじゃよ。だからの、今おる場所は、おぬしを望んだということじゃな」

さっき冷えた体が、お腹の中からじんわりと温かくなってくる。望んでくれた誰かが、何かがいるんだ。それを聞いただけで味方がいてくれるような気がした。

「……なんか、うれしいです。こっちでもやっていけそうな気がします」

「そうか、そうか。いくつかぷれぜんとも持たせてあるぞ。きっと役立つ力のはずじゃ」

「特殊スキルのことでしょうか？　よくわからない単語が並んでいたような……」

「こちらではそう呼ばれていたかもしれないのう。言語が不自由しない力、物をしまっておける場所、他はおぬしの能力に合わせて使いやすいものが付いているはずじゃ。あとは——すまほとかいう道具も使えるようにしてある」

「え⁉　スマホ使えるんですか⁉」

「元の世界の電波やらえねるぎぃとかいうのが魔素で代用できたのでのぅ。まぁ、えすえぬえすとやらは無理じゃぞ？」

「ぶっ……神様、ＳＮＳなんて今風のものを知ってるんですか」

「ふぉっふぉっふぉ。わしゃ、今どきのぴちぴちじゃ」

異世界でスマホが使えるなんて、思ってもみなかった。

読んでいる途中の小説たちもまた読めるってことよね。うれしい。

異世界で異世界小説読むなんてすごくない？

「それと、着ていたものと腰に付いていた棒は、人形に持たせてしまったからの。似たものに変えておいたぞ」

ああ、そういうことか。それはよかった。制服も警戒棒も管理が厳しいから、置いてきたなら安心だ。

あのモヤ付きの棒は、こっちの世界風ってことなのかな。見た目はアレだけど、呪《のろ》われないなら、まぁいいか。

そうだ。この際にアレも言っておこう。

「神様、あの称号なんとかなりませんか？」

「称号？　はて、なんのことかわからんが、状況などはおぬしのそのものの状態のはずじゃ。そこはわしの力が及ばないところじゃのう」

いやぁぁぁ‼　アレがあたしの元々持ってる二つ名とか‼　ない‼　ないわー‼

「じゃがの、確かその辺は状況の変化によって変わるはずじゃ。気にせんでよい」

そうなのね……。なら他の異名がつくようにがんばるか……。

「では、そろそろわしは帰るぞ」

「あっ……あの、一つお願いが」

「なんじゃ？」

「あの二人が……もし気にしていたら、苦しまないようにしてほしいんですけど……」

神様はうんうんとうなずいた。

最後に見た二人の驚愕《きょうがく》の顔が思い浮かぶ。

二人とも殺意はおろか悪気だってなかった。あれは事故だった。

だから、自分自身を責めたりせずに生きていってほしい。

あたし生きているしね。

明日は何があるんだろうって、楽しみにしていたりする。

「承知したぞ。ではの、悠里。達者で暮らすんじゃぞ」

「……はい。神様、助けてくれてありがとうございました。――――あたし、やっぱりもっと生きられてよかったです」

神様は目も口も見えなかったけど、にっこりと笑ったのがわかった。そしてふわっと煙になるように消えていった。

# 閑話一　近衛《このえ》団の悩みの種

魔素大暴風。これが今のレイザンブール国王近衛団《ロイヤルガード》における深刻な人不足の原因だった。

王城自体にはもちろん被害はない。

いくらすさまじい暴風が襲ったところで壊れるようなやわな造りではないし、常日頃《ひごろ》から整備隊の点検修理などもされている。

近衛団内の被害も、飛んできた瓦礫《がれき》で近衛遠見隊の者が軽い怪我《けが》をしたくらいだった。

それなのになぜかというと、近衛団員は基本的に貴族に連なる者のため、大きな損害を受けた実家の領地を立て直す手伝いをしたいと、数名が親元へ帰っていってしまったのが一つ。

もう一つは、人的被害が大きかった国軍への転職が相次いだことだった。

団員たちとともに、警備隊長、副団長、そして団長までもが、国軍へ行ってしまった。

――――人、減り過ぎだろう！

新たに近衛団長を任命された元護衛隊長レオナルド・ゴディアーニは、頭を抱えた。

特別措置として、どの隊も巡回業務を減らし必要な人数自体を少なくし、その中で各隊の体制を整えた。

まず近衛副団長に、元護衛副隊長で学生時代からの友人とベテラン衛士《えいし》の二人が就任した。

護衛隊に所属する者は全員王立オレオール学院の騎士科を卒業している。団長と副団長は騎士科卒が条件のため、ほとんど護衛隊の中から選ばれる。

その護衛隊は三人も抜けたことになるが、レオナルドが元々所属していて隊員を把握しているためさほど問題なかった。

新しい護衛隊長には若手隊員、副隊長には女性隊員が就任。女性を護衛することも多い護衛隊は、四割が女性隊員だ。女性副隊長も珍しくない。

遠見隊は、見張り塔詰めと、堀の内側をぐるりと巡る城壁上部通路の巡回を職務としている。夜間の業務が多いため、求められるスキルは特殊だ。隊長・副隊長ともに残ってくれたのは幸いだった。隊長はマルーニャ辺境伯の甥《おい》にあたる獣人で、夜行性で夜目が利くという貴重な人材なのだ。

問題は警備だった。

レオナルドは警備隊の仕事はしたことがなかった。

警備の仕事も隊員の把握もしていないのに、適材適所の人事などできるはずもない。

しかし普通に考えれば、抜けてしまった警備隊長の穴は、副隊長のマクディ・メッサを昇格させるということで埋められるはずだった。かなり若いが、目端が利くのを買われて副隊長に抜擢《ばってき》された男だ。

新しい副隊長には伯爵家子息のグライブン・マダック。こちらも二十代後半だが貴族を相手にする仕事のため、家柄の良さは時に武器になる。マクディが男爵家の子息であるため、そのフォローもしてもらおうという目論《もくろ》みもあった。

だが、これが上手《うま》くいかなかった。

グライブンという男は家柄を振りかざし、隊長となったマクディの言うことを全く聞かなかったのだ。

◇◇◇

「団長ぉ〜。もうあの人、手に負えません〜」

がっくりとマクディ警備隊長がうなだれている。

これで何度目の泣き言報告だっただろうか。

レオナルドは横に立つロックデール・パライズ副団長と目を合わせた。

「……マクディ警備隊長、やっぱり難しいか。俺の人事ミスだ、すまない。グライブンは一隊員に戻そう。誰か副隊長に抜擢できそうな者はいるか?」

「……大変言いづらいんですが、アレは一隊員の時から問題がありまして、大変仕事ができないんです……。偉い人には必要以上に媚《こ》びへつらい、下の者には尊大で、重要なことを見落とすし忘れるのに、余計なことばかりする。同じ班の者が大変なんですよぅ……。副隊長ならお飾りで運用できると思ったのに、やたらはりきって問題起こしまくりというね……」

「そ、そうか……。警備隊は苦労してるな」

「そのようだなぁ。警備は人の出入りが激しいから新人教育も多いだろう。マクディには苦労をかけるな」

「そう、それなんです、副団長！　アレが班にいると、さらに辞める人が増えるんです！」

「「ああ……」」

人員が……配置場所を埋めるだけの人数がいれば、グライブンを近衛団から他部署へ異動勧告だってできるのに……。

三人は同時にため息をついた。

マクディはがっくりとした頭をふと持ち上げて、こんなことを言い出した。

「もういっそ、アレを隊長にしちゃったらどうですかね？　警備室にくくりつけておけば被害が少ないんじゃないでしょうか？」

「……それでお前はいいのか？」

「ええ、どうせ上にいようが下にいようが、アレの尻《しり》ぬぐいするのは同じですからね」

ハハハハ……とうつろな目で斜め上を見ながら笑う姿に、レオナルドは心の中でもう一度謝罪を入れ、気は進まないがグライブンを隊長にすることに決めた。

隊長就任の際、グライブンには警備隊長というのは警備室で、報告を聞くのが大事な職務だと説き、有事の際にはすぐに団長か副団長に報告を入れるようにと言った。――本来ならそれぞれの隊長が判断し動くのだが。

彼への指導に力を入れて、それでも駄目なら人が足りるようになった時点でグライブンに異動を勧告するしかない。

これが、レオナルドが団長になってから半年、魔素大暴風から一年後の話だった。


それから一年が経《た》った。

実家の領地が落ち着いて戻ってきた団員や、領地を立て直すことができず国に爵位を返上した元貴族の者などが入団したため、人員数はだいぶ通常に近づいてきた（近衛団に入れるのは、本来であれば貴族の親族か国軍で五年間勤務した者に限る。だが、今回の災害で爵位を返上した元貴族に類する者も、特別措置で入団が認められた）。

もう少し人が増えれば休みが増やせるんだがな……。そんなことを思いながら、レオナルドが制服から楽な服に着替えていると来客があった。

休みだった副団長ロックデールが、ワインボトル持参で訪ねてきていた。訪ねてきたと言っても同じ宿舎棟内からだが。

「領に帰るところだったかぁ？　メルリアード男爵様」

悪いとも思ってない顔でロックデールがそんなことを言う。

「いや、明日の朝に戻るから構わない」

酒持参の友人をそのまま追い返すほど薄情じゃない。

適当なつまみを出してレオナルドはワインを開けた。

タグにはパリーニャ産のカリコリン種とある。渋みの強い赤ワインだ。

「……いやぁ、バタバタした二年だったなぁ、団長？」

ロックデールがワイングラスを片手にニヤリと笑った。

レオナルドも一口飲む。野性味のある香りと渋みが口に広がる。猪《ワイルドボア》の干し肉との相性がいい。

「世話をかけたな、副団長。警備隊の方はどうだ？」

現在の副団長二名は、各隊の副隊長が休みの時に代わりに就かせることもあった。いずれ団長になった時に、それぞれの隊を把握していれば楽だろう。

「そうよなぁ……新人が多い割に仕事は回っているようだな。俺も細かいところまで全部見えているわけではないが」

そこでロックデールは一旦《いったん》言葉を切った。

人好きのする顔に若干の苦みが混ざる。

「……ただ、グライブンに関してはどうにもならん。まず、覚えることが苦手なのか忘れてしまうのか、新しい通達へ対応ができない。それだけなら根気よく教えていけば一隊員として働ける。だが、性格がなぁ……。指導されるのは気に入らないみたいで、副隊長職に就く者は副団長ですら自分の下になると思っているようだぞ」

もう一人の副団長からの報告とだいたい同じだ。

レオナルドにはひどい態度をとらないところが、なんとも狡賢《ずるがしこ》い。

「新人に対する態度も酷《ひど》いんだわ。そろそろ潮時かもしれんぞ？　隊員たちからも苦情がでている。特に新しい隊員たちから、なぜあの人が隊長なのか？　とな」

「……まぁ、そうだろうな。もう少しがんばってほしかったが……」

「レオ、お前は優しいのがいいところだがな、これに関しては非のない隊員たちにしわ寄せがいっているのはわかるよな？　俺だったらとっくに異動の勧告してたぞ」

「俺は優しくはないよ。考えが甘いだけだ。でも、そうだな……。このまま適性に合わない近衛《このえ》にいても、本人のためにならないだろう。合った職があればそっちの方が幸せだろうな」

「合う職ねぇ……高位文官のいる部署の書架番とか下働《したばたら》きがいいんじゃないかぁ？」

高位文官じゃ文句も言えず、こき使われるだろう。

近衛団は王の私兵だ。同じく王城内の王が雇っている係であれば、人員のやりとりは簡単なのだ。だが、下の者を蔑《ないがし》ろにするようでは、城内の就くことができる職などは限られてしまうのも事実だった。

それはもう自業自得としか言いようがない。

そんな仕事の話から始まり学生時代の友人の話や昔の話など、なんだかんだと話しながら二人は何本目かのボトルを開けた。

「……人、入ってこないもんかな……警備の女性隊員足りてないよな？」

「全く足りてないな。出入り口にしても巡回にしても、女性隊員が必要な場所へ配置できてないのが現状だ。最低あと二人、できれば四人欲しいところだが……国内の人事もあらかた落ち着いてきたしなぁ。この先は少しずつしか増えんだろうよ」

「……光の申し子が来てくれたらいいのになぁ……」

「そんな伝説並みのことがホイホイ起こらんだろ。しかも女性で警備をやる光の申し子？　ないない。普通の女性だって来ないのに、そんな存在いるわけない。お前は昔っから光の申し子の話好きだよな」

「どこかのギルドが保護したって話が出ているんだ。神が必要な場所へ遣わすと聞くし、強く願えばここにも来てくれるかもしれないぞ……？」

レオナルドの目がなんとなくすわっているような気がする。

飲ませ過ぎたか、水でも用意してやるか。と、ロックデールは立ち上がった。

「……レオ、酔っぱらってんのかぁ？　水持ってきてやる」

「酔ってない……俺は素面《しらふ》で本気だ、デール！」

そうは言ったものの、寝てしまいそうな怪しい目で神へ祈願を始めた。

どう見ても酔っている。

「――神よ……どうぞこちらへ人をお遣わしください……女性で警備ができて……しっかりしていて……料理上手で美人の……」

「嫁の条件かっ！　頭の中漏れてるぞ！」

グラスを持ったままテーブルで突っ伏して寝てしまったレオナルドに、ロックデールは呆《あき》れた顔をした。

──俺たちも三十過ぎたし、そろそろ落ち着きたい気持ちもわからんでもないがなぁ……。

特にこいつは婚約破棄とかいろいろあったしな。

寝ぼけて怪我《けが》をしないように、グラスとボトルだけキッチンへ移動させる。

こんなに酔っぱらうことは珍しい。全く、しょうがない。

「──ゆっくり寝ろ。じゃぁな」

ロックデールは聞いてはいないだろう背中に声をかけ、不遇の近衛団長の部屋を後にした。

# 第二章　申し子、街へ行く

　王城の客間で迎える朝は、最高級の素材を生かしたシンプルな味付けの豪華な朝食から始まるのでございます。

　黒パンは軽く温められ、牛乳（多分）とオレンジっぽいジュースは足つきグラスに注《つ》がれております。

　牛肉（多分）と鶏肉《とりにく》（多分）のソテーは上品な塩味、添えられたオムレットもフワフワの塩味でございます。

　カラフルな葉物野菜のサラダは塩と香ばしい香りのオイルがかかり、見た目にも楽しい一皿でございました。

　それから朝のお風呂《ふろ》で頭から足のつま先まで侍女の方々に磨かれ、終われば全身オイルマッサージをされ、どこもかしこもつやつやとなったのちに、朝のお召しものを身に着けるのでございます。

　それはもう豪華絢爛《けんらん》なドレスを何着も何着も着せ替えさせられ……さすがに、街に行くのにこの恰好《かっこう》はない気がするんだけど⁉

「あの……こんなに素敵にしていただいてうれしいのですが、今日は街に行くのでこういうドレスはちょっと……」

「えー残念ですわ。こんなにお似合いですのに」

「そうですわよ。お嬢様は黒目黒髪で神秘的でいらっしゃるから、紫もお似合いになりそうですわ」

「肌も陶器のような柔らかい色合いで異国的ですし、選ぶのが楽しゅうございます」

やめてやめて！　恥ずかしくて死にそう！　侍女さんたちの方が彫りも深くて綺麗《きれい》にきまってるじゃない！

「あ、ありがとうございます！　ですが、街でも歩きやすい服を貸していただけるとうれしいです！　あとすみませんがハンドバッグ貸してください！」

スマホと棒だけは持って歩きたい。

ワンピースというには豪華すぎる、ふくらはぎの中ほどまであるミモレ丈のドレスを着せられ、せめて御髪《おぐし》を編み上げさせてくださいませ！　と魔の手が迫るところをレオナルド団長に助け出されたわよ……。

朝からすごい世界を見てしまった……。

「……やっぱりどこかおかしいですか？　こういう服は着慣れないので似合わないとは思うんですけど」

レオナルド団長がなんとなく笑っている気がして、言い訳がましいことを言ってしまう。

まぁ、でも、着せられてしまったものはしょうがないわよ。となりを歩くのは恥ずかしいかもしれないけど、我慢してもらおう。

「あ、いや、おかしくない。困っているのがかわ……いや、服は似合っ……て……る」

見上げれば、口元に手をやる横顔はほんのり赤い気がした。

そんな獅子《しし》様は、本日は柔らかい雰囲気の私服だ。

「せっかくのお休みなのに、すみません」

「いや、気にしないでくれ。慣れないユウリの方が大変だろう。昨夜はちゃんと休めただろうか」

「はい。こんな豪華な部屋で寝られるかなと思ってたのに、ぐっすり寝てしまいました」

並び立って豪華な装飾のお城の廊下を行く。

泊まらせていただいたのは、国王陛下も住んでいらっしゃる金竜宮《きんりゅうきゅう》という棟。三つのエリアから成る王城全体の真ん中、横長の四階建ての建物になる。

その前側にある二階建ての建物が、政《まつりごと》を行う青虎棟《せいことう》。警備室や昨日《きのう》ごはんを食べた食堂があり、二つの棟を上から見るとT形に繋《つな》がっている。

金竜宮の後ろ側には側妃の方々が住むための白鳥宮と呼ばれる場所があり、城内壁の中に、離宮がいくつか建っているらしい。

階段を降りた先にあった広いエントランスは、金竜宮・白鳥宮用の出入り口だそうだ。

王族の方々は殺伐とした仕事場である青虎棟なんか通らないってことね。

警備隊員に敬礼されながら外へ出ると馬車が横づけされており、御者らしきお兄さんが扉を開けた。

レオナルド団長は先にステップを上がって乗り込み、中から手を差し出した。

「どうぞ」

「あ、ありがとうございます……」

手を乗せると軽く握られて、優雅にエスコートされながら乗ることができた。

こんなのに乗ったことない相手をスマートに乗せてしまうとは、これが貴族力というもの？　こちとらいい歳《とし》ですし、て……手ぐらい別になんとも思わないわよ！

馬車で行くほど街は遠いのかとか思っていたけど、昨日を思い出してみれば前庭も広かったし、警備室からレオナルド団長の執務室までも距離があったっけ。

このドレスと靴《ヒール》で歩くのはちょっとキツイかもしれない。

「ここの王城は広いですね」

「そうだな、裏には森も畑もあるし鶏舎牛舎もある。王族の方々が召し上がる物は敷地内で作られているものも多い」

それ裏だけで村ができそう。

正門近くを通った時、元気に歩き回っているルディルを見つけた。

気づかないかなとは思ったけど窓から手を振ってみれば、びっくりした顔は次の瞬間笑顔になり手を大きく振った。

よかった、昨日のことで怪我はしてなかったみたい。確認できてほっとしたわ。

思ったよりもゆっくりと走る馬車は、正門から出て橋を渡っていく。

お堀の向こうに見えてくるのは、石造りの灰色と漆喰《しっくい》の白が基調の落ち着きある街並みだった。

うわ、素敵……！

街行く人たちもどこか上品な感じがする。

建物の窓辺には花が飾られ、壁には綺麗な色の旗《バナー》が掛かっている。看板にある紋章のようなマークは、何か意味があるのだろうか。謎解きの暗号のようで心が躍ってしまう。

街の景色《けしき》に見入っていると、徐々に速度を落とした馬車が止まった。

先に降りたレオナルド団長が、当然のように手を差し出してエスコートしてくれる。

きっとこういうの慣れているのよね、奥様とか恋人とかいるだろうし。

あ、でも、護衛慣れしてるってことなのかも？　降りてからの周りへの油断のない目の配り方を見てふとそんなことも思った。

「ここが王都レイザンの管理局だ。まずユウリの住民手続きをしてしまおう」

大きな建物の中へ入り、住民登録と書かれたカウンターへ赴くと、あっという間に手続きは終わってしまった。

身分証明具を、情報晶というスノードームのような魔道具にかざしただけだった。

国内の居住データのみを検索するらしく、状況《ステータス》を見られることもなく国外からの移民として処理された。

現在、近隣の交流がある国々から移民を募集していて、移住者が多いから手続きが簡単にマニュアル化されているらしい。

移住者には特典があり、銀貨十枚、宿泊券十日分、食事券三十食分などがもらえた。

職業ギルドに加入すれば、支度金が出たり宿舎があったり食事が出たりするので、職が決まるまでの補助だそうだ。

他には魔粒《まりゅう》引換券、魔法書「初級」引換券、スキルガイドブックも受け取る。

それと魔法鞄《かばん》だという小さめのバッグももらえるらしい。こんな見た目で、旅行トランク四つ分の容量があるとか。

たくさんある中から、バックスキンのような華やかなワインレッドのハンドバッグを選んだ。横長で角が丸く、手に持つか肩に短くかけられるデザインだ。

「デザインもかわいいけど、色が素敵ですね」

「赤鹿《レッドディアー》の革だな」

魔物の革らしい。

レオナルド団長が言うには、染色じゃなく普通にこの色なんだって。

「肉もなかなか美味《うま》いんだぞ」

「普通の鹿肉と違うんですか？」

「そうだな。魔力を持つ肉の方が、魔の香りで獣の臭みを抑えられるんだ。魔力の回復量も大きいから人気でな。自分で狩れれば安いんだが、買うとかなり高価だ」

魔の香りってなに。ジビエの臭みに勝つ魔の香りって！

この世界は、その魔の香りっていうのがあるから香辛料が少ない食事なの？

むくむくと好奇心が湧《わ》き上がってくる。

臭みが少ないならそのままステーキ？　漬け込んで焼肉？　衣付けて揚げる？

固さはどうなんだろう。ちょっと使ってみたい。食べてみたい！

「レオさん。それ、あたしでも狩れますか？」

「ユウリが狩るのか!?」

「駄目でしょうか……」

「いや、駄目ってことはない。ないんだが……一般的にご令嬢は魔物を狩らないというか……」

「狩りませんか……」

「あー……」

レオナルド団長は驚いた顔をして、困った顔をして、片手で顔を覆ったあとに、眉《まゆ》を下げたまま笑みを浮かべた。

「では、ユウリがここの生活に慣れたころに、俺が連れて行くということで我慢してもらえるか？」

我慢なんてとんでもない！

「うれしいです！　楽しみにがんばりますね」

ちょっと食い気に負けて聞いてみただけだったのに。

まさか国一番の護衛役に約束してもらえるなんて、思ってもみなかった！

「――さあ、魔法ギルドへ魔法書をもらいに行こう。聞くところによると、移民の人でごったがえしているという話だ。あまり待たずに済むといいな？」

団長の困ったような笑顔は照れた顔へ変わり、あたしたちは魔法ギルドへと向かった。

◇◇◇

通りを少し歩いたとなりの区画に、魔法ギルドはあった。

中は多くの人で賑《にぎ》わっているけど、いかにも魔法使《メイジ》いなローブ姿の人は少ない。ほとんど普通の服。

職員の人も、動きやすそうな制服を着ている。

あのダフッとした魔法使《メイジ》いのローブって、中が素っ裸ではないんだものね。服を着た上からじゃ暑そうだし邪魔そう。

受付カウンターで引換券を出すと、魔法書と魔粒《まりゅう》というものに交換してくれた。

魔法書はわかる。魔法をつかうための本よね。でも魔粒《まりゅう》がよくわからない。小さいつぶつぶが入った巾着袋《きんちゃくぶくろ》を四つもらったけど、どういったもの？

本来ならその使い方や魔法を教えてくれる場所でもあるらしいのに、うわさ通りごったがえしている。

あたしも魔法には並々ならぬ興味がございますわよ。

第二の人生、どうせ異世界に暮らすなら、日本ではありえないことしてみたいなって。

森の中でポーションを作りながらスローライフとか素敵じゃない？　あとはやっぱりほら、冒険者になってダンジョンで魔法をぶっ放すとか？

なので、ぜひ魔法のことを教わりたいんだけど、この混みようじゃかなり時間がかかりそうだった。

基本的には魔法書を読んで覚えて唱えるだけらしく、魔法書に全部書いてあるとレオナルド団長が教えてくれた。

魔法と魔粒《まりゅう》についての簡単な説明は、俺でよければ教えよう。という団長からの申し出を、あたしはありがたく受けることにした。

「あの、レオさん」

「なんだ？　魔法の話か？」

「いえ、この国の服っていくらくらいするんでしょうか。もっと動きやすい服が欲しいなと思ってるんですけど、銀貨十枚で買えますか？」

「1万レトあれば何枚か買えると思うが……俺も服のことはあまり詳しくないんだ。とりあえず店に行って見てみるか？　裏の通りになじみの食堂があるんだが、確か向かいが服屋だったはずだ」

「はい、ぜひ」

歩きながら、国の貨幣についての話を聞いた。

単位は「レト」で、1レトが1貝貨、10レトが1鉄貨、100レトが1銅貨、1000レトが1銀貨、1万レトが1金貨、10万レトが緑金貨、100万レトが青金貨だそうだ。

「青金貨……青い金属があるんですか？」

「ああ、希少な金属だ。公爵ご夫妻はこの指輪をつけてらっしゃる。俺のような男爵風情には縁のない金属だがな」

そういうものですか。

貴族の事情はよくわからない。だって現代日本に男爵様なんていなかったもの。

でも、爵位はなんとなくわかる。公爵、侯爵、伯爵、子爵、男爵と続いて、辺境伯の位があれば、伯爵位だけど侯爵と同じくらいの地位だったような。

異世界モノの小説読み漁《あさ》ってたのが役に立ってるわよね。

案内してもらったお店は、既製品《レディーメード》の服が並ぶ庶民的な店だった。

入ってすぐのお支払いカウンターらしき机の横に、鞄預かり箱と書かれている箱が並んでいる。

全体は木でできており、小さい箱のそれぞれにガラス窓がはまっていて、見た目はレトロなコインロッカーだ。

レオナルド団長に教わって、中に魔法鞄を置き身分証明具をかざすと、扉がかちゃりと施錠された。

カウンターの先に引かれている白いテープのラインが、魔法鞄などの空間魔法に反応するらしい。

これがこちらのお買い物のやり方ね。魔法鞄って、便利だけど悪用できそうだものね。

手近にあった商品の値段を見ると、シンプルなシャツが１０００レトとある。１銀貨。これなら買えそう。あと値段の上にフワって書いてある。

「ここに書いてあるフワってなんですか」

「その布の素材だな。植物の……実だったか、花だったか」

「そのようなものです、お客様。実の周りに作られるもこもこした部分になります。――今日はお嬢様のお洋服をお探しですか？」

「動きやすい服が欲しいんです」

「奥にもたくさんありますので、どうぞ」

「あー、ユウリ。俺は向かいの店で軽くつまんでいるから、ゆっくり買い物を楽しむといい。困ったことがあればすぐに呼んでくれ」

レオナルド団長、気が利く人。

お店のお姉さんとちょっと話をして、外に出て行った。

それでもあまりお待たせしないように、急いで見よう。

自然な風合いの（ちゃんと染めてあるものは高い）襟なしシャツと、ふくらはぎ下丈の焦げ茶のスカート、下着一式で３８００レト。

支払いをしようとしたら、先ほどお連れ様にお代をいただきましたと言われたんだけど⁉

えっ？　と固まるあたしを、いっしょに服を選んでくれたお姉さんはクスクスと笑った。

「多くいただいているので、他にも似合いそうなものを入れておきましたよ」

レオナルド団長もお姉さんもいつの間に⁉

買う予定だった物よりもはるかに大きい包みを渡される。靴っぽい感じの包みも載ってるけど⁉

もしかして、とりあえず履いてみるだけでも。って言ってたアレか！

預かり箱から魔法鞄を取り出し、受け取った服たちを中に入れて店を出た。

向かいの店は軽く食事ができる店のようで、テラスのテーブルセットで早めのランチの人たちがくつろいでいる。

レオナルド団長も服屋近くのテラス席で、深い赤色の液体を飲んでいた。

それはもしやもしやもしや‼

グラスを凝視しながら近づくあたしに、レオナルド団長が笑いかけてきた。

「買い物はもういいのか?」

「はい。というか、お代を払います」

「いや、いい。光の申し子は着替えも持たずにこの国に来るから、そういったお金は国から出ることになっている」

「でも、この国だって大きな災害があって大変だったんですから、無駄遣いは駄目です」

「それでは、俺からのプレゼントということ――」

「駄目です」

即答するあたしにレオナルド団長は苦笑した。

「とりあえず座って何か飲まないか。何がいい?」

「そのグラスの中身はなんですか?」

「ああ、ブドウという果実の酒だが、わかるか?」

「わかります!　あたしもそれが!」

やっぱりワインだった!!

こっちに来る前に飲みたいってあんなに思っていたワインに、ようやく会えたわよ!

レオナルド団長は店の中に行き、グラスとつまみがのった皿を運んできた。

手渡されたグラスに、濃い赤色が注がれる。

「ありがとうございます。いただきます」

グラスを軽く回して一口。

甘い果実の香りが鼻に抜ける。軽いけど、物足りなさは感じない。ほどよい渋みと酸味が舌から喉《のど》へ溶けていった。

「……おいしい」

ふわりと気持ちがほどけていく。

飲みたいってすごく思ってた。

あの後、仕事のグチなんて言い合いながら飲もうって楽しみにしてた。

彼女たちもお酒好きだったからねぇ。

神様に頼んだからきっと大丈夫だと思うけど、乃吏子《のりこ》と未希《みき》が笑ってお酒が飲める日が早く来るといい。ウワバミの同僚がいたって、時々思い出してくれたらうれしい。

「ワインがある世界でよかった……」

「……ユウリはワインが好きなんだな。口にあったならよかった。移住の祝いだ。好きなだけ飲むといい。酔ったら担いで帰るから心配いらないぞ」

そんな笑わせるような言い方、ずるいなぁ。

ほろっとしちゃうじゃない。

「それじゃ、樽《たる》で用意してもらわないとならないですよ？」

そう答えたら、獅子《しし》様はニヤッと笑って言ったわよ。

「ワイナリーごと買おうか？」

だって。

国王近衛団《ロイヤルガード》の団長様は冗談のスケールもでかいわね。

もう、笑うしかない。本当にずるいわ。

◇◇◇

「残念ながら赤鹿《レッドディアー》の肉はなかったんだが、一角兎《ホーンラビット》の串焼《くしや》きがあったぞ。白ワインの方が合うだろうが、どうする？」

テーブルに並ぶのはチーズの盛り合わせとソーセージ、焼き目がついた赤身の肉、蒸し野菜。それと串に刺さった白身の肉。

異世界のワインに浸っているうちに、レオナルド団長が取り皿にサーブしてくれていた。

獅子の団長様は、筋肉質の大男だけど所作はとても優雅だ。

「いえ、赤で構いません。これが一角兎《ホーンラビット》ですか」

「ああ。赤鹿《レッドディアー》ほど香りが濃くはないが、これも悪くない」

見た目はまんまささみ。軽く焼き目が付いている。

串のままパクリといくと、ほどよい塩っけの淡泊な味で、噛《か》むと爽《さわ》やかな香りが鼻に抜ける。ローズマリーの香りに似てる？　いや、ローリエ？

「――これは塩だけで焼かれているんですよね」

「そうだ。普通のウサギ肉と違って、香りがあるのが不思議だよな」

大地の香りのようにも感じるし、風の香りのようにも感じられた。

魔力というのは、この世界の大気に漂う魔素と近いものなのだろう。

すんなりと体がその香りを受け入れた。確かにすごく美味《おい》しい。

さすが近衛団長いきつけのお店、その他の料理も美味しかった。

赤身の肉は牛肉で、ワインビネガーのソースがかかっていた。よかった、調味料は塩だけじゃないみたい。

やっぱり赤身の牛肉とワインの組み合わせは最高で、赤ワインビネガーのソースがさらに相性をよくしている。食べて飲むワインの甘いこと！

「この野菜にかかっている油は、なんの油ですか？」

「これはポクラナッツ油だ。この上にのっている粒が、ポクラナッツの砕いた実になる」

「香ばしくて美味しいですね」

「そうだな。粒《ホール》のままエールに合わせてつまむことも多いぞ」

「あー、それも美味しそう」

小ぶりなボトルから、ワインが注がれる。昼からこんな美味しいものを食べて贅沢《ぜいたく》……って、お金あんまり持ってないのに。食事券で払えるかしら。

「——そうだ、まず先ほどのお代を払います」

「いや、それは払わなくていいんだが……」

「そういうわけにはいきません」

「……では、ちょっと仕事を手伝ってもらおうか」

「仕事、ですか」

「ああ。文字も読めるようだし、書類の整理を頼めないか。朝から昼食までの時間を二日間でどうだ。食事も付けよう」

先行き不透明でお金は温存したいところだから、とてもありがたい話。そんなに甘えちゃっていいのかな。

あと気になるのは、あの悪ダヌキと会うかもしれないことだけど……書類の整理なら問題ないか。

ランチまで付けてもらえるなんてとても助かる。

今後、稼げるようになったら、きちんとお礼をするということで――。

「お言葉に甘えていいですか。よろしくお願いします」

あたしがペコリと頭を下げると、レオナルド団長は笑ってうなずいた。

食べて飲んでが落ち着いてから、魔法と魔粒《まりゅう》の話をしてもらった。


力のある言葉を紡ぐ時に体内で使うのが魔力で、力のある言葉を魔法として具現化するのが四大元素《エレメンタル》と魔素ということらしい。

魔粒《まりゅう》は、魔素と火、風、水、土の四大元素《エレメンタル》とが結びついてできた結晶で、それぞれの魔法で必要な分だけ消費される。

人々はそれぞれ相性のいい元素《エレメント》があり、特に恵まれた人はその元素《エレメント》の加護を持っている。その人たちは魔粒《まりゅう》の代わりに周囲の元素《エレメント》を使用するため、魔粒《まりゅう》の消費が少なくなる。

他にも場所や状況によって四大元素《エレメンタル》の集めやすさが変わってくると。例えば海なら火の気、火山付近なら水の気が集めづらいなど。

その差をなくし、いつ誰《だれ》でもどこでも魔法を使えるようにするのが魔粒《まりゅう》なのだそうだ。

火魔粒《まりゅう》は赤色、風魔粒《まりゅう》は黄色、水魔粒《まりゅう》は青色、土魔粒《まりゅう》は茶色の、大きめなビーズに似ていた。

元々この魔粒《まりゅう》は自然に作られる物で、水辺には水魔粒《まりゅう》、火山付近や鍛冶《かじ》場には火魔粒《まりゅう》、風と土はいたるところに落ちているらしく、それを拾って使ってもいいのだそうだ。魔法ギルドで等価交換することもできる。

水魔粒《まりゆう》を人工的に作る職人もおり、安定して供給されていて、今現在は一粒が風・土魔粒《まりゆう》は6レト、水魔粒《まりゆう》は8レト、火魔粒《まりゆう》は10レトで売られているということだ。

魔法ギルドでもらった小さい巾着《きんちゃく》四つには、それぞれの魔粒《まりゆう》が百個ずつ入っていた。

初級魔法の［清浄《アクリーン》］を両手にかけるとして、火魔粒《まりゆう》を一つ、水魔粒《まりゆう》を二つ、風魔粒《まりゆう》を三つ使うのが標準とされているらしいので、だいたい三十三回使えるということになる。

そう考えると百個って案外少ないのかも。

魔法書「初級」に載っている初級魔法は、全部生活魔法なのだそうだ。生活するのに便利な魔法で、使えた方がいいものばかり。

あたしの魔法スキルが30以上あるのは、もしかしたら神様が生活に困らないように付けてくれたのかもしれない。

食事の後は、街を案内してもらった。

この辺りは王都の中央よりやや北側の治安の良いエリアらしい。さっき感じた上品っていう第一印象は正しかったみたい。

王都レイザンは川が二つに分かれた先にできる三角州に作られた街で、ぐるりと壁に囲われた城《じょう》塞《さい》都市なのだそうだ。

最北に王城と国軍の管理施設があるため北へ行くほどに治安が良くなり、港を擁した海岸線に面する南側は血気盛んな船乗りや酔っ払いで賑《にぎ》やかなエリアになっているとか。

通りを歩くと、魔法屋という店があり、看板にはカードの絵の中に五芒星《ごぼうせい》が描かれていた。ここは魔法札《マジックカード》という、魔法陣によって魔法が込められた一回使い切りのカードを売っているらしい。これがあればスキル値が足りなくても上位の魔法を使うことができるのだそうだ。

もう一つ調合屋という聞き慣れない店もあった。こちらは調合液《ポーション》を売っているお店で、治癒薬や解毒薬などが売られているとのこと。

最後に銀行へ連れてきてもらい、身分証明具の登録をした。

登録をしておくと身分証明具がカードのような役割をしてくれるそうだ。振り込まれたお給料の確認ができたり、身分証明具で支払いができたり。

そういえば、お城の食堂でレオナルド団長にごちそうしてもらった時、身分証明具をピっと光らせてたっけ。

銀行を出る頃《ころ》には、傾いてきた陽《ひ》が街をぼんやり黄色に染めていた。

どこからかアコースティックギターのような懐かしい音色が、流れて聞こえている。

「では城へ戻ろう。[転移《アリターン》]の魔法を使うから、お手をどうぞ」

差し出された手のひらによくわからないまま自分の手を重ねると、きゅっと掴《つか》まれて、抱き寄せられた。

「[同様動《ダスチエフオロー》]」

(ひゃぁ‼)

「[転移《アリターン》]」

一瞬、ふわっと体が浮いたような気がした。と思った時には、目の前の景色《けしき》が変わり手が離されていた。

ドキッと大きく跳ねた心臓は、そのままドキドキと鳴っている。

し、心臓に悪いっ…………!

「…………違う場所…………？」

なぜか公園に立っていて、その向こうにはお堀と長く続く壁が見えていた。

「ここは城の東門前だ。本当は納品のための裏門なんだがな、門から城内部への距離が近いから、ここへ［転移《アリターン》］で来て中に入る者が多い。正門からだとかなり歩くからな」

そういえば、城の敷地内は［転移《アリターン》］ができないようにされているって言ってたっけ……。

厚い胸板の感触と初の魔法のダブルパンチに挙動不審なあたしを、レオナルド団長は部屋まで送ってくれた。

「驚かせて悪かった」

見下ろす顔は困ったように眉《まゆ》が下がっている。

「……いえ、あの、違うんです。ちょっとびっくりして……」

「ユウリが魔法に慣れてないことを忘れていた。すまなかった」

「いえ！　魔法も楽しかったです。ありがとうございました。また、魔法見せてくれますか？」

そう言うと、獅子様はやっと笑った。

「ああ。ユウリさえよければいつでも。こちらこそ楽しかった。では、またな。明日は来られたら来るといい」

去っていく団長の大きな背中が見えなくなる。――――瞬間、それまでおしとやかに控えていた侍女さんたちが、襲い掛かってきた！

「デートでしたのよね！　いかがでした？」

「明日もお会いになられますの⁉」

「あの孤高の獅子が笑ってらっしゃいましたわ！」

ちょっとくらい余韻に浸ってみたかったのに！

とりあえず時間をどうやって知るかと、目覚まし時計みたいな起きる方法だけ教えてほしいんですけど！

お風呂《ふろ》は一人で入れますから！　マッサージも三人がかりでそんな念入りにやらなくてもいいと思うの！

誰か、助けて――――!!

◇◇◇

俺が光の申し子という存在に初めて興味を持ったのは、子どものころだった。

何度も読んだ絵本『光の賢者様』。よくあるおとぎ話ではなく、石鹸《せっけん》の誕生が描かれていたのが、子ども心におもしろかった。

この話に登場する光の賢者様が光の申し子だということを知ったのは、学生の時だ。

レイザンブール史の教科書には、石鹸とそれを作りだした光の申し子カエモン様の名前が載っている。

昔の人たちは［清浄《アクリーン》］の魔法で体を清めており、体に必要な菌までも除き病気などに抵抗する力が弱くなっていた。

菌を取り除き過ぎず、適度に清潔を保つことで病気での死亡率を下げたのが石鹸だった。

治癒師《ヒーラー》のスキルとは違う知恵をそこに見た人々は、彼を「光の賢者様」と呼ぶようになったという。

俺がそれらを知り再び興味を持った頃、ちょうど前回の魔素大暴風から百年が経過しようとしていた。

大災害は起こらないんじゃないかという楽観的な意見もあったが、いつ来てもおかしくない、そろそろ来る、と恐れつつも対策を講じている人たちが大半だった。

それと同時に、魔素大暴風後に現れたと言われる光の申し子の存在も、再び脚光を浴びていた。

学院内でも光の申し子について調べる同好の会があり、俺も参加し古い文献を漁《あさ》っては意見を交わし合っていた。

石鹸は今も使われているのに、目の前にあるそれを作り出したのが違う世界から来た人だという不思議。調べても調べても謎が明かされることはなかった。

申し子というのは、望まれて神が遣わす子という意味だ。

神話と現実の境目にいる存在。

その曖昧《あいまい》さが、知りたいという思いに拍車をかけていたのだと思う。

それが今、まさかの本物の光の申し子と出会ってしまうとは。

しかもデートのように二人並んで街を歩くことになるとは――――。

街を歩く光の申し子は凛《りん》としていたり、驚いていたり、のんきに見回していたり、いろんな表情を見せている。楽しそうなのは間違いない。

髪も目も肌もあまり見ない異国情緒のある色合いで、この国の一般的な女性より少し小さく見える。

しかし、他国にはいろいろな人たちがいる。そういった他国のご令嬢となんの変わりもないように見えた。

光の申し子。なにが俺たちと違うのだろう。大きな魔力だの特殊スキルだのと聞いているが、本当にそれがこの華奢《きゃしゃ》な体に潜んでいるのだろうか。

もっと知りたいと思ってしまう。

学生の時の知りたいと思った熱と似ているような気もするし、違うような気もする。

不思議で気になってとても目が離せそうもなかった。

◇◇◇

「レオ！」

ユウリを部屋まで送り届けた後、金竜宮の廊下で声をかけられた。

よく知った声色に振り向くと、頭に浮かんだ通りの豪奢《ごうしゃ》な黄金色の髪が目に入る。

「……第二王子殿下。こんなところで何をなさってますか」

その後ろで護衛の者が、困っている風な顔で目礼をした。

ニコニコと立っているのはセイラーム殿下。

昔から割と自由気ままなところがある三歳年下の彼は、王立オレオール学院時代からの付き合いだ。ふらりとしたところは全く変わってない。

護衛が振り回されているのは手に取るようにわかった。

「レオ、立ち話もなんだからちょっとお茶していってよ。――話、聞きたいし」

伏せた言葉は多分、『光の申し子』。

そんな伝説のような存在が王城の庭に現れ、客間で暮らしているとなればそれは気になって仕方がないだろう。

後は部屋へ帰るだけだし、少しお付き合いするとしようか。

俺はセイラーム殿下と並び立ち、金竜宮二階の王族居住区へ足を踏み入れた。

ティールームの丸テーブルを挟んで座り、お茶と軽食を用意した侍女《テイーレデイ》が下がってから、殿下はグイッと近づいてきた。

「で、光の申し子はどんな方？　女性だったよね。何歳くらいの人？　美人？」

「二十歳《はたち》くらいに見えますが、正確にはわかりません。お姿は……凛とした方、でしょうか。姿勢がよく貴人のように見えて、時々可愛《かわい》らしくもあり、不思議な方です」

座っている時も立ち姿も凛として――そうだ、あの答礼も指先まで綺麗《きれい》に揃《そろ》っていた。衛士《えいし》たちの中に交ぜても間違いなくトップレベルの美しさだと思う。光の申し子がなぜ？　と不思議な気持ちになったことを思い出す。それとも、あの時たまたま美しく見えただけなのだろうか。

普通に考えてご令嬢は警備の仕事などはせず、敬礼もしない。勤務している者や来城する者たちとの摩擦も大きい警備という仕事は、基本的には今も昔も男の職場だ。

凛とした空気を纏《まと》うユウリなら、あの近衛《このえ》団を象徴する白の制服も、さぞかし似合うだろうとは思うのだが。

ワインを飲んで幸せそうに笑った顔を思い出す。きっとあれが彼女の素なのだろう。柔らかくなった雰囲気にこちらまで幸せになるようだった。

あの時、一瞬、泣きそうな顔で笑った。

故郷を思い出したのだろうか。この世界にはない故郷を。

ワイナリーごと買うと言ったのは冗談ではなかったのだが、笑ってくれたのならそれでもいいかと思う。

レオさんと呼ぶ声が、見上げる目が、手で触れると頬《ほお》が赤くなる反応が、そのたびに胸をくすぐった。

あの［転移《アリターン》］の時に、置き去りにしてしまわないようにと抱きしめてしまったのは、本当に心配なだけだっただろうか――――？

「………何？　光の申し子にかかっては、さすがの孤高の獅子《しし》も陥落されてしまうってこと？」

半眼の殿下に問われ、俺は慌てて言葉を続けようとしたが上手《うま》くいかなかった。

「なっ……いや、それは……」

「あぁ、いいなぁ。私もお会いしたいな。第二王子では側室は持てないし、愛妾《あいしょう》にどうかな？」

首を傾《かし》げ無邪気そうな顔を見せるが、そろそろ三十路《みそじ》の男がそれをするのはどうだろうかと思う。

「――陛下と王太子殿下にご相談ください」

国王陛下は、自由にさせることで新しいことが生まれるのだからと、光の申し子に対して王家の不干渉を決めた。

それを知っている目の前のセイラーム殿下は、美しい顔を歪《ゆが》めて眉間《みけん》にしわを寄せた。

王太子殿下ですら妃様《きさき》お一人しか娶《めと》られていないのに、第二王子が愛妾など望めるべくもなく。

恋した方を妃様に得、お子様が二人もいらっしゃる。本当は愛妾など求めてもいないくせにそんなことを口にするのは、ただ退屈なだけなのだ。

俺は仕事用の笑みを浮かべたまま、頭の中の要注意人物リストに、セイラーム殿下の名前を連ねた。

殿下の御前を失礼して宿舎の自室に戻ると、部屋は明るく煮込みのいい香りが漂っていた。

「遅くなってすまない、アルバート。第二王子殿下に捕まってしまってな」

「馬鹿正直にお付き合いすることないんですよ。まったく、レオナルド様はお優しい」

嫌味ったらしくそう言って、ダイニングテーブルで書類のチェックをしているのは、メルリアード男爵領のアルバート領主補佐。非常に有能だが歯に衣《きぬ》着せぬ物言いをする同い年の彼は、実家の執事の次男であり幼馴染《おさななじみ》という関係で、容赦も遠慮もない。

「……そうは言うが、仮にも王族からの誘いを無下にはできないだろう」

「『大変申し訳ございませんがこの後の予定がありますので、また後日お誘いいただけますでしょうか』の言葉で片が付くんですよ。そのお茶の時間があれば何枚の決裁書が片付いたと思うんですか」

「……」

「そのせいで削られるのは、あなたの睡眠時間なんですからね」

今日の余韻に浸るのは後回しのようだ。

返す言葉もなく、俺は執務用の机へ向かった。

机の上には至急の決裁書と不備のあった書類の戻しが載っている。

「その急ぎと直しが終わったら、私は戻ります。新たに見ていただきたい分はこちらに置いておきますよ。こちらは次の休日まででで結構です」

「わかった。これはすぐに終わらせる。待っている間に何か食べていてもいいぞ」

「いいえ。妻と子どもが食事をいっしょにと待っていますから」

「……そうか」

夫人と幼子に申し訳ないし、言外に「あなたも早く結婚なさってください」という言葉を感じとって、さらにいたたまれない気持ちだった。

「……すまない。――――あと少しの間だけだ。よろしく頼む」

「仕方ないですね。そうそう、今日の煮込みは、領の港で揚がったスノイカとボゴラガイですからね。早く仕事を終わらせて、うちの妻の自慢料理を美味《おい》しいうちに召し上がってくださいよ」

返された言葉に、拝領して間もない自領を思い浮かべた。

冷ややかな北海の青に佇《たたず》むささやかな漁港は、心意気だけは他の領に負けていない。

美味しそうに食べる申し子の彼女を招待したら喜んでくれるだろうか。そんな甘い想像をして、俺は少しだけ笑ったのだった。

◇◇◇

次の日、どちらの夜会へ行かれますの？　というキラキラでビラビラなドレス姿で、あたしは近衛執務室にいた。

一昨日《おととい》、レオナルド団長に連れてこられた部屋だ。

ワインレッドの魔法鞄《かばん》が、合ってるんだか合ってないんだか微妙なのはご愛敬。

こんな恰好《かっこう》させられてしまいました、すみません。という顔をして見上げると、レオナルド団長はどう見ても笑いをこらえている顔で、口元を覆っている。

「……ユウリ、働くにあたってとりあえずこの情報晶に登録してもらえるか。それと、すまないがこれから謁見《えっけん》に同席するのでもう行かなければならない。書類は適当に分けておいてくれればいい。

その棚の茶と菓子は好きにしていいぞ。昼には戻るのでよろしく頼む」

そう言って慌ただしく出ていった。

が、扉の外でハハハハハ！　と聞こえた笑い声は、絶対にレオナルド団長のものだ。

――くっ……聞こえてますけど⁉

あたしは夜会の屈辱に耐えながら、部屋の中を歩きだした。

適当にって。その書類はどこにあるのよ。

ぐるりと室内を巡ると、入って来た扉に郵便受けのようなものが付いているのに気づいた。

取っ手を手前に引いて、中に入っていた書類を摘《つ》まみ出した。

「定期清掃のお知らせ」「臨時護衛依頼」「城内婚活クラブ部員募集」「予算会議日程表」「魔物報告書」などなど。

あたしはソファに座って、横に長いテーブルの上で書類を仕分けていった。

依頼書とか判が必要なものは一番右、日程とかのお知らせは右から二番目、魔物報告書は三番目、婚活クラブ部員募集は一番向こうのどうでもいい分類……でいいわよね……？　婚活大事だったりする？　ここにわざわざ持ってくるくらいだもの、もしかしたら大事な書類なのかも……？　まだこちらの世界に慣れてないから、事情がよくわからないわ……。

ブツブツ言いながら仕分けていると、ノックの音とともに扉が開けられた。

「失礼しま……うわっ‼」

顔が覗《のぞ》いたと思ったらまたすぐに、扉は閉じてしまう。

(「マクディ副隊長、何を遊んでいる」)

(「護衛隊長！　中に舞踏会がいる！」)

（「訳のわからないことを……」）

　再度ノックの音の後に、扉が開いた。

「失礼しま……、ああ、光の申し子――ユウリ嬢ですよね。おはようございます」

　驚いた顔を見せたものの、すぐに優美な笑顔を作ったのは、青みがかったプラチナブロンドのスラリとした美形さん。

　その後ろで、さっきちらりと顔を見せた人が目を見開いていた。

　あたしは立ち上がって、二人におじぎをした。

「おはようございます。ユウリ・フジカワと申します。今日はレオナルド団長様の書類整理を手伝っています」

「私は護衛隊長をしておりますキール・ミルガイアと申します。近衛団《このえ》は慣例で敬称なしの名前を呼びあっておりますので、どうぞキールとお呼びください。そして、こちらの失礼で残念な男は警備副隊長のマクディ・メッサです」

「……あっ、先ほどは失礼しました！　マクディと呼んでください！　ってか、キール隊長ひでぇ。失礼で残念って！」

　抗議するマクディ警備副隊長は、赤みを帯びた茶色の髪にくるくる変わる表情がやんちゃ小僧な雰囲気。

　白のキラキラ制服には、右肩から胸元に細い金色のモールがかけられている。

　キール護衛隊長の方は上品な濃灰のシンプルなスーツだ。

　護衛隊ということは要人護衛が仕事のはずだから、変に目立たずどこにでもお供できる服ということだろう。高位貴族のお宅からプライベートの街歩きまでカバーできそうな感じ。

警備隊や団長は、近衛がいるんだということがすぐにわかった方がいいから、存在感のある制服なわけよね。

困った時にすぐに見つけやすいし、そこに立っているだけで「近衛がいるぞ」と、よからぬことをするヤカラに対しての抑止力になるように。「見せる警備」とよく言われたものよ。

「では、書類はフジカワ嬢に渡せばよいのですね。……こちらは護衛隊の昨日《きのう》の報告書です。よろしくお願いします」

「ユウリで構いません。書類、お預かりします」

「あ、こっちは警備隊の報告書です。グライブン隊長が謹慎中なので、自分が隊長番に就いています！　よかったら警備室にも遊びにきてくだ……うぐっ」

なんか黒い影がマクディ副隊長の脛《すね》に飛んだような気が。

「団長不在時に困ったことがあれば、遠慮なく声をかけてください。なんせ護衛室はすぐとなりですからね」

「あっ、では今聞いてもいいですか？　――この、婚活クラブ部員募集という書類は重要だったりします……？　この一枚だけ全然関係がないような気がするんですけど、こちらの部屋にそれが入ってるってことはもしかしたら逆にすごく大事なことなのかと思いまして」

「あ、えーっと……そうですね。もしかしたら重要かもしれません」

「うえ!?　ちょキール……」

「そうなんですね、聞いてよかったです。ありがとうございます」

お礼を言うと、二人は変な顔をしながら頭を下げた。

「……では、失礼しますね」「失礼しました！」

ガチャ、パタン。

（「――キール！　やめろよ！　真面目《まじめ》な顔してあんなこと言うとか！」）

（「クククッ。団長に婚活クラブ……」）

（「ブホッ。だからやめろって！　やべぇ！　笑い死ぬ‼」）

（「真面目に悩んでユウリ嬢かわいいな……クククッ……」）

（「婚活クラブ部員募集が重要なわけないよな！　舞踏会だわおもしろ過ぎ‼」）

……だから、聞こえてますからね……？

もう！　悩んで損したわ！

あたしはぽいっと城内婚活クラブ部員募集の紙を一番向こう側へおいやった。

時々ぽつりぽつりと書類がポストに投げ込まれたものの、そんなに時間はかからず仕分け終わってしまう。

お茶とお菓子は好きにしていいと言われていたので、お言葉に甘えてポットに入っているお茶をティーカップへ注ぎ一息ついた。

――――他に何かやることあるかな。掃除とか？

執務机やテーブルセットの他は、書類や本が入っているどっしりとした背の高いキャビネットと、ティーセット一式が用意されたコーナーキャビネットがあるくらいで、掃除道具なんてのは無さそうだし掃除するような汚れも無さそうだった。

個人的にやりたいことはいろいろある。

侍女さんたちのいるところでは出せなかったスマホの確認とか、棒の素振りとか、買った服の包みも開けていないし、まずはなんといってもドレスを着替えたい。持ち物は全部魔法鞄に入っているんだけど。

でもまた突然誰かが入ってきたらまずいわよね。

アヤシイ道具を使っていたり、武器を振り回していたり、下着を広げてたり、ドレスを脱いでたら、警備を呼ぶ事案だわよ。

これはもう余計なことはしないで待っていよう。

あたしは無難に魔法書でも読みながら、部屋の主《あるじ》を待つことにした。

魔法鞄を開けると、鞄の上に半透明のスクリーンが現れ、表示された目録にアイテム名と個数情報が載っている。

数をいちいち数えなくても入れてしまえばわかるらしい。魔法鞄すごい有能。

魔法書、魔法書。思い浮かべながら手を入れれば、すぐに目当ての魔法書が手に載っていた。

緑の革の表紙の魔法書を読んでみると、それぞれの魔法名と呪文《じゅもん》と効果、魔量と魔粒《まりゅう》の一般的な消費量などが書かれていた。

［清浄］アクリーン　・対象を清浄にする。生物可・無生物可　【成功目安スキル値】魔法15
対象例：両手の場合　【消費魔量】10　【消費魔粒《まりゅう》】火1、水2、風3

時刻がわかる魔法もあった。［時読］リタイム　【成功目安スキル値】魔法20　【消費魔量】5　【消費魔粒《まりゅう》】風0～5使用（使用時の状況により可変）だって。

他に［創灯《マライト》］や［乾燥《アドライ》］といった便利な魔法から、［創水《マワター》］、［湯煮《アボイル》］、［乾焼《アベイク》］、［網焼《アグリル》］、など料理に便利な魔法が載っていた。やたら充実しているし、これ、熱源なしで料理できちゃうんじゃな

湯煮
創水
乾焼

い？

イメージしながら魔力を込めて唱えればいいらしいんだけど……ふとお茶を飲み終えたティーカップが目に入る。

汚れが落ちてつるりとしたカップをイメージして――……。

「［清浄《アクリーン》］」

ふわん。

乾燥直後の食洗機みたいな温かい空気を一瞬放って、ティーカップは綺麗《きれい》になっていた。

……………すごい…………。

自分でやっておいてなんだけど、びっくりするわ……。

カップのどこにも汚れは見当たらないし、消毒しました的な香りも漂わせている。

なるほど、魔法はイメージが大事って、ちょっとわかったかもしれない。

あたしは眺めるように見ていた魔法書を、真剣に読みだした。

◇◇◇

集中しているところへお役目を終えたレオナルド団長が戻ってきた。

「あ、おかえりなさい。お疲れ様でした。時間が余ったので魔法書を読ませてもらってました」

「……あ、あぁ、それは構わないぞ。時間は有効に使ってくれ」

そういう団長はほんのり顔が赤い。どうしたんだろう？

「どうかしました？」

「……いいものだな……いや、なんでもない。少し早いが食事に行くか」

前の方よく聞こえなかったけど、なんだろう。

食事、食事ね。ええ、行きたいのはやまやまなんですが。

あのちょっと豪華な社員食堂みたいなところよね……。

「……着替えを……この恰好で行くのがちょっと恥ずかしいというか……その……着替えてもいいですか……？」

「‼　そ、そうだな。それでは目立ち過ぎるな。わかった、扉の外で待っていればいいか？」

「すみません、すぐ着替えますので……！」

レオナルド団長は慌てて部屋の外へ出ていく。

ああ、あたしってば部屋の主《あるじ》を追い出し見張らせるなんて、ひど過ぎるわ。

三人がかりで着せられたドレスだけど、体は固くないので大丈夫。後ろのボタンも自分で外し、ズボッと跨《また》いで脱出する。ドレスは魔法鞄の中へ。

この世界にはあの内臓出そうでヤバイと噂《うわさ》のコルセットはなく、ボディスーツ程度の補整力の物で腹腰周りは押さえている。これもとっとと外して、大急ぎで着替えて団長と合流した。

やっと身軽になって、気持ちも軽い。

今日のランチはパンとスープのセット。

シンプルなセットと思うなかれ。スープボウルにたっぷりの野菜と豆とソーセージまで入っていて、女子には十分満足のセットだ。

向かいには優雅にナイフとフォークを操るレオナルド団長がいる。獅子《しし》様が昼からステーキはイメージ通りよね。

「レオさん、この国では家というか部屋というか住む場所を探す時は、どこへ行けばいいんですか？」

いやもう、毎日ドレス着せられて思うように動けないんじゃ、仕事も探せないわよ。お店を見て回ったり、自炊もしたい。

この国にも不動産屋とかあるのかしら。

「家か？　……そうだな、だいたい所属ギルドで相談するんじゃないだろうか」

「ギルド、ですか」

昨日《きのう》行った魔法ギルドを思い浮かべる。

魔法使い《メイジ》が所属している組合的なものってことだと思うんだけど、住むところも斡旋《あっせん》してるのか。

「——例えば、魔法ギルドは調合師《ミキサー》や魔書師《サークルライター》、魔粒師《コネクター》などの魔法系生産職人が所属している」

「あっ、魔法使い《メイジ》じゃないんですね」

「魔法使い《メイジ》は冒険者ギルドか傭兵《ようへい》ギルドか、もしくは国軍だろうな」

「なるほど」

「で、住むところだが、例えば魔書師《サークルライター》の見習いがいたとする。ギルドに相談すれば、ギルド所有の宿舎か住み込みで働ける師匠の家を紹介してくれるだろう。売り手として独り立ちするともなれば、その商売に向いた店舗も探してくれるしな」

「まず仕事を見つけないと、住むところも見つけられないわけですね」

そうか、そのための宿泊券プレゼントか。

あたしも街に泊まって仕事探しに本腰入れた方がいいかもしれない。

「ユウリは、もしかして城での暮らしに不満があるのだろうか。そうだとしたら改善するから言ってほしい」

レオナルド団長はナイフとフォークを置き、正面からあたしを見据えた。

あたしもスプーンを置いて、向き合う。

「あ、いえ、不満とかそういうわけじゃないんです。ただ、毎日ドレスを着せられていたら仕事も探しにいけませんし、出歩くのも不自由だなって」

「そうか……。それは気づかず、すまなかった。不自由させないように賓客扱いでと上から言われていたんだが、それが不自由だったんだな。仕事も別にしなくても構わないんだぞ。できれば城に住んでほしいのだが……要望はあるか？」

いやいや、仕事はできるならした方がいいでしょ。しないと結局罪悪感でストレス溜《た》めそうだもの。自由にできる自分のお金っていいものよ。

「身の回りのことは一人でできますし、むしろ一人でしたいです。あと自炊も。街に自由に出られるとうれしいです」

言っていてこの世界の貴族の人が思う快適と、現代日本人が思う快適の差を思い知る。

ドレスが嫌、人にされるのも嫌って、あたし根っからの平民だわ。

「――――それなら、うちに来るか？」

「……へ……？」

シーン。と、周りの音がなくなった。

う　ち　に　来　る　か――――⁉

ちょ、なに、どゆ意味⁉

それ、マンガの中で、火事とかで住むところに困った恋人に言ったりするセリフじゃないの⁉

「あ、いや！　そういうことじゃなくてだな！　近衛《このえ》団の宿舎に来るか、ってことだ！」

真っ赤《まっか》になったレオナルド団長が慌てて言ったのと同時に、ざわめきが戻ってきた。

そ、そうよね。そういうことだよね。あーびっくりした。ついあたしも顔が熱くなってしまった。

「……いいんですか？　あたし近衛の人じゃないですけど」

「特別にな。その話はまた後で。食事を終えたら案内する」

「うれしいですけど、仕事中にご迷惑ではありませんか？」

「敷地内なら空話で連絡が取れるから問題ないぞ」

迷惑じゃないならいいんだけど。

団長様って言っても、王様に雇ってもらっている人だと思うし職務怠慢でクビになったら困るじゃない。

ちらりと見上げれば、レオナルド団長は照れたように目を伏せた。

◇◇◇

うちに来るか――――。

((((団長！　食堂《こんなところ》で公開プロポーズですか⁉))))

孤高の獅子と名高い近衛団長が放った一言で、付近一帯の人々が固まった。

聞くとはなしに聞いてしまったというか、だってあの眼光鋭く国王陛下のお側《そば》に控える獅子様が、女性を前にふんわり柔らかい笑顔なんて浮かべていらっしゃるんですよ⁉　気になってむしろ積極的に聞きに行きたい。

強面《こわもて》のせいか良過ぎるガタイのせいか、国王の信任も厚いのに浮いた噂一つない、三十路独身男子。

（（（（がんばれ！　団長様、超がんばれ‼））））

たまたま居合わせた関係ない部署の人たちの心が、一つになった瞬間だった。

◇◇◇

「あ、手荷物検査しないんだ」

お城の通用口を出た時に、想定外過ぎてつい口にしてしまった。

王族用の出入り口ではしないのはわかる。そんな偉い人たちに、鞄《かばん》を開けて中身見せろとは言えない。けど、一般の出入り口でもしないとは思わなかった。

身分証明具を情報晶にピカッとするだけで出られてしまったのだけど、もしかして魔法で手荷物も検査しているのかな。

「手荷物検査、か？　出入りする荷車の荷検《にあらた》めはしていると思うが、手荷物というのは聞いたことがないな」

確かに魔法鞄の手荷物検査とかどうやってやるのかって話で、やりようがないのかもしれないけど。

「そうなんですか。盗難などがないってことですよね。いいことですね」

「……いや、ないことはない。時々そんな話を聞くが、備品などの管理はその部署の責任となっているから、近衛団まで詳しい話が届かないんだ。ユウリのいた国ではそれが行われていたのか？」

ショッピングモールやちょっと大きな店舗なら、従業員が退店する時に普通に手荷物検査がある。企業でも来客者にはお願いしているところもあるし、手荷物検査自体なら、空港などでみんななんの疑問もなく受けている。

「そうですね。普通にありました」

「……そうか。この件は少し考えてみるか……。異国のそういう話はとてもためになるな、ありがたい。またなにかあれば聞かせてもらえるか？」

「はい。あたしの話でよければいくらでも」

お世話になっているから、こんな知識でいいならいくらでも。役に立てるのはうれしいし。

あたしは魔法鞄を肩にかけ、先を歩くレオナルド団長の後についていった。

白鳥宮をぐるりと取り囲むように建つ城内壁の外側に、宿舎棟はある。

近衛団用の他にも料理番や掃除番、厩務員《きゆうむいん》や庭師用などの宿舎があるらしい。

どれも三階建てかそれ以下の階数で、城内壁より低く造られている。

あたしたちはそのうちの一つ、石造りの三階建てへ入っていった。

「ここは近衛団の宿舎の一つだ。入り口横は今は使ってない厨房《ちゆうぼう》と食堂だが、使いたい者は自由に使っていいことになってる。鍋《なべ》や食器もそこから必要な分を部屋へ持っていっていいからな」

棟内に入ると飾りっけのないエントランスがあり、正面に階段があった。その斜め向かいに食堂と厨房があるようだ。

階段を上り一番上の三階へ。廊下の窓ガラスから陽《ひ》が差し込んでおり、もう片側は等間隔に扉が並んでいる。よくあるアパートと同じ感じの造りだった。

その一番端のいわゆる角部屋へ案内された。

「ここはどうだろうか」

レオナルド団長が扉を開けると、いきなり広い玄関ホールが出迎える。

「……ひっろ！」

思わず口からこぼれた。

六畳じゃ納まらないな、九畳くらい？　ここにテーブル置いてお茶飲めそうなくらい広い。大きな収納スペースまで付いている。

団長は笑いながら入っていき、奥で窓を開けたみたいだった。

すーっと涼しい風が抜けていく。

玄関ホールから延びる短い廊下は、左面は洗面所と繋《つな》がり、反対側は扉が付いていた。

扉の向こうは広々としたリビングダイニングキッチン。奥には窓が見えている。ガラスがはめられた引き戸を閉めれば窓側のリビングは独立するようだ。

リビングから、となりのベッドルームへ行けるようになっていて、さらに洗面所へ通じている。ぐるりと回れる使いやすそうな回廊式の作りだった。

洗面所はトイレとシャワーブースの個室と繋がっていて、残念ながら浴槽はないみたいだった。

造り付けのクローゼットやベッドなどの最低限の家具もあり、すぐにでも住めそうだ。

「広くていい部屋ですね。本当にこんな部屋をお借りしていいんですか？」

「もちろんだ。近衛団はほとんど独り者なんだがな、広い部屋は掃除が面倒だと、この棟は人気がない」

そうかもしれない。確かにこの部屋は一人じゃちょっと広い気もする。

でも、もし友達なんかができてここで飲むなら、広すぎるということはないだろう。

「さっきは周りに人がいたから言えなかったんだが、光の申し子の要望をなるべく聞くように陛下からも言われている。嫌でなければ使ってほしい」

「国王陛下からですか」

「そうだ。移民として扱うと決めたから、直接挨拶《あいさつ》できず残念だとの仰せだった。ごゆっくり滞在くださいとのことだぞ」

恐れ多い話だ。

王様と話すなんて、こっちの礼儀作法もわからないし、とても無理だもの。そこも配慮してもらえているのかもしれない。

「……ありがたいお話です。遠慮なく、お言葉に甘えます」

あたしがそう言うと、レオナルド団長は笑ってうなずいた。

「後でマットレスとリネンを持ってくる。掃除は……［清掃《アクリーニン》］」

微《かす》かに空気が流れた。元々そんなに汚かったわけではないけど、さらに空気が綺麗《きれい》になった気がする。

「今の［清浄《アクリーン》］の魔法じゃなかったですよね？」

「ああ。［清浄《アクリーン》］は小さい範囲を強力に清潔にする魔法だな。そこまで綺麗にしなくてもいいのなら、［清掃《アクリーニン》］の方が魔量と魔粒《まりゅう》の消費量が少ないから向いているんだ。動物なんかにかけるのもこっちの方が向いているらしいぞ。匂《にお》いを取り過ぎないとか」

似た魔法でもそういう違いがあるのか。魔法、やっぱりおもしろい。

これからはやっと人目を気にせず魔法の勉強もできるわ。

「他の部屋も［清掃《アクリーニン》］をかけていこう。ちょっと待っててくれ」

「あ、いえ！　自分でやってみます！」

「そうか。確か、［清掃《アクリーニン》］は初級の中でも簡単な方だったはずだ。魔法のスキルがあるならそれもいいかもしれないな」

レオナルド団長は城に戻る前に、部屋の扉に部屋主の記憶をしてくれた。今後は自分の身分証明具で鍵《かぎ》の開閉をする。

一人になった部屋の中で、魔法書を広げてみる。［清掃《アクリーニン》］［清掃《アクリーニン》］っと……あった。

［清掃］アクリーニン　・対象を清掃する。生物可・無生物可　【成功目安スキル値】魔法10
対象例：一フィルドの場合　【消費魔量】50　【消費魔粒《まりゆう》】水1、風3

一フィルドってどのくらいだろう。

よくわからないけど、まぁ、やってみようか。スキルは足りているし、魔量も魔粒《まりゆう》もまだあるし。

「［清掃《アクリーニン》］」

唱えた途端、周囲の空気がすっと変わったような気がした。

［状況《ステータス》］を見てみると魔量が１３０減っていた。ＬＤＫ全部でこのくらいってことは、一フィルドはこのリビングくらいってことかな。

あ、魔法のスキルが上がってる気がする。確か元は32だったような。

魔粒《まりゆう》はどのくらい減ってるだろうって、調べようとして気づいた。

魔粒《まりゆう》って身に付けてなくても使えるものなんだ……？

魔法鞄を開けて、魔粒《まりゆう》と念じれば半透明のスクリーン上に情報がピックアップされる。

◎火魔粒《まりゅう》：１００　◎風魔粒《まりゅう》：１００
◎水魔粒《まりゅう》：１００　◎土魔粒《まりゅう》：１００

⁉

減ってない⁉

待って、思い出してみよう。レオナルド団長なんて言ってたっけ。

それぞれの元素《エレメント》と相性のいい者もいるって言ってた。

そういう人は周囲の気から集めてくるから、魔粒《まりゅう》で補わなくてもいいってことよね。

でも四種類ともって……チート？　と思い浮かんだところで、あたし気づきましたよ。

そういえば、特殊スキルによくわからないのがあった。

――――四大元素《エレメンタル》の種。

もしかして、これ……？

思い当たるものの、答え合わせはできない。今度神様に会うことがあれば聞いてみよう。

なんにせよ、魔粒《まりゅう》は全然消費されないし持ってなくていいし、便利この上なし。

残りの箇所もさっさと掃除してしまおうと、あたしは鼻歌まじりに他の場所へと向かったのだった。

◇◇◇

あっという間に掃除を終えて、とりあえず今晩のごはんを確保しに出ることにした。

鞄の中身とか気になっていることはあるけど、何はともあれごはん確保。

レオナルド団長が後で来るって言ってたけど、どうしよう。外が明るい時間のうちに行きたいんだけど。

近場ならいいだろうと、まずは一階の厨房に来てみた。

壁にしつらえてある棚には調理器具がずらりと並び、棚の扉を開ければ食器もきっちり詰まっている。

ちゃんと手入れもされているみたいで、棚からぶらさがるフライパンはサビもなく油でほどよく保護されていた。

こんなにあるならちょっと借りても大丈夫そうだ。自分で買い揃《そろ》えるまでお借りします！

小さめの両手鍋とミルクパンと中くらいのフライパン、まな板とザルとボウル、あとペティナイフとレードルとフライ返しなどを選ぶ。食器も大小プレート、スープボウル、グラス、カップ、カトラリーなども二つずつ選んだ。かなり最低限な感じ。足りなかったらまた借りにこよう。

宿舎から外に出て東門を通り、お堀の橋を渡る。

渡り切った横の公園は、昨日《きのう》レオナルド団長の［転移《アリターン》］で着いた場所だった。

団長の腕、太かった……。

思い出してまた顔が熱くなる。

［転移《アリターン》］ってあんな魔法だし、くっついてないとだめな魔法なんだろうけど。なかなか平静に対応しきれない事案だったわね……。

公園の前のお店の看板に「魔粒《まりゅう》あります」と書いてあるのが目に入る。

魔法系のお店なのだろう。

お城で働く人には、足りなくなったらすぐ買いに来られる便利な場所だ。

覚えておこうと思いながらも通り過ぎようとした時、窓からちらりと見慣れた物が見えた気がした。

今の、瓶に入った茶色のスティック状のって……！

後ろ向きのまま歩を戻し、窓を覗《のぞ》き込んでみる。

――やっぱりシナモンスティックに見える！

周りの瓶も、黒い粒や茶色の種風のものや葉が入っているものなど、見覚えのあるものが多い。あの葉って、乾燥ローリエじゃない？

あたしはドキドキしながら、ポーション専門店『銀の鍋』と書かれた扉を開けた。

「いらっしゃいませぇ。魔粒《まりゅう》ですか？」

お店のカウンターにいるのはベビーピンクの髪をツインテールにした女の子。あのかわいいピンク色、自然な色なのかな。

「……こんにちは。魔粒《まりゅう》ではないんですけど、ちょっと見せてもらってもいいですか？」

「どうぞどうぞ。うちは選《え》りすぐりのポーションを揃えてます！　ワタシが国中で探してきたポーションたちなんです！　職人さんによって味や効能に個性があるのを知らないお客さんが多いんですけどぉ、うちはいろいろ置いてますからきっとお好みのものが見つかりますよぉ」

かわいい外見を裏切るオタク臭がする。目がキラキラ通り越してギラギラしてるし。

「見たいのはポーションじゃなく、材料の方かな。この辺の瓶とか見たかったんです。魔法鞄って預ける場所ありますか？」

「はーい。カウンターで預かります！　お姉さん、調合師《ミキサー》さんですか⁉　うれしい！　よかったら買い取りもしますよ。うちは材料も種類多いと思います。産地とか聞きたいことあったら声かけてくださいねぇ」

ミライヤと名乗る店主の女性に鞄を渡して、材料の載った棚をじっくりと見る。シナモンスティックにはアデラと書かれ、黒い粒にはトト山コショウとあった。よく見ればガラスケースの中にはショウガやニンニクも置いてある。

こんなところにおいしい物たちがいるじゃない！

お金さえあれば、スパイスが効いたカレーも作れるかもしれない。

この国ではハーブや香辛料は食べるものではなく、ポーションの材料ってことか。こんなに揃ってるのに、あんなシンプルな料理食べてるなんてもったいない気がする。

あー、コショウ欲しいな。値段を見れば一グラムで２００レトとあった。

高い。すごい高いわけじゃないけど、今のあたしには高い。でも欲しい！　大航海時代の貿易商の気持ちってこんなだろうか。

「……このコショウを二グラムください。あと粒を削る物って何かあります？」

「削る物ですかぁ……。うーん、コショウを削るのは聞いたことがないですけど、砕くなら瓶の底で叩《たた》けば少量に分けられますよ」

それも粗挽《あらび》き風でいいかもしれない。

保存用にコルクのふたが付いた小瓶を二個と、濾《こ》す用に売られているふきんと、エプロンも買った。

ついでに、食料品のお店も教えてもらう。このあたりは場所がいい分食料品がちょっと高いらしいんだけど、そのお店は目立たないところにあるから手頃《てごろ》な値段だという話だった。

言われた通りに下っていく。と言っても坂を下るわけではなく、お城が王都の最北部にあることから、南側へ向かうことを下ると言うのだそうだ。日本でもそういう言い方する場所もあったっけ。

目印の花屋を曲がると、こぢんまりとした商店があった。

『セイラーの麻袋』と看板がかかっている。

売っているのは粉と調味料と油とチーズ。日持ちのする物を売っているお店らしい。

日持ちがするものはいいわねと思ったけど、魔法鞄《かばん》があるから生ものでも大丈夫なのよね。やっぱりまだこちらの生活に慣れない。

薄力粉、砂糖、塩、ポクラナッツ油、白ワインビネガー、セミハードのチーズを少量ずつ量り売りしてもらった。

ものすごい悩みながら少量ずつ買うあたしがかわいそうに見えたのか、お店のお母さんが卵を三つもくれた。

「移民の子かい？　これも持っていきな」

「え、いいんですか？　うれしい！　ありがとうございます！」

「いいよいいよ。あんた細っこいからね、しっかり食べてがんばるんだよ」

そんなに細くはないんだけど。割と筋肉ついてるし。でもこの国の人たちと比べると、縦にも横にもちょっとずつ小さい気はする。

また来ると約束してお店を出る頃には、傾いた陽《ひ》が街を金色に染め始めていた。もうすぐ茜色《あかねいろ》へと変わっていくのだろう。

今日は素敵なお店を二つも見つけた。

仕事が決まってお給料をもらったら、またいろいろと買いにこよう。何種類もあったチーズを試してみたいし、ニンニクとショウガも欲しい。

そうだ！　塩と油と白ワインビネガーがあって卵をいただいたということは、マヨネーズが作れるということだ。

よく読む異世界転移モノの小説でもマヨネーズが登場することが多いのは、作りやすさのおかげだと思う。

中濃ソースやケチャップみたいに何種類もの材料をことこと煮込んで作るのは、やっぱり難易度が高い。醤油《しようゆ》なんてどうやって作るのか、樽《たる》で寝かせるんだっけ？　くらいの知識しかなく、とても作れそうな気がしない。

それに比べてマヨネーズは比較的手に入れやすい調味料と材料に、かき混ぜるだけでいい調理方法。それであのおいしいソースができるんだから、材料が手に入れば作っちゃうわよね。

うれしい。数日ぶりにおなじみの調味料を味わえる。

もう一度宿舎の厨房《ちゆうぼう》に寄って泡だて器を拝借しようと、あたしはウキウキで城へ戻っていった。

◇◇◇

マヨネーズ、マヨネーズ。確か卵黄一個と塩少々とお酢を最初に混ぜるんだけどお酢どのくらい入れるんだっけ。油も案外使ったような記憶がある。

部屋で食材を調理台に載せながら記憶を探るが、なかなかおぼろげなもので。

しょうがないわよね、手作りマヨネーズって二回くらいしか作ったことなかったもの。

こんな時にスマホがあればすぐにダーグルでダグれるのに。って、スマホあるんだった！

魔法鞄に手を突っ込み、スマホを取り出し電源を入れる。アイコンは減っているけど、本当にいつもの画面が表示された。しかも充電がいらないって、便利になってるし。

ダーグルを開けば見慣れたロゴが迎えてくれた。よかった、これがあればたいがいのことはなんとかなるわ。

マヨネーズレシピを検索したところ、卵黄一個で塩小さじ一、お酢大さじ一、油適量な感じでよさそうだ。

さっそくさっき買ったエプロンを着けて、材料を揃えていく。

まずは卵に「清浄《アクリーン》」と唱える。生で使うからしっかり綺麗《きれい》にしないとね。卵白をスープボウルに割り入れて除《よ》け、卵黄だけ金属製のボウルへ。そこに塩と白ワインビネガーを入れて、泡だて器で混ぜる！　混ぜる！　混ぜる！

よく混ぜてもったりしてきたらポクラナッツ油をちょっとずつ入れよく混ぜ混ぜ。固さを見ながら油を足して出来上がり。今日はちょい緩めの仕上がりだ。

なぜか以前作った時よりも混ぜるのが楽だった。前と違うのは油と酢の種類だけど……ポクラナッツ油を使ったせいかな。これならちょくちょく作ってもいいかも。

ついでに残った卵白と卵をもう一個と［創水《マワター》］で出した水を薄力粉と混ぜ、なんちゃってクレープ生地を作った。

あとはフライパンで薄く焼けばいいだけなんだけど、キッチンの大理石っぽい台の上には金属の輪が三つ置いてあるだけ。手前にボタンも付いているし、これがグリルだとは思うけど……。

扱うものが火だし説明を聞かずに使うのもためらわれて、勉強も兼ねて魔法で作ってみることにした。

お皿にクレープ生地をスプーンで薄く延ばして、魔法書で呪文《じゅもん》を確認しながら「［乾焼《アベイク》］！」と唱える。

ブオッ。

周りに熱気が舞い、お皿の上には焦げ茶色の物体がのっていた。

……ちょーっと力入っちゃったかなー……。

お皿にはなんの焦げ目も付いていないのが不思議。

もう一回、今度は優しく優しく……「［乾焼《アベイク》］」。

焼き目のない乾いた一枚が焼き上がっていた。見た目はかなりクレープ。

こうなるとおもしろくなってきて次は［網焼《アグリル》］を使ってみると、所々に焼き目がついたチャパティ風に出来上がった。

お皿じゃなくフライパンの上で魔法を使うとさらにいい焼き色に。熱伝導率の違いとかなのかしら。

できあがったものは全部魔法鞄へ。多分、保存するには一番いい場所な気がする。

シンクの横にある二段に分かれた箱は多分冷蔵庫だと思うけど、中を開けても冷えていないし、コンセントなんてものも当然ない。レオナルド団長が来たら聞いてみないと。

調理器具や服を片付けているところに、ベルがリンと鳴った。

はいはいーと玄関ホールへ行くと、真っ暗なはずの扉が光っており、レオナルド団長の大きな姿が浮かび上がっていた。

来訪者がわかるようになっているみたい。この部屋、セキュリティも素晴らしいわよ。

戻って来た団長は、大きなボストンバッグの魔法鞄からベッドへマットレスと新しいリネンを出してくれた。

「何から何までありがとうございます」

「いや、気にするな。大したことじゃない。——あとこれを」

差し出されたのは、使い切りの紙の容器にのせられた、蒸し野菜と焼いた鶏肉《とりにく》と目玉焼きと黒パンだった。

「食堂で買ったものだが、よかったら食べてくれ」

「あ、ありがとうございます……」

栄養バランスもばっちりな一皿がうれし過ぎる。明日の朝の分もありそう。でも、三食もお世話になるのが申し訳ない気持ちにもなった。

——そうだ。

「ちょっと待っててもらえますか」

「ああ。構わないが、どうした？」

焼いたクレープ生地を出して、買ってきたチーズを薄く切りのせ、砕いたコショウもちょんちょんとのせる。丸い生地を折りたたんで長方形にしてから、ポクラナッツ油をまんべんなく塗りフライパンに置いた。魔法書をめくってお目当ての魔法を探す。

「……えーと……これこれ。［油揚《アディーフラ》］」

火力に気を付けながら魔力を操作すると、ポクラナッツ油の香ばしい香りがふわんと漂い、きつね色の揚げチーズ巻きが出来上がった。

お皿にのせて、レオさんに差し出す。

「たいしたものじゃないんですけど、よかったら夕食の一品に加えてやってください。ワインにも合うと思います」

「これは……？」

「チーズのフライみたいな物ですね。実はさっきお城の外で買い物してきたんです。テキトーおつまみでお礼にもなりませんが」

「──この短い時間で街へ行ってきたのか？」

「はい。見たかったのでちょっとだけ行きました。駄目でしたか？」

「……いや、駄目というわけではないんだが……驚いたというか……ユウリは行動力があるんだな。そういえば料理の手際もいい。魔法を知らなかったとは思えないな」

「お世辞でもうれしいです」

「いや、世辞じゃない。本当に美味《うま》そうだ。ありがたくいただこう」

獅子《しし》様はちょっと照れたように笑った。

家魔具《かまぐ》（家庭用魔法器具）という道具たちの使い方も、忘れずに教わっておく。なんと玄関ホールにあるロッカーもどきは、洗濯魔具だって。

レオナルド団長は「疲れていたら明日は来なくてもいいからな」と言い残して帰っていった。

いやいや行きますとも。

このくらいで疲れるような体力じゃないですよ？

夜ごはんは、皮目パリパリのチキンと蒸し野菜にマヨネーズをかけてクレープ生地で巻いて食べた。

このチキン、お城の客間でいただいたのと似てる。臭みはないけど味が濃いの。

ちょっとだけかけたコショウが大変いいアクセントになっていた。あー、いい香り。マヨコショウってばマイルドで刺激的でたまらないわ。

食後にスマホをじっくりと見てみれば、なんとダーグルマップが使えた。

マップを開くと、現在地は大きな敷地の中の小さな建物の中となっている。すぐ下に大きな王城の形があり、レイザンブール城だとわかった。

これ、この世界のマップだ。

建物の名前が入ってないのが残念なところだった。

ああ、でも、ラベルを貼《は》ることができるから、少しずつ自分で作っていけばいいか。

ここが『レイザンブール城』、お城を出て広場の前のお店が『銀の鍋《なべ》：調合屋』、南に下ったところが……多分この辺が『セイラーの麻袋』だと思うんだけどちょっと自信がない。今度また行った時に正確な場所のラベルを貼ろう。

ラベルは公開にしておく。もし他の申し子が見ることがあれば、情報を共有できるものね。

スマホのアラームがあるから起きるのも心配ないし、明日からはいつものトレーニングも再開しようかな。

人気動画サイトの『音《おと》ってみた』で好きな作り手さんの曲を聞いて、ウェブ小説を読んで、ベッドでゴロゴロして、異世界らしからぬ夜は更《ふ》けていくのだった。

◇◇◇

朝の空気は涼しい。

畑が広がる宿舎棟の裏で、あたしは右手に持った伸縮式の棒を軽く振り下ろした。

二段に伸びた棒は腕の長さほどになり、伸ばす前にはなかった鍔《つば》が出現し、モヤがモヤモヤし、元の棒とは全く違うナゾの棒となり果てている。

軽くなってるから、威力も変わるだろうな。
二、三回振り下ろして、構える。
下段の構え。一歩前へ、すぐに相手の右肘《みぎひじ》を打ち、振り下ろしざまに左の太ももに打ちこむ。まぁ、相手はいないから空気に向かってだけど。

素早くもう一回。ふらつかないように、もう一回。

下段打ちを十回やったら、次は中段打ちを十回。

中段打ちは、中段の構えから左肩右肩と打ち込み、後退して左腕右腕と打つ。これ男の人と比べて背が低い女子には不利な動作だと思うのよ。まぁやるんだけど。

五セットやって終了した。夕方にもう五セットやろう。

棒の先を地面にコンと打ちつけて短く収納し、ベルトに付けているホルスターにしまう。

自然の中で振るのは気持ちがいい。

うーんと伸びをする。

広い広い畑の奥の方では作業している人が見えていた。その向こうに見える横長の建物は牛舎か鶏舎か。

さて今日も書類整理の仕事があるし、その前にシャワーを浴びて朝ごはんを食べないと。

黒パンに目玉焼きのせてチーズとコショウをパラッとして、ちょっとだけ焼いて食べよう。プリッとトロッとフワッと。

想像して、ふふふ。と笑みをもらし、あたしは部屋へと帰った。

◇◇◇

本日も近衛《このえ》団執務室で書類整理のお仕事。

服はお店のお姉さんチョイスの藍色《あいいろ》のセットアップで、ボレロとミモレ丈のフレアスカートに白の襟なしシャツ。お貴族様の質素なドレスにも及ばないけど、夜会ドレスよりははるかに仕事場向きなのは間違いない。

昨日《きのう》通った通用口まで来ると、ちらほらと中へ入っていく人たちがいる。キッチリとした服の人からラフな服の人までわりといろいろだ。

この出入り口は、城内で働いている人たちの他に納品する商人も通るので、広いホールになっていた。

部屋の端の方では商人さんとコックコートを着た料理人さんが、荷車を覗《のぞ》き込みながら話をしている。

城内で働く人たちは、それを横目に見たり見なかったりしながら身分証明具を情報晶に近づけて光らせ通っていった。

情報晶を載せたポールは二か所で、それぞれの横に警備隊員が立哨《りっしょう》しており、あたしが通る方にいたのはエクレールだった。

「おはようございます」

「ユウリ様。おはようございます」

エクレールは後ろで手を組んだ姿勢で、爽《さわ》やかな笑顔をこちらに向けた。

「エクレール、あっちの情報晶を通るとどこへ出るんですか？　金竜宮の方向ですよね？」

「正解です。王族の方々用の厨房横に出るんですよ。なので、あちらを通るのは金竜宮の下働きの人たちですね」

なるほど。で、こっちを通るのは青虎棟で働く人たちってことか。

確かにこちらを通る人たちはシックなスーツ姿が目立つ。文官の人たちかしら。

っていうか、入る時にも手荷物検査しないいんだ……。

こういう重要な施設の場合、持ち出し以上に危険物の持ち込みに注意しないとならないいんだけど、そういう心配ってないの……？　毒物とか爆発物とか、魔法鞄《かばん》で持ち込み放題とか……。

あたしはエクレールと別れ、近衛執務室へと向かった。


「――おはようございます」

「おはよう。――どうした？　何かあったか？」

考えごとをしていたあたしに、レオナルド団長が聞いた。

「あ、いえ。手荷物検査が入る時にもなかったので、毒物や危険物の持ち込みとかどうやって防いでいるのかなと思って」

「――ああ、なるほど」

団長は一瞬目を見開き、うなずいた。

「そうだな、まず王族の方々が召し上がるものは毒見がいる。金竜宮で働く者たちは身元がはっきりしているし、護衛隊が常に詰めているからさほど心配はないだろう。だが、確かに青虎棟の方はそれぞれの部署や個人の責任ということで、気にされていなかったな。ユウリから見ると気になるか?」

「そうですね……。こちらの国に慣れていないせいかもしれませんが、ちょっと怖いです」

「――――わかった。光の申し子を怖がらせるのは本意ではないしな。これから陛下にお会いするから、謁見《えつけん》の時間が終わってから奏上《そうじょう》してみよう」

「いいえ、あの、あたし一人のためにそんなことしなくても……」

「ユウリがそう思ったということは、他にも思う人がいるかもしれないということだ。慣れが問題を見えなくしていることは多いからな。言ってくれてありがたい」

そう言うとレオナルド団長は、あたしの頭をポンポンとして出ていった。

……なんだろう、なんか子ども扱いされた気がするんですけど……。

腑《ふ》に落《お》ちないし照れくさいしで、なんとなく口を尖《とが》らせて閉まった扉へ目を向けた。

部屋の主様がいない間は、書類整理と留守番。

今日も涼しげな超絶美形の護衛隊長とやんちゃイケメン警備副隊長から報告書を受け取る。

その時に知ったのが、近衛団のもう一つの隊である遠見隊の隊長番は夜の勤務で、早朝に報告書が提出されるという豆知識。それと、あの悪ダヌキの警備隊長は一か月の謹慎処分をくらっているというステキ情報だ。顔合わせたらイヤだなぁと思ってたけど、それなら安心。ククク。悪ダヌキめ、いい気味だわ。

書類整理はささっと終わらせて、魔法の練習を兼ねて掃除をする。

「[清浄《アクリーン》]!」

魔量はしっかりあるし、魔粒《まりゆう》は消費しないし、あえて[清掃《アクリーニン》]じゃなく強力除菌な[清浄《アクリーン》]をかけてみた。

（［状況《ステータス》］）

〈ステータス〉
【名前】ユウリ・フジカワ　【年齢】26　【種族】人　【状態】正常
【職業】中級警備士　【称号】申し子［ウワバミ］　【賞罰】精勤賞
〈アビリティ〉
【生命】２４００／２４００　【魔量】３２３４８／５０８４８
【筋力】54　【知力】83　【敏捷《びんしょう》】93　【器用】89
【スキル】体術　63　棒術　90　魔法　48　料理　92　調合　80
【特殊スキル】鑑定［食物］12　申し子の言語辞典、申し子の鞄、四大元素《エレメンタル》の種、シルフィードの羽根、シルフィードの指、サラマンダーのしっぽ
〈口座残高〉　３０００レト

ひっ……。

応接セット付近にだけかけたのに、魔量が二万近く消費されていて、思わずのけぞる。

部屋全体にかけたら、三万をちょっと超しそうだ。

［清掃《アクリーニン》］なら千も使わないことを思えば、確かに、広範囲をやるには実用的じゃないかもしれない。

お茶を飲みながら魔法書を読んでいるところへ、レオナルド団長が帰ってきた。

「おかえりなさい！　お疲れ様です」

「ああ、戻った。先ほどの話は陛下に奏上してきたぞ。次回の管理委員会の議題に挙がることになるだろう」

「そうなんですね。話が進むの早いですね」

「そうだな、陛下のご裁断のおかげだな。それでだ、手荷物検査について詳しく聞きたいし、また何回かこちらに来てもらってもいいか？　報酬はもちろん出る」

「はい。構いません」

「明日、明後日《あさって》は政務休日だから、三日後に来れるようなら来てくれ」

お城にもお休みがあるのね。土曜日曜みたいなものかな。

もちろん、報酬が出るなら喜んで来ますよ。

レオナルド団長は、ふと周りを見回し首を傾《かし》げた。

「――ん？　えらく綺麗《きれい》になっている気がするんだが……」

「この辺だけ［清浄《アクリーン》］をかけましたけど」

「［清浄《アクリーン》］を？　……この辺とは、どの辺だろうか？」

「部屋のこちら側の半分くらいだと思います」

「――っ……！　それ、魔力どれだけ使うんだ…………!?」

獅子様は近衛《このえ》団長にあるまじき顔で一瞬あぜんとした後、おもいきり難しい顔をした。

「…………ユウリ、それは絶対に他で言っては駄目だぞ」

◇◇◇

「……もしかして、魔量おかしい感じですか……？」

「普通の人の魔量は1000くらいだ。多い人で3000、よっぽど恵まれている稀代《きたい》の魔法使《メイジ》いで5000というところか」

今度はあたしが口をパカッと開ける番だった。

け、桁《けた》が違うっ……！　あたし五万以上あるけど……!?

古い書物には、「光の申し子が多くの魔力を持っているのは、魔法で世界を渡ってくる時にその魔を身に蓄えるからだ」と考察しているものもあるらしい。申し子はみんな魔力量が多いということだろう。

何気にレオナルド団長って申し子の伝承に詳しくないです？　と聞けば、昔から興味があってなとほんのり顔を赤くした。

「――ちなみに【生命】の方は成人女性なら1000前後、丈夫な男性で2000弱くらい、国軍のバケモノ隊長クラスで3000くらいだな。もしそれと大きく外れているようなら、こちらもバレないように気を付けた方がいい」

「こっちはそんなにまぁ……はい、気を付けます」

「……こうして見ると、そんな規格外なようには見えないんだがな。普通に料理が上手なお嬢さんに見えるのに……。あぁ、昨日《きのう》のチーズはすごく美味《うま》かった。ありがとう」

「お口にあったならよかったです」

「中の溶けたチーズが、少し辛くて鼻に抜けるいい香りがしたんだが、あれはなんだろうか。知っている香りのような気もするんだが、食べた記憶もない」

「あれは、コショウという香辛料です。あたしがいた国では料理に使っていました。こちらでは調合屋さんで見つけたので、ポーションに入っているんじゃないでしょうか？」

「言われてみればポーションで感じる香りだ。ポーションは美味くないが、あの料理は美味かった。ワインが進んでしまう味だな」

そうか、ポーションか。とうなずく顔は笑っていて、あたしも笑ってしまう。

やっぱり、作った料理を美味《おい》しいって言ってもらえるのが一番うれしいわ。

食堂でレオナルド団長と向かい合ってランチを食べていると、なんとなく周りの人口密度が高いような気がした。

向こうの方の席は空きがあるのに、この周りは満席だ。食堂の人気エリアなのかな。

「――そうそう、レオさん。シャワーは使えたんですけど、浴びている途中で石鹸《せっけん》がないことに気づいて……あれって、どこに売ってるんでしょうか」

中に組み込まれた魔法陣が、使ったお湯を［清浄《アクリーン》］して循環させる省魔粒《まりゅう》設計だとかいう家魔具は、最初に水魔粒《まりゅう》と火魔粒《まりゅう》をセットしてすぐに使うことができた。

なのに頭まで全身濡《ぬ》れたところで、石鹸がないということに気づいたわけよ。

お城の客間には石鹸があったから、存在するのは間違いない。でも、なんというか昔の石鹸？みたいな油っぽい匂《にお》いの石鹸だったな。後から香油で香りづけするから構わないってことなのかもしれないけど。

ないものは仕方ないので、よーくよーくお湯で流した。

ちなみにドライヤーもないので、［乾燥《アドライ》］を恐る恐るかけてみるといい感じに乾いてほっとしたものよ。チリチリになったりしなくてよかったわ。

はっ！　という顔をして、ナイフとフォークを置いたレオナルド団長は眉《まゆ》を下げた。

「そういえば言ってなかったな、すまない。宿舎棟の東門に一番近い建物は、食堂と宿を兼ねているんだ。そこで石鹸やタオルが売られている」

「あー、そうなんですね。帰りに寄ってみます。それにしても、お城に宿があるんですか」

「帰りそびれた文官が泊まっていったり、城で働いている者の家族が泊まったりだな。外部の者が泊まるには事前の申請がいるが、客室はそこそこいつも埋まっているらしいぞ。併設の食堂は、庭師や厩務員《きゅうむいん》など中の食堂を使わない者たちが多く利用している。近衛もよく飲みに行っているぞ。あそこの料理は美味いからな」

へぇ。結構需要があるんだ。

美味しい料理も気になる。帰りにぜひ寄ってみよう。

「もしユウリが料理の仕事を希望するなら、ここでも向こうでも食堂を紹介できるから言ってくれ。まぁでもそんなことになれば、陛下がお抱え料理人として欲しがりそうだがな」

……国王陛下の料理人なんて恐れ多過ぎる。

だいたいあたしの作るものなんて簡単安く手早くの、テキトーおつまみなんだから。

「いやいや、そんなとんでもない……。あたしの作るものなんて料理と呼べるかあやしいものですし……」

「そうか？　とても美味かったぞ。毎日食べたいくらい……い、いやなんでもない。と、とにかく、困ったことがあればいつでも相談してくれ」

顔を赤くしながらそう言ったレオナルド団長に「じゃぁさっそくお願いしたいことがございます」と食後に付き合ってもらったのは、昨日の朝までお世話になっていた客間。

ドレスなどを返して侍女さんたちに挨拶《あいさつ》をすると、また遊びにきてくださいませ！　とすがりついてきそうな勢いだった。

団長にいっしょに来てもらってよかった！　一人だったら絶対にあれよあれよという間に身ぐるみはがされて着せ替えショーが始まったに違いないもの。その手際の良さときたら山賊も真っ青よ。

なんかクスクスと笑っている獅子《しし》様とは、納品口の前で別れた。

別れ際に後で皿を返しに行くと言われたけど、昨日くらいの時間と思っていればいいのかしら。

通用口で身分証明具を情報晶にあてて、外に出る。

今日はどうしようかな。空は薄曇りで歩くにもちょうどいい天気だ。

とりあえずさっき聞いた石鹸を買いに行こうと、あたしは宿舎棟へ向かって歩きだした。

◇◇◇

毎　日　食　べ　た　い　く　ら　い――――。

((((キタ――――――――ッ！！！！))))

人口密度の高い食堂の一角。

期待高まる中、最近少し雰囲気が柔らかくなった孤高の獅子こと近衛団長が放った一言で、またも付近一帯の人々は固まった。

((((今日もまた、公開プロポーズなんですか⁉))))

固まってうつむいた人たちの顔は真っ赤《まっか》。聞き耳マックス。

ああっ！　ねぇ、お相手のお嬢さん、流しましたよ！　流しちゃいましたよ⁉

団長も、そこは毎日食べたいくらいじゃなくて、食べたいって言わないと！　いやもういっそ、

毎日俺のために作ってくれだろう‼

（（（（がんばれ！　団長様、超がんばれ‼））））

『食堂で獅子の恋を無言で応援する会』のみんなの心は、今日も完璧《かんぺき》に一つになったのだった。

# 第三章　申し子、もふもふと出会う

東門に一番近い宿舎棟は確かに他の建物とは違っていて、形も立方体に近く、場所も一棟だけ孤立して建っていた。

『零《こぼ》れ灯《び》亭』という看板がかかった入り口から入ればフロアは二分割されており、左手はテーブルセットが並ぶ食堂、右手の狭めのスペースは魔法鞄《かばん》預かり箱に似たガラス窓の小箱が並ぶ部屋になっている。

――これ、卵の自動販売機に似てる！

ガラス窓の中にはそれぞれ卵・野菜から肉さらに総菜まで並び、田舎《いなか》の商店ほどの品揃《しなぞろ》え。もちろん、石鹸・タオルなどの日用品もある。

入り口近くに、コイン用と魔粒《まりゅう》用の投入口が付いた箱と情報晶が置いてあった。

各ボックスには、五百円玉ほどの大きさの情報晶だけが付いている。――『おつりは出ません』だって。ボックスを選択してあそこで払えばいいのかな。

石鹸が二つで100レト、裏庭の新鮮卵が十個で100レト、畑のとれたて野菜（訳アリ品）籠《かご》いっぱい100レト、しぼりたて牛乳二瓶で100レト（瓶代20レト返金します。食堂カウンターへ）、肉バラエティセット切り落とし100レト……どれもかなり安い。

しかも王城の食材よ！　うわー！　テンション上がっても仕方ないと思う！

これだけあれば一週間は持ちそうな量だ。

身分証明具をあてて選択し、お支払いの情報晶にあてると、その上に半透明のスクリーンが現れ金額が表示される。

コインを出そうと腕を動かした拍子に情報晶がピカッと光った。

■　500レト
■　口座払い　済

スクリーンにはそう表示され、横の棚に買った商品がどっさりと現れた。元々品物が入っていたガラスケースの方は空になっている。

あれ⁉

口座払いでお支払いされちゃったんだけど。銀行で口座作っただけでお金入れてないはず。なんだろう？　頭を傾《かし》げながらも魔法鞄に品物を入れた。

払えたなら、まぁいいか？

調合屋『銀の鍋《なべ》』で買い物して宿舎まで戻ってくる途中、なんとなく気配がして振り向いた。するとと、白くて小さくて長い生き物が後ろにいるんですけど！　何この子⁉　かわいい‼　いつの間についてきていたの⁉

立ち止まってしゃがみ込むと、お座りしてあたしを見上げた。

大きな三角の耳に、真っ白なもふっとした毛並み。足元だけブーツを履いているみたいに焦げ茶色だ。

ワンコ……じゃないわよね。――――小さい狐《きつね》？

『クー』

「狐？　どうしたの？」

かがんで聞いてみると、白い生き物はつぶらな瞳《ひとみ》であたしを見上げた。

（『――いいにおいするの』）

聞いておいてなんだけど、返ってきたわよ？

しかもこれ、頭の中に直接語りかける念話ってやつ。

（「今、しゃべったのってキミ？」）

（『うん、そうなの。おねえしゃん、いいにおいする。かみさまのにおい？』）

（「え……この間、神様に助けてもらったからかな？　神様知ってるの？」）

（『かみさま、いいこいいこしてくれるの』）

手を伸ばして首元を撫《な》でると、キツネは『クー……』と鳴いた。

白い狐は神様の使いって言われてるけど、この子もそうなのかしら。

（「いっしょにくる？　卵焼いてあげようか」）

そう言うと、小さな白い姿はびっくりしたように固まった。

（『……でも、ぼく、足きたないからだめって……おうち入っちゃだめなの。まっ白じゃないから、かみさまのつかいじゃないって』）

（「そんなこと……このお城の人たちが言ったの？」）

（『ううん……ほかの国の人……』）

ここの人たちが言ったのなら、この子を連れて城を出ようかと思った。違ってよかった。ここの人たちはきっとそんなこと言わない。

あたしは立ち上がって、自分の足を見せた。

（「ほら、同じ焦げ茶色のブーツ。おそろいね」）

（『――おそろい！』）

（「いっしょに行こう。あたしはユウリ。キミのお名前は？」）

（『ぼく、シュカ』）

（「シュカ、フワフワ卵とプリプリ卵どっちがいい？」）

（『フワフワがいいの！』）

シュカはうれしそうにしっぽをパタリと振って、あたしといっしょに歩きだした。狐もいっしょに住めるか、後でレオナルド団長に聞いてみないと。

玄関前でシュカに「ちょっとふわっとしていい？」と［清掃《アクリーニン》］をかけると、びっくりした後に『たのしー！』だって。ふわっとは楽しいみたい。


夕方、お皿を返しにきたレオナルド団長は、動物と聞いて目を輝かせた。

「――動物といっしょに住む？　もちろん構わないが、犬か？　それとも猫か？」

獅子様、動物好きなのね。

部屋の中へ案内すると、シュカを見て「あぁ……」とつぶやいた。

牛乳入りのフワフワオムレツを食べて満足そうなシュカは、ダイニングテーブルの椅子に座り、前足をテーブルに乗せて（『おにいしゃん、だぁれ？』）と言っている。これ、団長に聞こえるのかしら。

「白狐《びゃっこ》……。遠見隊から見かけたと報告があったが、本当にいたんだな」

「見た人がいたんですね」

「数日前から裏の森で見かけたと複数報告があった。――そうか、神獣は光の申し子の守《も》りだったんだな……。しかも働き者の足を持っている」

「働き者の足、ですか?」

「ああ。真っ白な体に足だけ色が付いている動物をそう呼ぶんだ。主《あるじ》のために幸運を運んできてくれると言われているんだぞ」

(『ぼくの足、いい足?』)

シュカはうれしそうにしっぽをパタリパタリと揺らした。

椅子を勧めると、レオナルド団長は丸テーブルのシュカのとなりに座って、じーっと見ている。手を出したそうな遠慮しているような気配。

「この子はシュカっていいます。――シュカ、このお兄さんはレオナルドさん。このお城を守っている偉い人よ」

(『レオナウロしゃん、すごいひと!』)

「……ユウリ……、おじさんでいいんだぞ」

この年でお兄さんは図々《ずうずう》しいだろう。とかなんとか言って照れてるのがなんかかわいくて、あたしは思わず笑ってしまう。

「あたしの経験上、自分をおじさんおばさんって言うのは、子どもか甥《おい》っ子姪《こめい》っ子《こ》がいる人です」

「確かに、甥がいる」

獅子様は苦笑した。

そのとなりで構ってほしそうにウズウズしていたシュカは実力行使で、大きな膝《ひざ》にふわりと飛び乗った。

レオナルド団長は驚いたものの落とさないように抱え直して、そのまま撫で始める。シュカの作戦勝ちだわね。

「レオさん、よかったら夜ごはん食べていきませんか」

「あ、いや、だが……」

「たいしたものはないし、忙しいのでしたら無理にとは言わないんですけど、シュカがうれしそうだから」

シュカときたら、大きな手に撫でられてすっかり目を細めてくつろいでいる。

もしかしたらウトウトしてるかもしれない。

「……それではお言葉に甘えていいだろうか」

「もちろんです」

「では、ワインを持ってこよう」

レオナルド団長はそう言って席を立ち、片手にシュカを抱いたまま、部屋を出ていった。

◇◇◇

レオナルド団長が出ている間に、ささっと料理を進める。

なんせ日本では忙しく働いてたから、あたしの作るものは手抜き上等、すぐに作れるちゃちゃっとテキトーおつまみばっかりよ。

あ、そういえば、気軽にごはんに誘っちゃったけど、この世界的によかったのかな。

女の人から誘うのははしたないとかないかな。

それに奥様とか恋人とかに嫌がられたり？　でも、ほら、もしかしたらお一人様の可能性もあるし、そこはなかなか聞きづらいデリケートな話よ……。

まぁその辺は、この国の人の団長の判断におまかせするってことでいいわよね。だってわかんないもの。

買って来た野菜の中のカブっぽいもの、っていうかどう見てもカブなんだけど、異世界だからもしかしたらよく似た違うものかも？　と断言できないもどかしさよ。

これの立派な葉は後日炒《いた》め物にするとして、白く丸い根の部分を細切りにし、白ワインビネガーに砂糖少々混ぜたものに漬けて放置。これでまず一品。箸休《はしやす》めのカブ（？）の甘酢漬け。

次は、間引きした物らしいベビーリーフを洗って［乾燥《アドライ》］を軽くかける。ボウルの中で緑の小山がふわりと舞った。サラダスピナーがいらないとか、魔法が便利すぎるわ。

さっき大量に作ったマヨネーズの残りの白身を薄く皿に敷いて、水なしでもできるのか疑いながらそーっと［湯煮《アボイル》］をかけてみると、いい感じにゆで卵っぽく固まった。

これをざるで裏ごしすればミモザサラダの上を飾る細かい花になる。本当は黄身の黄色がミモザの花の色だけどね。

皿に敷いたクレープ生地にベビーリーフをのせ、マヨネーズを落とした上に、白身の花を飾れば、できあがり。

サラダクレープミモザ風ってとこ？　お客さんいるし小洒落《こじゃれ》てみたのよ。一人だったら裏ごししないでそのまんま食べるわね。

あとは肉料理。肉の中から脂身の多そうな部分を取り出す。見た目は豚の肩ロースって感じだけど、なんの肉だろう。細切りよりも太い拍子木《ひょうしぎ》切りにし、塩コショウを振ってフライパンの上で小さくじっくりと［乾焼《アベイク》］をかけていく。

溶け出た脂をジュウジュウとさせているところにレオナルド団長が戻ってきた。

ついでに制服も着替えてきたらしく、すっきりとした軽装でシュカを抱えている。

「……いい香りがするな」

「お肉焼いてました。座って待っててください。すぐできますので」

肉から出た脂でカリカリッと焼けたら薄くスライスした黒パンにのせて、今日買ってきた乾燥バジルをパラリ。チーズをのせて［網焼《アグリル》］でとろけさせれば、なんちゃってパンチェッタのピザ風パン。

それぞれお皿にのせてテーブルへ置いていると、レオナルド団長は手に持っていた魔法鞄からワインを二本取り出した。

「ユウリ、赤と白どっちがいい？」

「白……かな。辛口だとさらに合うと思います」

「それはよかった、辛口だ」

そう言ってコルクの栓を抜いてくれる。うれしい。辛口の白、大好物です！

注《つ》いでもらったワイングラスを受け取り、目線を合わせてから「いただきます」と口を付けた。

ほどよく冷え、酸味が強くキリリとした味は、大好きな甲州種のワインに似ている。

「タグを見せてもらってもいいですか？」

ボトルの首に付けられたタグには「デライト領：マーダル：一八四七」とある。

「デライト領の……一八四七年もの……？」

「ああ。一年前の物だな。マーダルはブドウの種類だ」

「……とても美味《おい》しいです。好きな味……。ありがとうございます。マーダル覚えておきます」

幸せ気分でナイフとフォークを手にする。

お皿に並んでいるのは自分で作った目新しさもない料理だけど、材料がいつもとは違う。王城食材が満載よ。

ミモザサラダのベビーリーフはいい香りで、ルッコラに似た葉はやっぱり辛くていいアクセントになっている。そして、いろいろな葉をマヨネーズがマイルドにまとめ上げていた。ナイフでクレープまで切って巻いて食べれば、優しい舌ざわりにシャキッと歯ごたえ、マヨネーズがトロリだ。

太めに切ったパンチェッタ風の肉は噛《か》みごたえがあり、表面のサクッとした食感も楽しい。肉、すっごい美味しいわ。脂身がさらっとして甘いの。肉の脂を吸ったパンと溶けたチーズをいっしょに口に入れると、ドライバジルの香りが微《かす》かに鼻に抜ける。ヤバイ、ワインが進む……。

こっちの料理って、素材の味が濃いなと思ってたけど、調理方法とか味付けとかじゃなく食材自体を進化させてきたのかなって思う。

向かいではレオナルド団長が固まっていた。いや、口だけは動いている。

その膝の上でおとなしくしていたシュカがひょこりと顔を出し、前足をテーブルに乗せた。

(『おいしそう！　マヨネーズ！』)

(「シュカはマヨネーズを知ってるの？」)

(『マヨネーズ、しってるよ！　カリッてやいたおあげにお醤油《しょうゆ》とつけると、おいしいの』)

それ、わるくないわ。っていうか！

(「お揚げとお醤油!?　どこにあるの!?」)

(『ないの？』)

……今のところ見てないし、ありそうな気配もないんだけど……。

シュカは油揚げがないらしいと知って、しょんぼりとした顔になった。

（『しちみちょっとかけるとおいしいのに……。お酒といっしょに食べるとさいこーなのに』）

本当によくわかってるわね。しかも狐のくせに呑兵衛《のんべえ》か！　あ、神の使いだから御神酒《おみき》飲んでたのかも？

「……シュカもマヨネーズ食べる？　葉っぱ食べられるの？」

『クゥ……（葉っぱあんまり好きじゃないの……）』

また一口食べて黙りこんでいるレオナルド団長の膝から、となりの空いている椅子へシュカを移す。

そして新しく出してきたお皿に、ミモザサラダのゆで卵白とマヨネーズをのせてあげた。

「じゃ、卵とマヨネーズね。お肉も食べる？　あ、鶏肉《とりにく》の方がいい？」

（『ぼくはふつうの狐じゃないから、なんでも食べられるよ！』）

自慢げにそんなことを言うシュカの分を取り分けていると、獅子《しし》様が再起動した。

「……この、黄色のソースがマヨネーズというものか……？」

「そうです。卵で作るソースなんです」

「卵……。とろりと濃厚だけど酸味でさっぱりとまろやか……野菜がすごく美味《うま》くなるな……こんなソースは初めてだ」

「いろいろ使えるんですよ。そっちのお肉にちょっとつけても美味しいですし、焼くとまた違った味が楽しめます」

さっそく試しているレオナルド団長は「この肉……！　マヨネーズをつけると美味いが、このまま外側のカリッとした食感を楽しむのもいい……悩ましい……」と真剣な顔で皿の上を見つめている。

舌の肥えていそうな貴族の獅子様をとりこにしてしまうとは！

異世界でもマヨネーズは正義だった。恐るべしマヨ。

結局、レオナルド団長はワインもさほど飲まず、じっくりと料理を味わって帰っていった。

帰り際に「素晴らしい食事だった。ありがとう」と目をまっすぐに見て言われ、たいへん照れてしまいましたよ……。

お腹《なか》いっぱい食べて寝ちゃったシュカを先にベッドへ入れ、片付けとシャワーと寝る準備をしてしまう。

ベッドに入る前にステータスの確認。

（［状況《ステータス》］）

〈ステータス〉

【名前】ユウリ・フジカワ　【年齢】26　【種族】人　【状態】正常

【職業】中級警備士　【称号】申し子［ウワバミ］　【賞罰】精勤賞

〈アビリティ〉

【生命】２４００／２４００　【魔量】５０６９２／５０８４８

【筋力】54　【知力】83　【敏捷《びんしょう》】93　【器用】89

【スキル】体術　63　棒術　90　魔法　48　料理　92　調合　80

【特殊スキル】鑑定［食物］23　調教［神使］１００　申し子の言語辞典、申し子の鞄《かばん》、四大元素《エレメンタル》

の種、シルフィードの羽根、シルフィードの指、サラマンダーのしっぽ
〈口座残高〉　２５００レト

ん――――!?

今まで気づかなかったけど、なんかいろいろツッコミどころが!?

爆上がりの魔法スキルとか、鑑定［食物］とか、調教［神使］とか、口座残高とか!?

魔法スキルがすごい増えてる！　初めは32だったはず。16も増えてる。

もちろん、心当たりはあの盛大な［清浄《アクリーン》］しかない。

そういえば昼間ステータス見た時、【魔量】の減りしか見てなかったっけ。

【知力】も増えてる。きっと魔法スキルと連動しているんだろう。

もしかしてこれ、寝る前に家中［清浄《アクリーン》］をかけたら、魔法スキルと【知力】上げるのにいいんじゃない？

調教［神使］は、シュカのことでしょうね……。スキル値１００ってマックスですよ。完全調教なの？　チョロインならぬチョロ獣なの？

そして口座残高。

食材を買うのに５００レト使ったから、３０００レトあったってことなのか。

日本では記帳で詳細がわかったし、もしかしたら銀行に行けばお金の出入りの記録が取れるのかも。近いうちに、行ってみよう。

謎はいろいろ残るものの、今どうこうできるものじゃないし保留。

スキルとアビリティアップを期待して、シュカがいるベッドルーム以外に［清浄《アクリーン》］をかけて寝る

としましょうか。

◇◇◇

昨夜は欲張って広範囲に［清浄《アクリーン》］をかけた結果、【魔量】がごっそりとなくなり、貧血のようなグラグラした状態でベッドに倒れ込むはめになった。

それと引き換えに得た魔法スキルは——0。

またクラクラと倒れそうだったわよ。

自分のスキル値が上がったから、必要スキル値が低い魔法ではもう上がらないってことか！　うかつだった！

スキル値が高い魔法を使わないと駄目だわ。そろそろ中級魔法に入ってもいいのかも。銀行行く時に魔法ギルドにも寄ってみようかな。

「シュカー、朝の訓練行くわよー」

『クー！』

ベッドで丸まってたシュカは、ひらりと重力を感じさせない動きで飛び降りた。

こういうところ、ちょっと普通の動物と違うのよね。風にでも乗っているみたいで。

ゴキゲンにしっぽを振りながら歩いているシュカと、裏の畑へ向かう。

今日も涼しいし清々《すがすが》しいわ。

広い場所へ出て、ストラップを手首にかけてグリップをつかみ、棒を振り下ろした。

今朝《けさ》も白いモヤがモヤモヤと絶好調。

下段の構えから一歩前へ、エアー相手の右肘《みぎひじ》を打ち、振り下ろしざまに左の太ももへ……って、シュカ、なんで棒に向かってピョンピョン飛んでるの。危ないじゃない。

「ちょっと、シュカ、ぶつかっちゃう」

（『それちょっとほしいの！　ちょっとだけ！』）

それ？　どれ？

棒を差し出すと、シュカは牙《きば》をむきだして白いモヤに食らいついた。

ええ⁉　そのモヤって質量があるものなの⁉

棒からずるりとひっぱりだされたモヤは、子牛一頭分ほどの大きさになった。

かみついたままのシュカは逃れようとするモヤを前足で押さえつけ、ぺろりと一飲みで飲み込んでしまう。

シュカはご満悦で目を細め、口元をひとなめした。

あたしの手には弱々しくうっすらとモヤをまとった棒が残されている。

………今のは、神獣というより妖怪《ようかい》だったわ………。

（『おいしかったー！』）

（「そ、そう」）

満足したらしいシュカは、丸まって（『……レオしゃんもおいしいけど、コレすごい……むにゃむにゃ』）と寝言を言いながら眠ってしまった。

いったいなんだったのか……。

気を取り直して、訓練を再開する。

下段打ち十回、中段打ち十回を、五セット。

それが終わる頃《ころ》にはモヤは元通りのモヤモヤになっていた。

シュカに喰《く》われちゃってかわいそう……と思っていたあたしの純情を返してほしいわよね。

この国の一週間は光曜日から始まり、火曜日、水曜日、風曜日、土曜日、闇曜日、調和日の七日間だ。

闇の神様は死や休息を司《つかさど》るといわれ、闇曜日はゆっくり休み死者をしのぶ日とされている。

調和日は、世界のバランスを取る調和の神様と、日頃生活を助けてくれるそれぞれの神様に感謝をする日で、神殿へお参りに行く日となる。

そんなわけで、今日と明日は政務休日で青虎棟《せいことう》は原則休みとなるのだそうだ。

あたしは朝から、仲良くなったポーション専門店の店主ミライヤが経営する『銀の鍋』へ向かっていた。一緒に付いてきたシュカは歩きたくない気分なのか、襟巻きのように肩に乗っている。全然重くないからいいんだけど。

ひとけの少ない東門を抜けてお店へ行くと、「休日・お急ぎの方は裏へ」という看板が出ていた。

お城の真ん前だし、政務休日はお休みなのね。

急ぎではないけど、渡したいものがあったので裏に回る。そこには蔓《つる》バラのアーチが迎えてくれるかわいらしい庭があり、その隅の方にベビーピンクの髪を見つけた。

「ミライヤ、こんにちは」

「あっ、ユウリ！　いらっしゃい～。どうぞ入ってください」

「……狐がいっしょでも大丈夫？」

「キツネって、白狐《びゃっこ》じゃないですかぁ！　神獣ですよ？　お断りする店なんてありませんよ。お祈りさせてもらいたいくらいです～。ユウリって実はすごい獣使《ビーストテイマー》いだったんですね？　材料買ってたからてっきり調合師《ミキサー》さんだと思ってたんですけど」

「違うの、なんて言ったらいいか……なんにもしてないのに懐かれたというか？　お休みの日に、ごめんね」

「白狐って勝手に懐くんですか⁉　びっくりな事実ですぅ。あ、うちのことは全然気にしないで、仕入れでいない時もありますけど、気軽に寄ってくださいねぇ」

若いのに働き者の店主は、そんな話をしながらも丁寧に葉を摘んでいる。

庭はほとんど葉に覆われていて、ラベンダーやローズマリーやバジルと見てすぐにわかるものもあれば、その辺に生えている雑草じゃないのかと思うようなのもあった。

「それで、今日はどうしました？　材料足りなくて買いにきたんですか？」

「あ、ううん。ソースを作ったからおすそわけに来たの。うちの故郷《くに》の方のソースなんだけどね、卵を使ったソースで。セイラーさんとこにも持っていこうかと思ってたの」

「え！　卵のソース？　そんなの聞いたことないです～！　ありがとうございます！　うれしい～！　うれしい……けどぉ、肝心の調合液《ポーション》はいつ売ってもらえるんですかぁ？」

マヨネーズの入った瓶をミライヤに手渡すと、笑みを浮かべつつもちょっと口をとがらせた。

はっ。そういえば、あたし調合師《ミキサー》だと思われてるんだったけ。

最初に来た日に、買い取りしますって言われたわ。

「……ごめんなさい。あたし、この国での調合液《ポーション》をよく知らなくて作ったことがないのよ」

期待させて申し訳ないんだけど……という雰囲気を込めて言ったつもりだったんだけど、ミライヤは顔を輝かせた。

「異国の知識……！　すごい気になる〜‼　確かに、この国の基準を満たした調合液《ポーション》じゃないと販売できないので、よかったら基本の作り方を見ていきませんか？　そして、ユウリがアレンジしたものは、ぜひ、うちで……！」

ギラギラした目で詰め寄られたら、はい以外の返事はないと思う。

あたしとしても、将来的に森で調合液《ポーション》を作りながらスローライフするなら、教わって損はない。

こちらから改めてお願いすると、ミライヤは「よく使う葉から教えますね」と庭の一角を指差した。

一番面積が広く取られている、稲の苗に似た植物。その辺に生えてそうな感じの葉っぱだ。

「あれがブルムという薬草で、どの調合液《ポーション》を作る時でも基盤になります。治癒薬から毒薬までどれでもです。他の材料が持つ効果を上げる働きがあるんですよぉ」

「ブルムね。ドライでも効果は変わらないの？」

「はい。上手《うま》く乾燥させたものだと、フレッシュより効果が上がるものもありますし、どっちでも大丈夫です。水分量が変わるくらいですかねぇ」

（『それ、おしろのにわに生えてるの』）

（「え、本当？」）

（『うん、おなじにおい。ここにある葉っぱ、だいたいおしろにあるの』）

へぇ。城内で使う調合液《ポーション》用の葉が栽培されているってことかな。

王族の方たちのために牛や鶏《とり》から育てちゃうくらいだし、全然不思議じゃないか。広い畑もあるし、もしかしたらあの一部が薬草畑になっているのかもしれない。

今回作るのは割と作りやすく一番の売れ筋だという、回復薬。魔量の回復をしてくれる薬だそうだ。治癒薬は怪我《けが》や病気の時しか使わないけど、回復薬は魔法を使って魔量が減れば使う機会ができるわけだから、使用頻度は高い。それに疲労回復の効果もあるという。

さっきのブルムと、あと二種類の植物がミライヤの手にのせられた。

魔力を多く含んでいる蕗《ふき》に似たアバーブの葉と、体の回復力を上げるレイジエの根。これがベースとなり、アレンジによって吸収率を高めるコショウが入ることもあるらしい。

「他の材料は調合師《ミキサー》がそれぞれ工夫しています。ワタシはコショウを入れずにシンプルに作ることが多いですよぉ。飲みやすさ重視で。年齢や状況も問いませんしね」

性能ばかりを追求するんじゃなく、飲み手への配慮って素敵だと思う。

作り手の本質が見えるわよね。

「それじゃぁ中で作りましょうか～」

ミライヤに案内されて、庭に建つ作業小屋へ入った。

するとそこは、中央に大きなかまどが構え、作業台には大鍋《おおなべ》小鍋と木べらレードルといった調理器具、壁の棚には遮光瓶と本が詰まった、絵本に出てくるような魔女の家だった。

◇◇◇

「素敵～！　いかにも調合師《ミキサー》らしい作業場ね。かまどを使って大鍋で作るの？」

「いえ、それは昔祖父が使っていたかまどで、今は使ってないんです。それがあると見栄えがするから、そのままにしてるんですよぉ」

「確かに、雰囲気出るわ」

「今は家魔具を使ってちっちゃく作ってますよ。ワタシ、魔力が少なくて、大鍋には作れなくて。[点火《マファイヤ》]の魔法ですら魔力がもったいないから、家魔具さまさまなんですよぅ。もっと魔力があれば調合師《ミキサー》だけでやっていけたんですけどねぇ」

ふぅとミライヤはため息をついた。

魔法系生産職っていうのは想像以上に【魔量】が重要みたいだ。

『銀の鍋』はポーションも素材も豊富でいい店だけど、調合師《ミキサー》としては不本意なのかもしれない。

「――ミライヤの飲む人のことを考えて作ってあるポーションって素敵。ちょっとしか作れないのは買い手にとっても残念なことだけど、その思いはお店にも表れてると思うな。飲む人それぞれに合わせて選んでもらえるように、たくさんの種類を置くなんて、愛しか感じないもの」

「もしかしてワタシ褒められてます？」

「思ったことを言っただけ」

ふふふと笑ったポーション愛あふれる調合師《ミキサー》は、小さい鍋を魔コンロにかけた。

ポーション作りは、材料の計量と水分コントロール、煮込みの火力と魔力の四点が重要。

計量をしっかりするのは基本中の基本。

水分コントロールはドライかフレッシュかでだいぶ変わる。

火力は最近の高性能魔コンロなら一定に保てるから失敗がない。

薬草をコトコト煮ると、ベースの液が仕上がる。できは調合スキル次第。もし失敗していた場合は廃棄となり、もう一度最初から作り直しとなる。

ベースの液ができたら、かき混ぜながら魔力を込めていく。魔力を鍋に入れていく感じらしいんだけど、全然ピンとこない。この作業は魔法スキル次第で成否が問われる。失敗すると、魔力を込める作業を魔量を消費してもう一度やり直すことになる。

そこまでメモをして、顔を上げた。

鍋から濾《こ》された液体が、ポーションサーバーへ移される。

「瓶に詰めやすいっていうだけで、漏斗でも横レードルでもなんでもいいんですけどねぇ」

「でもサーバーがあると便利よね」

「そうですねぇ、こぼす事故は減りますねぇ。ワタシは量作れないから、ちょっとでも無駄にできなくて必需品だったりします。――で、濾した後のこの状態で性能を計ります。瓶に入った状態でもできますけど、ポーションの性能が悪くて使えないとまた抜かないとならないですからねぇ」

取り出されたスプーンは、持ち手が木製ですくう部分が水晶でできている。これですくったものを情報晶の上にかざすと、性能がわかるらしい。

「[性能開示《オープンプロパティ》]」

魔量回復　性能：5
疲労回復　性能：2

半透明のスクリーンに、情報が映し出された。

「回復薬の基本レシピだと、魔量回復の性能がだいたい4から5になるはずです。4あればお店に出せますよぅ。3のものでも有効な特性があれば売ることができますし」

ミライヤは数値を見て満足そうにうなずき、さきほど渡したマヨネーズの瓶を手にした。

「ユウリ、これはかき混《ミキシング》ぜとかしてます？」

「かなりしてるわよ」

「計ってみていいですか？　調合師《ミキサー》が作ったソースなら、もしかしたら何か性能があるかもしれません」

「おもしろそう。ぜひ計ってみて」

あたしの作ったマヨネーズは、瓶ごと情報晶にかざされた。

「性能開示《オープンプロパティ》」

治癒　性能：1
疲労回復　性能：2
特効：集中力向上（小）　学習能力向上（小）

「へぇ！　おもしろい効果ありますよ！」

「……普通に作っただけなのに。不思議過ぎるんだけど」

「かき混ぜる時って魔力が入りやすいんですよぅ。このソース、うちに置きませんか？」

「いやいや、待ってミライヤ。一応ソースだし、味をみてから決めない？」

「そうでした。ワタシったらすっかり食べた気になってました。せっかくだし、お昼いっしょに食べましょう。試食会ということで」

食べるという言葉に反応したのか、椅子の上で丸くなって寝ていたシュカがむくりと起き出した。

マヨネーズをおすそわけに来たはずだったのに、結局焼いたチキンと野菜のオープンサンドをごちそうになってしまった。大変美味でございます。

パンに塗ったマヨネーズをミライヤはすごく気に入って、追いマヨしながら食べている。

「……こってりしてるような、酸味がさわやかなような、もったりと優しくて、もっと食べたくなる……。なんなのこの終わりなき美味《おい》しさは！」

うん。やっぱりマヨは正義。

試食会の後は『セイラーの麻袋』へ。闇曜日でもお店を開けているみたい。

マヨネーズをおすそわけすると、なんとセイラーさんはマヨネーズを知ってたのよ！

「ちょっと前に港の方で話題になってたよ。マヨネーズっていう異国の卵ソース。パンに塗ると美味《うま》いって評判でね。あたしも食べてみたかったんだよ。ありがとね！」

だって。

きっと、他の申し子が作っていたのだろう。

港の方は治安があまりよくないって聞いているけど、その人は大丈夫なのかな。

そのうち、あたしも港の方へ行ってみようか。

せっかく来たついでに、マヨネーズ用に卵を三十個買った。

王城の卵がいつも手に入るとは限らないから、売る用のマヨネーズの卵はここのにしようと思う。

お店を出たところでこっそりとスマホを立ち上げ、マップに『セイラーの麻袋：粉・チーズ・卵』のラベルを貼りつけた。

この埋めていく感じ楽しい。今後どんどんラベル貼っていくわよ。

お城まで戻ってくると、襟巻きになっていたシュカがふわっと地面に降りた。

(『葉っぱ見にいく？　森にあるの』)

(「行く行く。畑じゃなく森の中なのね」)

先導するシュカについていくと、たどり着いたのは宿舎棟よりもずっと奥の森。

(『サラサラする葉っぱは明るいとこにはえてるの。おさらの葉っぱはおくの池の方。根っこはちょっと中に入るとにおいがあるの』)

(「レイジエの根っこ、どれかわかる?」)

シュカはトントンと軽やかにジャンプしながら森へ入り、草むらの中に鼻を突っ込んだ。

(『これこれ、ユーリ!』)

カリカリと前足で、長い葉が埋まる地面を掻《か》いている。

確かにさっき見た葉も、こんな形をしていた。

掘りだしてみたいのはやまやまだけど、勝手に取っちゃダメよね。

(「レオさんに聞いてみて、使ってもいいって言ったら採りにこようか」)

(『レオしゃんに聞く?』)

(「うん。聞いてみる」)

シュカは何を思ったのか、また素早く跳ねながら森の入り口へ戻り『クー!』と鳴いた。

すると木々の向こうから現れたのは、レオナルド団長その人だった。

え。

神獣って、人を召喚するの⁉

「――――レオさん? こんにちは?」

「あ、ああ。……すまない、見かけたからどこに行くのかと思ってな。ついてきてしまった」

なんだ、そういうことか。びっくりした。シュカが召喚したのかと焦ったわよ。

「いえ、聞きたいことがあったのでちょうどよかったです。ここの植物をいただくことってできますか？」

「森の自然を破壊するほどでなければ構わないぞ」

「回復薬を作ってみようかと思ってるんですけど、葉が二枚と根をひとかけ使うんです」

「そのくらいなら、全く問題ない。少量ならまた採っても構わないからな。森にあるもの、例えばキノコや実だな。そのへんは、採ってもいいことになっている。薬草を採ると言ったのはユウリが初めてだ。もし大量に使うなら庭師に確認を取っておこう」

「ありがとうございます。調合液《ポーション》が作れるかどうかはわからないんですけど。もし上手《うま》く作れたら株を分けてもらって、薬草を増やせたらうれしいんですけど」

「そうか。作れるといいな。ああ、回復薬ができたら俺にも売ってもらえるか？　疲れが抜けない時があるんだ」

「……いつもお世話になってるので、ちゃんとできたらもらってくださいね」

年齢《とし》かな……と団長が悲哀のこもった表情をするので、これはなにがなんでも成功させないといけないわね。

◇◇◇

レオナルド団長もあまり美味しくないって言ってたし、あたしもコショウなしで作ることにした。

ブルムの葉とアバーブの葉と薄切りにしたレイジエの根を、［乾燥《アドライ》］でドライにしてしまう。これで水分調整よし。あと［創水］で水を用意して。

厨房《ちゅうぼう》から借りてきたスケールは、０・１グラム単位まで計ることができた。性能は十分。

魔コンロに［点火］を唱え火を入れて、火力は弱火固定にする。

こういう長時間にわたって火力が必要な時は、魔法だけでとなると大変。ずーっと魔法をかけておかないとならないから。［点火］だけ魔法を使って、薪《まき》なり魔コンロなりを使うのが現実的だ。

材料を入れた鍋《なべ》を火にかけて、木べらでぐるーりぐるーりと回して魔力を入れる。魔力を入れる……。魔力を入れる……？

……魔力を入れるって、やっぱりよくわからないなぁ……。

入れー入れーって念じればいいのかしら。

「シュカ……魔力って何なのかな……」

魔力を入れている手ごたえがあまりにもなくて、狐相手に問答のようなことを言ってしまう。

作業を見守っていたシュカはひょこっと耳を立てた。

（『まりょくはおいしいよ！』）

おっと、斜め上の答えが返ってきたわよ。

（『ユーリのはおいしいいつものごはんのあじ。レオしゃんのはとくべつな……ジュル』）

「ちょっと、シュカ！　まさかあたしたちの魔力食べてるの？」

（『た、食べてないよ！　ちょっとなめてるだけ……』）

一応悪いことをしている自覚はあるのか、シュカは目をそらしている。

それでやたらレオナルド団長に抱っこされたがっていたのか。

最近疲れが取れないって言っていたの、シュカのせいじゃないでしょうね？

神の使い、油断もすきもないわ。

魔力が入ってるのかどうなのかさっぱりわからないし、もういいかと半ば諦《あきら》めて鍋を火から下ろし、濾しながら紅茶のポットへ移した。このポットなら、瓶に入れるのが楽かなと思ったのよ。

あとは性能がチェックできればいいんだけど……ラノベの定番、鑑定魔法なんてないわよねと思いながらも、ダメ元で言ってみた。

「鑑定！」

すると半透明のスクリーンが開き、文字が浮かび上がった。

うそ！　やった！　鑑定使えるんだ⁉

食用可

……使えたけど使えないわ……。

あたしは諦めて『銀の鍋』で性能を計ってもらうことにしたのだった。

◇◇◇

「ロックデール、もう一人副団長を増やせないか」

上番したばかりの副団長へ、挨拶《あいさつ》もそこそこに俺は言った。

夕方から夜にかけては副団長が近衛《このえ》執務室に詰めるため、引継ぎを兼ねた一刻《いっとき》の間だけ、団長と副団長が揃《そろ》うことになる。

「突然なんなんだ、レオ。そんなもん、ほいほいと増やせるわけないだろうが」

「俺が護衛に出る時、デールに団長番を頼みたい」

ああ？　と、友人は眉根《まゆね》に思いきりしわを寄せた。

その顔を見れば、意図は伝わったのだろうと判断する。

「……必要そうだということか？　危険があるんだな？」

「若干気になることがある。……セイラーム殿下が大変興味をお持ちなんだ。あといくつか問い合わせがきている。『最近近衛団にいらっしゃる黒髪の方と、お話しさせていただけませんか』とな」

「想定内だがなぁ。城内なら近衛の目もあるし、問い合わせは断ればいいだろうよ。お前ちょっと過保護なんじゃないか？」

「……過保護は否めないが、ユウリはなかなか行動力がある。近衛の宿舎を案内した一刻後には、街に買い物に出てたんだぞ」

「ほう。さすが世界を活性化させる光の申し子だな。貴族のお嬢さんならあり得んな。普通のお嬢さんにしたってなかなかに活発じゃないか。それならまぁ仕方がないか」

「実際はそんな感じがしないのだがな。どちらかと言うと落ち着きがあるようにも見える。とにかく、彼女がどんなスキルを持っているかもわからないし、様子を見る間だけでも護衛につきたい。

――それに、引継ぎ期間に入ると思ってくれ」

はっと息を呑《の》み、ロックデールは俺の顔を見据えた。

眉間《みけん》のしわはより一層深く刻まれている。

前々から伝えていたことだったから、その口から文句が零《こぼ》れることはなかった。

ただ、ため息とともに「わかった」という言葉が聞こえた。

若干の申し訳なさは残るが、こういうのは順番だ。

俺と同じだけ近衛団に属しているロックデールへその順番が回るのは、決して早いことではない。

一気に重々しい表情になってしまった友人に、俺は今日の報告をするのだった。

本日と明日は政務休日となり、人員配置に余裕がある。団長が待機していなくてもまぁ大丈夫だろう。ほぼ城の敷地内でしか使えないが、空話具《くうわぐ》も一応着けている。

俺は東門橋の前の公園で木の陰に隠れ、〈存在質量〉のスキルを限界まで〈軽い〉で使っていた。〈重い〉で使えば威圧になるこのスキルは、謁見《えっけん》のお供や団長としての職務の時には重くし、お忍びの護衛の時は〈軽い〉で使い、いわゆる存在感がないという状態にする。

だが存在を消せるわけではないから、さらに魔法の［阻害《ハイド》］を重ねて使う。これで、どこかの誰かがそこにいたような気がする。という状態が作り出せる。

城内で使えるならば中で待てたのだが、［阻害《ハイド》］が中級魔法のため中級以上の魔法不可の魔法陣が敷かれた王城内では使えないのだった。

俺は体も存在感も大きく、元々、隠密《おんみつ》護衛が向いていないのだ。光の申し子の安全を確保しながら、自由にさせるとか、どんな難題か。相手が普通の貴族のお嬢さんなら、この必要はなかった。

何をするつもりかどこに行くつもりか、さっぱり読めないわからない光の申し子。目の前にいる時はそうでもないのに、目を離した途端にしでかすから、目が離せない。

――――あの［清浄《アクリーン》］は魔量をどのくらい使ったのだろう。一万は使ったか。それでケロリとしているところを見ると、まだまだ余裕があるということだ。

末恐ろしい。この国の常識は全く通用しない。本当に目が離せない。

そう思っているのに、そわそわと心が浮き立ってしまう。

昨夜を思い返す。

神獣である白狐《びゃっこ》を撫《な》で、光の申し子の大変美味《うま》い料理をいただいた。

そんなに神に好かれるようなことをした覚えはないのに、なんだこの光栄な出来事は。俺はいったいどうなってしまうのか。もうすぐ命運が尽きるのだろうか。

初めて食べるマヨネーズというソースは衝撃的だった。それにあのコショウの効いた豚肉のカリッとした食感。作った本人は、テキトー料理なんですよ。なんてのんきなことを言っていたが、城の料理番の料理より美味いかもしれない。

ただ気になったのは、あまりにも自然に誘われたことだった。

彼女がいた国では、男性を招いて食事をするのは一般的なことなのだろうか。それともそういったことをする相手がいたのか。

だが、今はもうこの国の人だ。帰せと言われても帰さない。

普段は凛《りん》とした切れ長の目元が、ワインで柔らかく緩むのを見ると、胃の付近がくすぐったくなり落ち着かなくなったことも思い出す。

まいったな……。

俺は、片手で口元を隠して目を伏せた。

しばらくして東門から出てきたユウリは、すぐ近くにある調合屋へと向かった。

肩の上に乗り首に巻き付いているシュカが、振り向いてこっちを見ている。嬉《うれ》しそうな雰囲気でしっぽをパタリと振った。

〈存在質量〉のスキルと［阻害《ハイド》］の魔法じゃごまかせないらしい。今まで正体がばれたことは一度もなかったのだが、さすが神獣といったところか。

俺は仕方なく立てた人差し指を口元にあてて、ひみつだぞとシュカに唇の動きで伝える。わかったかどうかは謎だが、シュカはおとなしく前方へ顔を戻した。

その間にもユウリは調合屋の裏に回り、庭で店主と話を始めた。

［強化］の魔法を頭部にかければ、聴覚が何倍にもなり会話が聞こえる。

何かあれば踏み込めるように、こういう場合はそうすると俺たちは習っている。盗み聞きの罪悪感はあるが、薬草について聞いたり、他愛のない会話がどうにも微笑《ほほえ》ましくて、笑みが漏れた。

きっとユウリは居場所を少しずつ作っているところなのだろう。この国での居場所を。

俺はそれを全力で助け応援したいと思う。

しばらくして調合屋の裏から出てきたユウリは、道を南へと下っていき食料品店《グローサリー》へ寄って、城へ戻っていった。

このまま部屋へ戻るのかと思いきや、シュカが先導してさらに城の裏の奥へと向かう。どうも神獣と光の申し子は、意思の疎通がはかれているようだ。

獣使い《ビーストテイマー》は主従契約を結んだ獣と意思の疎通をはかれると聞くから、不思議ではない。さすがに会話はできないはずだが――ユウリとシュカを見ていると自信がなくなってくる。

森の入り口で様子を窺《うかが》っていると、シュカが跳んで近づいてきて『クー！』と鳴いたことでばれてしまった。

聞きたいことがあるのだとユウリが笑いかけてくるが、跡をつけていたうしろめたさからうまく笑えない。

気にした様子もなく植物が欲しいと言う彼女に許可を出した。

作ったポーションを売ってほしいと伝えると、

「……いつもお世話になってるので、ちゃんとできたらもらってくださいね」

なんてかわいいことを言うから、顔が熱くなってしまうのが止められなかった……。

次の日のユウリはまたも調合屋へ顔を出し、今度は店主のお嬢さんと二人（と一匹）で城内へ戻ってきた。

日頃《ひごろ》、用のない者は入れない城の敷地内も、調和日は前庭の神殿が一般公開されるため、門戸を開いている。

二人は楽しげに前庭へと歩いていった。

木立に隠れながら追跡するが、［阻害《ハイド》］の魔法が使えない城内は結構苦労する。

途中、ユウリたちは厩務員《きゆうむいん》のルディルと合流し、神殿の中へ消えていった。

礼拝後、東門の方へ戻ってきた三人と一匹は、今度は『零れ灯亭《こぼびてい》』へ入っていった。

青虎棟の『白髭亭《しろひげてい》』が休みの日は、近衛団や整備隊も『零れ灯亭』へやってくる。

客が増える週末は食堂前へパラソルとテーブルセットが出されるが、そこもいっぱいになるのだ。

そんな場所で、ユウリが出てくるまで待つのはなかなか難しいものがある。

たとえ〈存在質量〉のスキルを使っていたとしても、近衛団長の俺がばれないわけない。

今日は……いや、今後はもういいだろう。

彼女を二日間見ていて、俺はそう判断した。

城内と近くの街を歩く分には全く問題ない。そうでない場所も大丈夫だろうと思った。

シュカが案外抜け目なく周りを見回し、しっぽをぶんぶんと振って不用意に近づいてくる人間を追い払っている。さすが神獣、申し子の守《も》りということだな。

俺は半分開き直って、『零れ灯亭』へ足を踏み入れた。

そして偶然を装って、ユウリたちに声をかけよう。

邪魔をするようでうしろめたいが、やっぱり俺も話がしたい。本当はいつだって堂々と彼女のそばにいたいのだ。

◇◇◇

政務休日だった昨日《きのう》は、ミライヤといっしょにお城の神殿へ礼拝に行った。

前庭の片隅に佇《たたず》む神殿は華美なところはなく、清潔でこぢんまりとした落ち着く建物だった。

王都の中央付近にあるという大神殿は、大きく立派で調和日は混んで大変らしい。

六神と調和の神の像を見て驚いたのは、六神の足元で足蹴《あしげ》にされてる……じゃなくて、縁の下の力持ちな姿を見せているのが、神々をまとめる調和の神だということ。

そしてその姿が、あの神様の姿だったことだ。

シュカも（『あっ！　かみさま！』）と言っていた。

人それぞれ神様に見える姿で現れるとか言ってたけど、実はみんなにあの姿を見せてるんじゃないかと疑惑を持った瞬間だったわね。

礼拝の後は『零れ灯亭』で、ミライヤとルディルとレオナルド団長と昼ごはんを食べたんだけど、団長がごちそうしてくれてワインまで出てきちゃったから結局夕方まで飲んでしまったわよ。

すっかりできあがったミライヤが「ユウリの彼氏さん、素敵ですねぇ!?」とあたしの二の腕をバンバン叩《たた》きだすし、団長は酔わせて黙らせようというのか笑顔でミライヤのグラスにどんどん注《つ》ぐし、軽く地獄絵図だったわ。

二日間の休みも明け、今朝《けさ》も近衛《このえ》執務室へ向かっていた。

通用口まで来ると、初めて城内へ入るシュカはおとなしく抱っこされながらも、あちこちキョロキョロと見回している。

神獣は、どこを歩いてもどの建物の中へ行っても「お咎《とが》めなし」だとレオナルド団長が言っていたけど、それでも王城に動物って大丈夫なの？　と心配になる。

普通の動物じゃないらしいから、動物アレルギーの心配はいらなそうなんだけど。

今朝は通用口ホールにエクレールの姿は見当たらず、立哨《りっしょう》していた女性警備隊員がシュカを見て顔を輝かせた。

「めっちゃかわいいの連れてるな！」

この気さくに声をかけてきたワイルドなお嬢さん、制帽被《かぶ》ってないの。なので茶髪のウルフカットから覗《のぞ》く、もふもふのお耳が丸見えよ！　かわいい……。

きっと耳があるから制帽を被れないのね。

大きなつり目を細めてシュカを見ている姿が微笑ましい。

これまでも城内で獣人さんを見かけたことはあったんだけど、こんな近くで話までしたのは初めてだった。

（『おおかみのおねえしゃん？』）

狼《おおかみ》の獣人ってことかしら。シュカが言うならきっとそうなんだろう。

「この子はシュカっていいます。――通っても大丈夫ですか？」

「もちろん神獣はどこでもフリーパスだ。じゃぁな、シュカ」

ニカッといい顔で手を振る狼のお嬢さんと別れ、近衛執務室へ向かう。

ノックをして入ると、執務机に向かっていたレオナルドさんが立ち上がった。

「レオさん、おはようございます。昨日はごちそうさまでした」

「おはよう、ユウリ。昨日は楽しかった。邪魔して悪かったな」

うっ……。いつもより笑顔が濃くないですか……？

ハリウッド俳優の笑顔直撃なんて耐えられる？　無理、耐えられない。なかなか普通の女子には目がつぶれそうな事案よ……。

「……いえ……その、あたしも楽しかったです……」

「――そうだ、一昨昨日《さきおととい》の晩に宿舎の動物が騒いだという報告が複数きているんだが、シュカは大丈夫だったか？」

「三日前の夜ですか……？　はい、特に変わったことはなかったと思いますが」

（『ぼくはあのくらいじゃ気にならないの』）

――うん？　なんか知ってる風？

（「なんの話？　シュカはなんでみんなが騒いだのか知ってるの？」）

（『うん。ユーリが大きいまほう使って、ざわっとしたからだよ！　気がいっぱい動くからびっくりするの』）

――――まさかの、原因！　あのやり損の［清浄《アクリーン》］にそんな弊害があったなんて‼

（「ゴ、ゴメン！　シュカの近くでかけなければ大丈夫かと思ってた！」）

スキルも上がらないし、動物は嫌な思いするし、もうしない！

掃除は［清掃《アクリーニン》］で、範囲を小分けにして使うようにするわよ。

「そうか、シュカは大丈夫だったか。よかったな」

いいえ、全然よくなかったです。でも、黙っておこう……。

本当にゴメンね。動物たち。

「――それでだな、これから何回か来てもらうこともあるから、よかったら制服を貸そうと思ったんだが、どうだ？」

そう、ここに着て来るのに問題なさそうな服が、今着ている藍色《あいいろ》のセットアップ一着だからどうしようかと思っていたんだった。

仕方ないから［清浄《アクリーン》］をかけて連続で着ようと思っていたわよ。

制服があれば大変助かります！

制服は金竜宮《きんりゅうきゅう》の裁縫部屋にあるとのこと。場所を教わって向かおうとすると、シュカはちゃっかりと団長の腕の中で撫でられていて、いっしょに来る気はないらしい。

部屋を出る前に、念話でシュカに釘《くぎ》を刺しておく。

（「魔力あんまりなめたら駄目だからね」）

（『うん！　ちょっとしかなめてないよ！』）

もうなめてるの⁉　油断もすきもないわ！

あたしは心の中で団長に謝りながら、後で回復薬を差し入れしないと……。と思ったのだった。

◇◇◇

金竜宮二階にある裁縫部屋は、色とりどりの布や大小さまざまなトルソーなど見ているだけでも楽しい。

移動式のポールハンガーには、近衛団の制服が掛けられている。白は警備隊、濃灰は護衛隊のもので、艶消《つやけ》しの黒はきっと遠見隊のものなのだろう。

全身を採寸され護衛隊の濃灰のスリーピーススーツを着せられる。

シングルのジャケットとトラウザーズの他に、ウエストコートとか呼ばれているダブルのベストが付いたタイプだ。

「本来であれば近衛団の制服はお一人ずつ一から製作するのですけど、お急ぎということで見本の制服をお直しして仕上げますわ」

「お嬢様はちょっと細く小さくていらっしゃるから、結構お直しが必要そうですわね」

「女性用の一番小さいものでも、こんなに大きいのですね。華奢《きゃしゃ》でいらっしゃるのに、護衛の任務に就かれるなんてすごいですわ」

「い、いえ、あたしは護衛はしないんです。書類の整理とかするので、全然すごくないんですよ」

「まぁ！　でしたら、スカートにしたらいかがでしょうか！」

「そうですわ！　中は警備隊女子用の柔らかいボウタイのシャツにしてもかわいらしいですわ！」

にわかに盛り上がる裁縫部屋。ノリが侍女さんたちと似てる……。

「それなら警備隊の白スーツをスカートに仕立てましょう。わたくしに考えがございます」

お針子さんたちの中で一番年上そうなお姉さんが、キラリと目を光らせてとんでもないことを言った。

あのキラキラ白制服をスカートのスーツにするってこと？

ええ⁉　それ、あたしが着るの⁉　無理！　あれはパンツスーツならギリ着られるデザインで、

スカートなんかにしちゃったら制服コスとかレイヤーさんの衣装でしょう‼　ああいうの見るのは眼福だけど着るのは無理よ‼

「む、無理です！　そんなキラキラしいの無理です‼」

プルプルと首を振るあたしに、お針子姉さんは言った。

「警備隊は特に女性衛士《えいし》が足りなくて困っていると聞いております。ですから、思わず女性が着たくなる憧《あこが》れるような制服にしたら、希望者が増えるのではないでしょうか。やはり、女性がトラウザーズを身に着けるというのは、抵抗がある方も多いと思いますわ」

日本ではパンツをはいている女性も多いからなんの疑問もなかったけど、この世界では女性が、特に貴族の女性がパンツをはくっていうのは、なかなかないことなんだ。

確かに、制服のせいだけで希望者を減らすのはもったいないと思う。

「わたくしたちだって、たまにはかわいい服を作りたいのです！」

「王女様やお妃《きさき》様たちのドレスは街のデザイナーが作るから、いつも制服を作ったり直したりばかりなんですのよ」

「あとは陛下や殿下の下着ばかり」

「わたくしたちだって、王城裁縫師《ロイヤルテイラー》の意地とプライドがございます。デザイン力や技術を見せつけたいのですわ。だから警備隊と裁縫部屋のモデルに、ぜひなってくださいませ！」

その二つの部署の、歩く広告塔になれということね。

王城裁縫師《ロイヤルテイラー》のプライドと熱意は素晴らしいと思う。応援したい。

近衛《このえ》団の人不足だって、警備が万年人不足なのは身をもって知っているし、そっちも手伝えるのなら手伝ってあげたい。

あたしで力になれるなら――と、背中を軽く押されるように、自然にうなずいていた。

「――陛下の一番肌に近い下着を作られているなんて、やはり王城裁縫師《ロイヤルテイラー》は信頼されているんですね。そんな方たちの仕事をぜひ見せてください」

「……もったいないお言葉……がんばっていてよかった……」

感激しきりのお針子さんたちはあっという間にパターンを引いて、型紙を作りだす。新しい布からパーツが切り出されて、ミシンじゃなくアイロンみたいな魔道具で撫《な》でてくっついていく布は一枚の布のよう。

今気づいたけど、そういえばどの服も縫い目がないかも。

「――針と糸って使わないんですか？」

「ボタンを付ける時に使いますよ」

異世界の技術に見入っているうちに、気づけばお直しどころじゃない新しいデザインの新しい服ができあがっていた。

着てみると、異世界効果なのか案外コスプレ感はない。お針子さんたちのリアルメイド姿と並べば、全く違和感がなかった。

美しいラインを描く白のフレアスカートに、上は金ボタンでダブルのウエストコート。中は柔らかいシャツで、首元にアイスブルーのリボンタイが結ばれている。

警備隊の制服のイメージを残しつつも、華やかで上品な服になっていた。

ジャケットは後日カスタムメイドで出来上がってくるらしい。ジャケットだけはすぐには作れないんですよって申し訳なさそうに言われたけど、このスカートとウエストコートだけでも十分すごいわよ。

「素敵な制服をありがとうございました」

「こちらこそ、楽しい仕事でしたわ。またいつでもいらしてくださいませ！」

近衛執務室に戻る途中、あたしはやっと我に返った。

すっかり裁縫師《テイラー》のお姉さんたちの情熱に押されて、改造制服を手に入れてしまったけど、あたしそういえば近衛の人じゃなかった！　ただのお手伝いの人なのに！

こんなしっかり警備な制服着てよかったの⁉

今さら悩んでも仕方ないんだけど、近衛執務室の前でしばし途方に暮れてから、意を決してノックをした。

扉を開けると、執務机に向かっていたレオナルド団長が顔を上げた――けど。

「おかえ………⁉」

絶句して、手で顔を覆ってしまった。シュカがきょとんとした顔でこっちを見ている。

「あの、そのですね！　これは、広告塔で警備隊と裁縫部屋のためにですね、仕方なくというか……」

あたしが団長の前まで近づいてシュカを抱き上げると、「……光の申し子が俺を殺しにかかる……」と物騒なことをつぶやいている。ええ？　人聞きの悪い！

「レオさん？　もし駄目なら作り直してもらってきますけど……駄目ですか？」

「……駄目じゃない……。むしろ、よすぎる……」

「そうですか？　この制服で大丈夫ですか？」

「――ああ、すまない。少し驚いてしまってな。大丈夫だ、その制服で問題ない」

やっと顔を上げた団長に、いきさつを話すと真剣に聞いていた。

「言われてみれば、今まで女性用の制服のことが話に出たことはなかった。男女ともに同じデザインだったから、そういうものだと思っていたな。護衛隊の女性衛士たちは、騎士科の学生時代からトラウザーズを着ていたということもあってな。だがそうか、普通のお嬢さんたちには、ありえないことだったんだな……」

「あたしがいた国でも女性が普通にパ……トラウザーズをはいていたので、あまり気にしていなかったんです。でも、たしかにこちらの女性はほとんどスカートなんですよね。そんなところに気が付くなんて裁縫師《テイラー》の方々はさすがですよね」

「ああ、そうだな。今いる女性衛士たちにも聞いておくか。警備副隊長に伝えておこう」

制服製作に結構な時間がかかってしまったので、仕事は何もしてないうちにお昼になってしまった。

豪華な社員食堂で、丸テーブルをレオナルド団長とあたしとシュカで囲んでいる。

オムレツをペロリと食べてしまったシュカが（『ユーリのフワフワのほうがおいしい……』）と失礼なことを言っているけど、ここのお料理も悪くないわよ。

「シュカ！」

『クー！（おおかみのおねえしゃん！）』

突然声がかけられて振り向くと、朝会った警備のお嬢さんがシュカの真ん前に来ていた。

シュカはすでに前足をお嬢さんのお腹《なか》あたりにかけて、抱っこされる気満々。

「……なぁ、抱っこしてもいいか？」

「もちろん。よかったら、抱っこしてあげてください」

あたしがそう言うと、彼女はシュカを両手で持ち上げて顔の高さまであげて「シュカ、お前どこから来たんだ？　肉食ってるか？」と声をかけている。

そして胸のあたりに抱きしめて撫で始めた。

「……うーん、いい毛並み……やっぱ野生のとは違うな……」

「――野生の狐を触ったことがあるの？」

そう話しかけてみると、大きなつり目がニカッと笑った。

「ああ、アタシが生まれた領は森の中だったからね。普通に狐でも狼《おおかみ》でもいたし、ちょっと調教すれば撫でさせてくれるよ」

「楽しそうな領ね」

「今度シュカと来な！　招待するよ。ええと、名前は？　アタシはルーパリニーニャ・マルド。ニーニャって呼んでくれ」

「あたしはユウリ。ユウリ・フジカワ。よろしくね」

「ユーリ、今度いっしょに飲もうな！」

気持ちのいい笑顔を向けてくれるルーパリニーニャに、「ぜひ！」と笑い返した。

向かいの席から「……上司には一言の挨拶《あいさつ》もないいんだな……」と寂しげなつぶやきが、聞こえたような聞こえなかったような。

◇◇◇

もう二人が並び立っているところを見ただけで、『食堂で獅子《しし》の恋を無言で応援する会』の会員たちは倒れそうだった。

（（（（──────対の衣装《ペアルック》ですか！！！！））））

制服なんて全部揃《そろ》いに決まっているけど、黒のキリッとした制服と意匠を揃えつつも華やかかつ清潔感ある白スカートの制服は、対の衣装《ペアルック》にしか見えません‼

団長、とうとう対の衣装《ペアルック》を作らせてしまいましたか‼

それにそのお嬢さんの肩に乗る、白いかわいい生き物はなんですか⁉

お二人の子どもですか⁉　団長の顔がさらに甘くなってますよ‼

二人の周りのテーブルが続々と埋まっていく。

高まる期待。

とそこへ、空気を読まない闖入者《ちんにゅうしゃ》が現れて、白いかわいいのを抱いて撫で始めた。

今日はここまでか────。諦《あきら》めの雰囲気が漂った。

（……くっ……もう我慢できない！）

一人の女勇者が立ち上がり、団長たちのテーブルへ近づいていく。

どうする気なのか────。会員たちは固唾《かたず》を呑《の》んで見守った。

女勇者は女性警備の前で立ち止まった。

「……あの！　私にも撫でさせてもらえませんか……⁉」

（（（（──────抜け駆けか！！！！））））

勇者ではなく裏切者だった。

「ひゃぁ、フワフワ～～～。かわいい～～～」

「あの……僕も……」「わたくしも、よろしいですか……？」

次々と寝返る会員たち。

これが『食堂で獅子の恋を無言で応援する会』崩壊の瞬間であった。

◇◇◇

仕事の後、あたしはシュカを抱いて『銀の鍋《なべ》』へ向かっていた。

もちろん、制服からは着替えている。

あの制服じゃ目立ち過ぎるし、敷地外には出られないんじゃないのかと思って、自主的にね。前の職場では休憩中に制服でうろうろしたり、施設外に出たら駄目って決まりがあったから。

それにしても、シュカは大人気だったわ。

ルーパリニーニャが他の人たちをさばいてくれたからよかったけど、そうじゃなかったらゆっくり食べられなかったかもしれない。

でも、しょうがないわよね。シュカはもふもふでかわいいからね。

満足そうに寝てる体を抱え直して、店の扉を開けた。

「こんにちはー」

「ユウリ！　いらっしゃい〜。昨日《きのう》は送ってくれてありがとう」

「……覚えてる？」

「……なんとなくですかね……」

目をそらすミライヤに苦笑した。きっと、割と覚えているのね。

まぁ、酒は若いうちに失敗して覚えるもんだって、元上司も言っていたし。また飲みに行きたいものよ。

「回復薬、持ってきたわよ。性能がわからなかったから、そのまま持ってきちゃったけどいい？」

お城の薬草で回復薬を作って売るのって大丈夫なのかと、一応レオナルド団長に確認をした。雑草の扱いだから少量なら構わないということだった。

「もちろんですぅ！　うれしい～！　異国の技が込められた回復薬！」

ミライヤはいそいそと情報晶の上に回復薬の瓶をかざした。

「［性能開示《オープンプロパティ》］」

魔量回復　性能：7
疲労回復　性能：2
特効：美味

「えええ⁉」

「ええっ⁉」

魔量回復って、4か5って聞いてたけど⁉

「こ、これは、上級回復薬ですよね？」

「ち、違うわよ。ミライヤに教わったレシピのまんま作ったからね？　……魔力を込めるのがよくわからなくて、長い時間ぐるぐるしたのが違うくらいで……」

「……えええ？　魔力を込める時間の違いで性能に差が出るなんて話は、聞いたことがないですよう」

「あっ！　あとは城裏の森で採った薬を使ったわ」

「薬草畑で特別な土や魔力を使って育てているならあるかもしれないけど、森の野生のものならあんまり関係ない気がします……」

じゃぁなんなの……。

もう一種類持ってきているんだけど、出すのがちょっと怖くなってきた。

あたしは恐る恐るハーブを混ぜた方の回復薬を魔法鞄《かばん》から出した。

「性能開示《オープンプロパティ》」

魔量回復　性能：8
疲労回復　性能：3
特効：美味　精神安定（中）　安眠（中）

「えええええぇ!?」
「えええええっ!?」
「上級回復薬ですよね!?　ですよね!?　そうだって言ってください!!」

ミライヤが二の腕を掴《つか》んでがくがくと揺さぶってくる。

「ぢぃ～が～う～わぁ～よぉ～ミ～ンドぉ～」
「えっ？　ミントが入ってるんですか？　ペパーミント？」
「……ふぅ……びっくりした……。ああ、スペアミントよ。妊婦さんが間違って口にしても大丈夫なように、ほんの少量だけど」
「そうなんですよ、ちょっと注意した方がいい葉なんですよねぇ。でも、飲む人に気を付けてほしい調合液《ポーション》は、封の色を変えるので、思い切った調合でも大丈夫ですよ！」

「わかった。今度はちょっと冒険してみる。で、封は何でするの？」

「あっ、そうか。ユウリは違う国の人ですもんね。初級魔法の［封印《マシール》］っていうのを使うんです」

あっ……！　それ魔法書に出てた！　名前だけ見て、魔物とか悪霊を封印する魔法だと思ってた！　悪霊封印が生活に必要な魔法なんだ、すごいわ異世界！　と思ってたわ……。恥ずかしい……。

顔が赤くなるあたしに、ミライヤは慌てた。

「知らなくてもしょうがないですよ！　魔法がない国があるって聞くし！　初級魔法使えますか？」

「うん、大丈夫。［封印《マシール》］やってみる」

「最初のは白色で、ミントの方はオレンジ色の封でお願いします。デザインはおまかせしますので、名前入れたりユウリの好きにやってくださいねぇ」

そんな凝ったことができるの？

店内に置いてあるポーションを見れば、瓶とコルクのふたにかけてぐるりと一周シールが貼ってあった。シールにはそれぞれ絵が入っていたり性能が書いてあったりと工夫が凝らしてある。

あたしは魔法書を引っ張り出して呪文《じゅもん》の確認をし、シールをイメージした。

「［封印《マシール》］」

白色の封が瓶を上下に一周した。左右の縁はレースのように透かしになっている。表側には白狐《びゃっこ》の絵が描かれ、『森のしずく』とポーションの名前が入り、裏側には一応性能の数値が入っている。美味の文字は入れなかった。自分で美味とか入れるの、なんか恥ずかしいし……。

オレンジ色の封の方の名前は『森のしずく（緑）』。白狐の他にミントの葉の絵も入っている。ミ

ントのイメージが緑だったから（緑）にしたけど、よく考えれば葉は割と全部緑よね。安易過ぎたかもしれない。

「あ、かわいい〜！　いいですね、売れると思います！　性能も素晴らしいですし。ユウリは料理上手なんですねぇ。特効：美味は料理スキルが90以上で付与されるんですよ」

「へぇ……、そうなの。スキルばれちゃうわね」

「ばれてもいいですよぅ。料理はモテスキルですもん。そっかぁ、その美貌《びぼう》と料理の腕で団長さんをゲットしたんですねぇ」

「んあぁ……!?　いつそんな話に!?」

「えー？　だって、団長さんメロメロだったじゃないですかぁ。あの子……ルディルもひいてましたよ？　孤高の獅子が飼い犬のようだって」

失礼過ぎるわよ。

レオナルド団長が、光の申し子に対していろいろと便宜を図ってくれているってだけなんだけど、言うわけにもいかないし困った。

団長は優しい親切な人なのよ。とだけ言うと、ミライヤは「……団長さん、不憫《ふびん》すぎる……」とつぶやいていた。本当に犬扱いは不憫よねぇ。

回復薬は、『森のしずく』を８００レト、『森のしずく（緑）』は１４００レトで五本ずつ買い取ってもらった。マヨネーズは５００レトで二個。合計で１２０００レトになった。

想像以上の高値よ……。

売っていない在庫分から、いくつか国王陛下へプレゼントすることにしよう。

そしてついに念願のニンニクとショウガを買った。あと大好きなクミンとナツメグとトウガラシをゲット。部屋へ戻る途中に『零れ灯亭《こぼびてい》』で買い物して帰ろう。

今晩は美味《おい》しいもの食べるわよ！

◇◇◇

ちょうど売られていたのが、トマトらしきものレタスらしきものというさっぱりした野菜だったので、ここはスパイシーおつまみの出番ではないでしょうか⁉

魔コンロにフライパンをかけ、ひき肉を炒《いた》めていく。脂が透明になって火が通ったら、塩と砕いたクミンとコショウとナツメグで味付けして、軽く炒めたらお手軽タコミート出来上がり。

『クー！　クー！（いいにおいー！　すごくいいにおいー！）』

シュカが大騒ぎしている。

いい香りでしょ？　クミンが入るとたいがいスパイシーでたまらない香りの料理になるわよね。本当に好きだわ。案外醤油《しょうゆ》とも相性がよくて、そぼろにも入れたりしてたな。ああ、お醤油。醤油が恋しいなぁ……。

タコミートのままだとシュカは食べづらいだろうから、卵と混ぜて焼いてあげよう。

もう一つ作ろうと思ったのが、ガーリックオイル。

細かくしたニンニクとトウガラシを瓶の中に入れ、ポクラナッツ油を注ぐだけ。タコミートにかけても美味しいし、パンに塗ればガーリックトーストも食べられる。

『クー！　クー！　クー！（しってるこれ！　ぎょーざ！　これもいいにおいー！）』

餃子《ぎょうざ》かぁ、いいわねぇ。食べたい……。

あ！　確か皮は小麦粉しか使わないし、肉と野菜はあるし、作れるじゃない！　コショウとワインビネガーでタレ作れば食べられるわ。

「皮を作るのに時間がかかるから、近衛《このえ》団の仕事がない時に作ろうか」

（『たのしみー‼』）

ニンニク臭くなったまな板に［清浄《アクリーン》］と［消臭《デディオドラ》］をかけて、トマトはざく切り、レタスは短冊切りにした。これで準備オッケー。

ちょっと早いけど夜ごはんにしよう。

シュカにはタコミートたっぷりのオムレツ。

自分用には、クレープ生地にトマトとレタスとタコミートをのせてガーリックオイルをかけ、くるりと巻いた『なんちゃってタコス』。

それだけじゃさみしいので、トマトの残りにチーズをすりおろし、バジルとポクラナッツ油をかけた『味だけはだいたいカプレーゼ』を作った。

足りなかったら、〆にガーリックトーストを食べようかしら。

この間レオナルド団長にいただいた、赤ワインのボトルを開ける。

グラスに注ぐと、シュカがじとーっと見ている。

「……シュカも飲む？」

（『いいの⁉　飲む！』）

……まぁ、うれしそう……。しっぽ、すごい振られてるわ……。

それならこの間も飲ませてあげればよかった。

小鉢のような皿に入れ、シュカの前に置いてあげる。

「日本酒飲む人……じゃなくて狐なら、白ワインの方が好きかもしれないけど、今日は赤しかないのよね」

(『赤いのおいしそーだよ！　いただきまーす！』)

「いただきます」

まずワインを一口。うん、重くはなく気軽なんだけど軽過ぎない、ちょうどいい重さ。チリパウダーもサルサソースもない、このなんちゃってタコスに合わせるならぴったりな感じ。爽《さわ》やかな果実の香りと酸味がおいしい。

団長のワインの趣味は、あたし好みかもしれない。

そしてタコスをかじる。やっぱりスパイシーなタコミート美味しい。漬けたばっかりだけど、ガーリックオイルがいい仕事してるわ。トマトとレタスがさわやかでたくさん食べられちゃう。この国はそろそろ夏になるらしいから、これからの季節に合いそう。

タコスから赤ワインに戻ると、もうまろやかで甘くてたまらない！　美味！　このワインも覚えておかないと。タグを見ると『メルリアード領：ロスゼア：一八四四』とあった。ロスゼア種の四年前のものってことね。

「——メルリアード領……。聞いたことがあるような……あっ！　レオさんの領じゃない！　メルリアード男爵様！」

『……ほう、あの男のところでは、こんな美味《うま》い酒を造っておるのか。感心、感心』

…………え…………？

今のはいったい誰《だれ》の声ですか…………？

キリキリキリキリと油の足りないロボットのような動きでシュカの方を見ると、なんか違う生き物に

なってますけど⁉

「……シュカ⁉　なんでそんな大きくなっちゃってるの⁉　しかも縁が溶けてるわよ⁉」

毛玉のようだったかわいらしい体は、子象か牛のように大きく、白狐というよりは巨大魔狼《フェンリル》だ。毛がふわふわと揺らめき空気と溶け合って透け、ワインをぺろりとなめては、にんまりと目を細めている。

『あの小さき体は、仮の姿じゃ。この姿もまぁ仮の姿じゃがな。狐とは化けるもの。ほれ、ぬしのいた国ではいい言葉があったじゃろ？　ＴＰＯ《てーぴーおー》に合わせて臨機応変というやつじゃ』

どっかの営業マンみたいなことを。

もっとありがたみのある古《いにしえ》っぽい言葉でくるのかと思ったわよ。さすがあの神様の使いね。

「……お酒を飲むと変わるの……でしょうか？」

『よいよい、そんな固くならなくてよいのじゃ。ぬしとわしの仲ではないか。楽にするがよい。――そうよのぅ、酒が入るとわしが出てしまうわ。どうにも我慢ができん。小さき体の方が欲する魔力も少ないし、周りが撫《な》でたりなんだりと魔力を与えてくれるもんでな、便利なんじゃがな』

かわいい姿には理由があるのね……。

「――まぁでも、どっちもシュカだし、どっちでも構わないわよ。卵は？　もっと食べる？」

『……馴染《なじ》むのが早いのぅ。わしが怖くないのか？』

「そうね。あんまり怖くはないわね」

『変わった娘じゃのぅ。卵はまだあるのかの？　いただけるならもっと食べたいぞ。あの、ほれ、マヨネーズもいただきたいものじゃ』

そわそわとしっぽをゆすっているのがかわいい。

うん、おじいちゃんぽいけど、シュカはなんかかわいいわ。

卵のおかわりに、マヨネーズを添えて出す。ワインも空だったから注ぎ足して。

大きいシュカはうれしそうにまた食べだした。

『久しぶりの酒は美味いのぅ〜。日本酒の研ぎ澄まされた気も美味いがのぅ、この赤ワインの野性味あふれる力強い気もよいのぅ』

「お酒の気……なんとなくわかるような気もするわ」

『日本酒はキリッとした風の気と水の気が入っておったなぁ。たいがい酒はその二つの気が入っておる。この赤ワインは土の気も入っておるの。温かい気じゃ。あの男の魔力となんとなく似ている気がするのぅ』

へぇ、おもしろいものだわね。

レオナルド団長の魔力と似たワインか。

美味しいと思ったのよ。好みだな、って…………。

団長を見ていて察したのは、どうも奥様も恋人もいないみたいだということだ。

昨日《きのう》ルディルが「団長にもとうとう春が……！」とか言ってたし。何をもってそう言ったのかはわからないけど、今まで春が来ていなかったことはわかる。

なんでだろう。

顔はすっごい整っているし、優しいし、頼りになるし、近衛団の団長だし、あたしは貴族とかよくわからないけど、男爵様っていうのはちゃんとした地位も持ってるってことだろうし。

この国のお嬢さんたちに見る目がなかったってことなのかしら。

それとももしかして何か秘密があるとか……？

――――でもまぁ、何かあったとしてもレオさんはレオさんだしね。

あたしは自分の見たもの感じたものしか信じないわ。

レオナルド団長はあたし好みの美味《おい》しいワインを選ぶ人。それだけは間違いない。

残っていたグラスのワインを飲みほした。

調合師《ミキサー》で暮らしていけそうな気がしてきたし、作らせてもらえるなら薬草畑を作ろう。

思い切った配合の、調合液《ポーション》も作ってみたい。

なんせここには、ダーグルというチートツールがございます。

お肌にいいハーブや香辛料をダグって美容特化の調合液《ポーション》作れば、売れそうじゃない？

あたしはさっそくスマホを取り出した。

するとシュカが『おお、最近日本で流行《はや》りのアレじゃの。スマッホ。映えいいね～じゃな』と、得意げに目を細めた。

よくわかってるじゃない。やっぱり神様に似てるわよねぇ。

◇◇◇

朝、目が覚めると、枕元に小さいシュカが丸まっていた。

昨夜ワインを飲むほどにごきげんになっていったシュカは、しまいには『楽しいのぅ～、楽しいのぅ～』と天井付近をふわふわと飛び回っていたのだ。

楽しそうでよいわねとそのまま放っておいたんだけど、いつの間にか小さい姿に戻ったようだった。

「シュカー、朝練行くー？」

『クゥ……（……いくのー……。ちょっとまって……）』

寝ぼけながらモタモタと起き上がってくるので、ひょいと抱き上げた。

お酒が残ってるのかしら。あのボトル、ほとんどシュカが飲んだものね。

宿舎から出て裏の畑まで行き、棒を振り下ろす。

すると、シュカがまたモヤを欲しがるので、差し出した。

大きいシュカが魔力が必要みたいな話をしていたし、これがもしかしたらごはんみたいなものなのかなと思ったら、いっぱいお食べ〜な気持ちになる。

ぺろりと食べて満足そうなシュカに美味しかった？　と聞くと、（『おいしかったー、これがいちばんなのー』）だって。それならいっぱい食べればいいわよ。どうせすぐ元に戻るし。

トレーニングの途中、丸まって寝ていたシュカがピクンと起きた。

（『おおかみのおねえしゃん』）

え、どこ？

見回すと、ルーパリニーニャが建物の陰から出てくるところだった。

「ニーニャ、おはよう」

「シュカ！　ユーリ！　おはよう。早いな！」

早足で寄ってきたルーパリニーニャは、ニカッと朝からいい笑顔を向け、しゃがんでシュカを撫でる。制服着てるということは、これから仕事なのね。

ルーパリニーニャはあたしの手元を見て、「へぇ」と声を出した。

「なんだそのモヤ。魔短杖《マジックワンド》？　おもしろいモノ持ってんなー。人形は使わないのか？　アタシこれからトレーニングに行くんだけど、いっしょに行かないか?」

人形を使う?

よくわからないけど、とりあえずいっしょに行ってみることにする。

向かった先はすぐ近くの簡素な建物だった。

ルーパリニーニャのフサフサとしたしっぽが揺れる背中について入って、思わずびくっと足を止めた。

明かりがついているものの、ガランとした薄暗い小屋の中。人と同じ大きさの藁人形《わらにんぎょう》(呪《のろ》いのアレにそっくりな)が三体立っていた。

大変、不気味な光景でございます……。

「ユーリはこれ初めて見る? 床の魔法陣の中に風魔粒《まりゅう》を入れれば動くよ」

指先からピンと放たれた魔粒《まりゅう》が、魔法陣へ吸い込まれていった。

するとゆるゆると藁人形が動き始めた。

シュカは気になるらしくしっぽを振るので、(「邪魔しちゃ駄目よ」)と言って抱いておく。

ルーパリニーニャは腰の剣をすらりと抜いた。

――ん? 剣? なんか違う?

形はほぼほぼサーベルで、刃先の方が緩やかに反っている。それが藁人形に振り下ろされると、ボスッと低い音を立てた。

藁人形は後ろによろめき崩れかけるけど、またルーパリニーニャに向かってくる。藁のくせに人っぽい動きなのが、さらに不気味だわ。

ルーパリニーニャは向かってきた人形の横腹へ剣を叩《たた》きつけ、ふっとばされて倒れた体にのしかかり、拘束した。

「五、四、三、二、一！」

カウントを取ってからまた離れ、起き上がってくる藁人形の相手をする。

「――ホントなら、二十カウント取らないとダメなんだけどさ、魔粒《まりゅう》が働く時間は長くないからもったいなくてね」

「その剣って、刃をつぶしてあるの？」

「警備剣な。剣っていうか棒に近い、刃も刃先も丸めてあるやつ。ちゃんと専用に作られてるんだよ。自分の使う得手に合わせて、長さや重さを同じに作ってもらえる――よっと」

傾《かし》いだ人形を足蹴《あしげ》にし、倒した後に踏みつける。……うん、藁がちょっと気の毒になってきた。

ルーパリニーニャは息も乱さずに、また構えに戻る。

「ユーリのソレなら、そのまま使えそうだな。腰から下げられるもので刃物じゃなければ自前のを使えるからね。鞭《むち》を使っているのもいるよ」

「鞭！　なんかかっこいいわね」

「ユーリも人形叩いてみろよ、アタシの残りで悪いけど」

場所を譲られ、棒を構える。下段の構えから一歩踏み出し、左側から人形の右腕へ勢いよく打ちこむ。

ズパーン‼

予想以上の音がして、藁人形は後方にすっ飛ばされ、見えない壁にべしゃっとぶつかった。

打ってすぐに振り下ろすはずだった右手は、ただの素振りになった。

「ヒュ～♪　やるねぇ～」

「……いや、待って！　なんか違う！　そんなに強くやってな……」

言い訳しながら振り向くと、ルーパリニーニャの横にエクレールまでもが立っていて、目をまん丸にしていた。

「……ユウリ様……すごいです……ね……」

「ほら、ユーリ。また来るぞ」

ううう、違うの、違うのよぅぅぅ。

次は中段の構えから、人形が近づいてくる前に一度軽く素振りをすると、棒のモヤだけがビュッと飛んで人形に直撃。倒した挙句、胴と腕に絡みついて拘束した。

呆然《ぼうぜん》としていると、我慢できなかったらしいシュカが跳び出し、モヤにかぶりついた。

「……シュカもワイルドだな～……やるな～……」

「……ユウリ様も神獣もこうなんですね……勉強になります……」

「いや、その、違うの。あたしがやったわけじゃ……」

いや、間違いなくあたしがやったんだけど!!

元々の棒の威力とは全然違ってるし、そのモヤは飛ばそうと思ってたわけじゃないから!!

しかもシュカが妖怪《ようかい》のように、本日二回目のモヤをペロリと平らげたところだ。

ルーパリニーニャのすごく楽しそうな顔と、エクレールの引き気味の表情に返す言葉がない。

あたしは薄くモヤを纏《まと》った棒を手にしたまま、シュカを抱き上げると、「そ、そろそろ行かないと……じゃ、またね……」とひきつった笑顔でその場を後にした。

◇◇◇

「……ユウリ、大丈夫か？　朝から疲れてないか？　無理して来なくてもいいんだぞ」

心配そうな目で見られ、あたしは背筋を伸ばした。

疲れたというか、朝練がアレでバタバタしてただけです。はい。

「大丈夫です。今日も謁見《えっけん》へは行かなくて大丈夫なんですか？」

「ああ。今日もキール護衛隊長が出る。手荷物検査の方も詰めないとならないからな」

そう、魔法鞄《かばん》の持ち込みに関してあたしが心配したので、手荷物検査を実施する方向で動き出した。

今のままだと、なんでも持ち込みできるし、なんでも持ち出しできてしまうから。特に持ち込みは、毒や爆発物など命にかかわるものだって可能な状態。その辺やっぱり気になる。

あたしとレオナルド団長は、お茶を挟み向かい合ってソファへ座った。シュカはもちろん団長の膝《ひざ》の上だ。

「手荷物検査の方は、お金と人員さえ用意できればすぐに解決できると思います」

「お金と人員」

「かかる費用は、魔法鞄預かり箱を人数分用意して、空間魔法に反応する白い線を設置する分です」

「なるほどな、店と同じ仕組みにするのか」

「はい。どうしても中に持ち込む物は、警備が確認します。あたしがいた国では、確認しやすいように、中が見える透明の鞄を使う施設もありました」

「ほう、それは興味深いな。ユウリのいた国はそういった危機管理の意識が高かったんだな」

「そう言うと良さそうに聞こえますが、ようするに物騒だったということですね」

事件はめったにないけど、ないわけじゃないから、人も会社も自衛するしかないのよね。

「ただですね、揉《も》め事《ごと》が起こりやすいのは、女性の手荷物を男性が見るという場合です。女性警備が適切な人数配置できれば解決するんですけど……」

女性警備が少ない、足りてないって、この間裁縫部屋で聞いたところ。

もしかしたら費用よりこっちの方が、難易度高いのかもしれない。

今あたしが着ているスカートの制服で、少しでも入団希望者が出てくれたらいいんだけど。

「警備の女性衛士《えいし》が少ないのは前々からの問題だ。これは今すぐどうにかできることではないから、設置場所の計画を詰めようか。下見の時に意見がもらいたい」

「もうそこまで考えてしまっていいんですか?」

「ああ。王城管理委員会は名前こそ固そうに聞こえるが、議長の文官と、整備隊長、清掃責任者、『白髭亭《しろひげてい》』オーナー、庭師長と近衛《このえ》団というような顔ぶれだ。会議もお茶を飲みながら青虎棟の管理・運営を話し合う、そんなにかしこまった会ではないんだ。委員長は宰相で最終的には陛下がお決めになるが、お二方は出席されない」

あら、なんか思ってたのと違うわ。もっと貴族の方々が集まって駆け引きがあるようなのを思い浮かべてた。

「陛下がこの案を次の委員会の席に挙げるよう仰《おつしや》ったということは、費用は気にしなくていいという意味だし、そうなれば、次の会の議題に挙げればそのまま通ると思っていい」

「……そうなんですか。ホントに話が進むのが早いですね。ちょっとびっくりします」

「そうだな。会と陛下の間に他の人が入らない分、話は早いな」

陛下の話になったついでに、差し上げる調合液《ポーション》を団長に託し、薬草畑のお願いもしてみた。

「――そうか、ユウリは調合師《ミキサー》の道に進むのか」

不意に優しい目を向けられて、ドキリとする。

「ユウリからもらったポーションは、効き目はもちろんだが、味がいい。腕利きの調合師《ミキサー》となるのだろうな」

がんばりたいと思ってます。と告げると、畑の件も管理委員会議に挙がることになるだろうと団長は言った。

「国王陛下のお気に入りなんて評判が流れれば、仕事には困らないぞ」

王族の方々用は王室御用達《ごようたし》のものが魔法ギルドから納められるが、献上するのは自由らしい。

気に入ってもらえたらそれはうれしいけど、なんとなく田舎《いなか》でスローライフのイメージじゃないわよね……。


今日のお昼ごはんはチキンソテーとサラダとパンのセット。ここのパン美味《おい》しいのよね。食事は宿舎棟の『零れ灯亭《こぼびてい》』の方が美味しいんだけど、パンは負けてないと思う。

シュカはオムレツを食べながらやっぱり（『ユーリのふわふわのほうがおいしいの』）と言った。

さすがに、食べている時に声をかけてくる人はなく、傍若無人《あんなこと》ができるルーパリニーニャはすごいわと感心した。

「――そうだ、ユウリ。すまない、言うのが遅くなったが、俺は明日休みなんだ。だから仕事は来なくてもいいんだが、稼ぎたいなら書類整理しに来てもいいぞ」

食堂を出るころになって、レオナルド団長がそんなことを言い出した。

「あ、そうなんですか。レオさんお休みなんですね」

「ああ、副団長たちと交代でな。領での仕事がたまっていて、どうしても帰らなければならない。――赤鹿《レッドディアー》の約束もあるし、本当は連れて行きたかったんだが……書類の山が……」

レオナルド団長はそう言ってうなだれるけど、赤鹿《レッドディアー》のこと覚えていてくれただけでうれしい。

「赤鹿《レッドディアー》、楽しみに待ってます。稼ぎは調合でするから大丈夫ですよ。休みならじっくりとやれますし。味を気に入ってもらえたなら、また回復薬作りますね」

あたしがそう言うと、団長はふっと笑った。

「土産《みやげ》買ってくるからな」

大きな手がポンポンとあたしの頭とシュカの頭を撫《な》でた。

シュカと扱いがいっしょ？　なんかちょっと納得いかないけど、でも、うん、お土産はうれしいかも……。

なんかにやけてしまった顔で、気を付けて行ってきてくださいと伝えた。

退勤後は着替えて『銀の鍋《なべ》』に美容系調合液《ポーション》の材料を買いに行く。昨夜調べたおかげで、いろんな調合液《ポーション》のアイデアがあふれてくる。どんなの作ろうかななんて、料理に似ていてすごく楽しい。

あたしは足取り軽く、城内を後にした。

◇◇◇

崩壊したかに見えた『食堂で獅子《しし》の恋を無言で応援する会』であったが、しぶとく残っていた会

員たちを中心に、あっさりと復活していた。

本当は連れて行きたかった————。

（（（（キタ————ッ！！！！））））

ああっ！　これですこれ！　これのために仕事に来てると言っても過言じゃありません！

胸がきゅんきゅんします！　団長様————‼

あまりの殺傷能力の高さに、何人かの会員が胸を押さえて突っ伏した。

残りの者たちも顔を下へそむけたまま、上げられない。が、どちらも耳だけはしっかりとそっちを向いている。

親御さんに紹介なんですか⁉　相手のお嬢さんも赤鹿《レッドディアー》楽しみにしてますって言ってますよ！

春はもうすぐ……ん？

（（（（…………赤鹿《レッドディアー》…………？））））

もしかしたら自分たちは、とんでもない勘違いをしているのかもしれない。

なんでそこに魔物の名が出てくるのか、意味がわからない。

空気が不安で揺れた瞬間。

土産買ってくる。

からの。

頭ポンポン————————！！！！

（（（（————落として上げる、最高です————‼））））

なんだかんだと今日も楽しい『食堂で獅子の恋を無言（だったり違ったり）で応援する会』の会員たちなのだった。

# 閑話二　国王陛下の悲哀

レイザンブール国王ルミノーズ・キリラ・レイザンブールは、王妃と共に国王専用ティールームでティータイムの最中だった。

午前中は国内外の者たちと会い、午餐《ランチ》の後は書類の確認とサイン、そしてやっとゆっくりできるのがこのティータイムということになる。

まだまだ働き盛りと言われるが、もうそろそろ六十歳。魔素大暴風後の国内の立て直しに奔走してきたものの、体力も少し衰えてきて、そろそろ引退と思うこのごろ。

取り次ぎの侍女が、来客を知らせた。

メルリアード男爵レオナルド・ゴディアーニ近衛団長が訪れたらしい。部屋の隅に控えていた護衛の眉《まゆ》が一瞬ぴくりと上がった。

もしお邪魔でなければとのことらしいが、もちろん構わないと国王はうなずいた。彼は大変頼りになる、考え方もしっかりとした国王夫妻のお気に入りだから。

「お休み中のところ失礼いたします」

そう言って入ってきたのは大きな体を粗野に見せない整った顔の男、レオナルド近衛団長。護衛の目礼を受け、国王の下で跪《ひざまず》いた。

夫妻へ慇懃《いんぎん》な挨拶《あいさつ》をした後に、その身に似合わないかわいらしい瓶を六本差し出す。白い封がしてあるものが三本と、オレンジの封がしてあるものが三本、どちらも白い狐《きつね》の絵が描かれていた。

「こちらは陛下へ贈り物だそうです」

いろいろと伏せられているが、そこはちゃんと話が通る。

「ほう……。調合液《ポーション》か」

「まぁ、かわいらしい」

侍女がさっと情報晶を取り出しテーブルの上へ載せた。

調合液《ポーション》の性能もだが、毒の有無を調べるために必要なのだ。

かざすと普通の回復薬にしては高い性能と特効が示された。

「素晴らしいではないか。上級回復薬を調合したらどのようなものができあがるのか、恐ろしいな」

「そうですわねぇ」

「性能も素晴らしいのですが、それよりもさらに味が」

「……美味《うま》いのか？」

「はい。とても」

「まぁ……」

国王は手元の小瓶をしげしげと眺めた。

光の申し子という不思議な伝説のような存在がいるのは、よく知っていた。

前回の魔素大暴風の時に降臨された人たちは、物心つくころには亡くなっていたが、残された話はまだまだ生々しさを含んでいた。

賢者様の他にも、豊富な魔量で巨大な魔物に立ち向かった申し子、結界魔法の研究で成果を挙げた申し子などの話が、リアルに語られていたものだった。

光の申し子が、またこの国に現れて、この城にいるという不思議。

その昔物語を聞いてはわくわくとした冒険譚《たんかいまみ》を垣間見るような思いがした。

このような年になってまた、こんな楽しい気分になるとは。

「あなた、少年のころのような顔になってますわよ」

そう言って笑う妃《きさき》の顔も少女のようだと、国王は思った。

「――畑は裏の空いている場所ならどこでも、思うように研究に使っていただくように。足りないなら、研究栽培地を開放して構わないぞ」

研究という名の下、作りたい薬草を自由に作り、好きに調合に使ってよいということだ。

レオナルドは正しく受け取り、軽く笑んだ。

「承知いたしました」

部屋に流れる和やかな空気。

だが、それは次の一瞬で破られた。

バン！　と開かれた扉から、やんちゃそうな小さな体が現れる。

「おばあさま！　ぼくもお菓子食べたいです！」

「ぼくもー！」

「――マルリー！　トライド！　おじいさまとおばあさまにちゃんとご挨拶しないと！　わたくしは姉としてはずかしいですわ！」

「ローゼの言う通りだよ。ちゃんと二人ともご挨拶なさい。おじいさま、おばあさま、お休み中にごめんなさい」

「アルお兄さま！　二人とも全然言うこと聞かないんですのよ！」

「えー……？」

「だって……にいさま……ぼく……」

「おじいさま、おばあさま、ごきげんいかがですか？　僕たちもおじゃましてよろしいですか？」

「ほらサキアについて言ってごらん？」

「「うー……」」

孫たち五人全員が顔を出し、王妃は「まぁまぁ」と笑みを浮かべた。

真っ先に顔を出した姉弟《きょうだい》の三人は、第二王子セイラームの子たちだ。まぁ、セイラームの小さかったころにそっくりだと、国王は思う。とにかく自由な子だった。

後から入ってきた王太子スタードの子たち兄弟は、やはりスタードに似て聡《さと》く落ち着いている。

同じような環境で育っても違うものだなと、国王も笑みを浮かべた。

来年は一番年長の次期王太子アルディーノが十歳になり、全寮制の王立オレオール学院へ入学する。

全員一歳ずつ違うため、来年から毎年一人ずつ減っていくことになる。

国王が退位すれば、セイラームは公爵位に下ることが決まっており、一家は公爵邸へと移り住む。

国王夫妻も、長いこと側妃不在で空いている白鳥宮へ移るか、どこかの別荘を居とするか、どちらにしてもこんな賑《にぎ》やかな暮らしはあと少しの間だけなのだ。

「おじいさま！　このかわいい調合液《ポーション》はなんですか？　回復薬……ぼく、今、魔法のおけいこしてきて、疲れてたんです！」

「にいさま！　ぼくも疲れてる！　狐さん飲む！」

小さい手が素早く瓶を取り、シュポンと封を開けるとあっという間に飲み干してしまった。

「──ふわぁぁぁ……おいしー……。こんなおいしい回復薬はじめて！」

「──はぁぁぁ……おいしいねぇ。ぼく、ぜんぶ飲んじゃった」

「……そんなにおいしいんですの？」

「はい、ねーさまもどうぞ。にいさまたちも、はい。おばあさまもどうぞ」

最年少のトライディーサがかわいらしく、配って歩く。

それぞれ手にした瓶をしげしげと眺め、金竜宮《きんりゅうきゅう》では見ることのないかわいらしい封を開けた。

「――本当……。なんておいしいんでしょう！　すっきりとしてふんわり甘いですわ！」

「――これは、頭がすっきりしますね。後味もいいです」

「――僕、魔法のおけいこの後のごほうびはこれがいいです」

「――……まぁまぁ……！　本当に美味《おい》しいわねぇ……。サキアーノはこれがあれば、もっと魔法のおけいこをがんばれるのね？」

「はい！　おばあさま！」

「ぼくも！　ぼくもがんばるよ！」「ぼくも!!」

声をあげなかった年上の子たちも、うらやましそうな顔をしている。

王妃は孫に弱いおばあちゃんの顔で、にっこりとした。

「これは貴重なものだから、いつもは用意できないのよ。でも、あなたたちが魔法のお勉強をがんばったら、ご褒美にもらえるように、陛下にお願いしておきましょうね」

「「「「はい！　ありがとうございます！」」」」

孫たちからいい笑顔を向けられて、国王はうなずくことしかできなかった。

ああ、おじいさまもそれ飲んでみたかったよ……と思いながらも、孫たちが喜んでいるからいいかと、後ろに控えていたレオナルドに『追加注文』の視線を送った。

無言の注文を正しく受け取った近衛《このえ》団長は、しょんぼりした国王の背中に、後で自分の分を一本差し上げようと誓うのだった。

# 第四章　申し子、美味しいは正義

シナモンって、香りは甘いけど味は苦いのよね。

前の職場でお姉さんたちが「ターンオーバー、ターンオーバー」と呪文《じゅもん》唱えながら、シナモンパウダーをふりかけまくっていたことを思い出す。

若いうちから摂《と》っておきなとかけてもらったおかげで、いつもコーヒーはシナモンコーヒーになっていたわ。

そんなことを思い出しながら『銀の鍋《なべ》』でアデラと書かれたシナモンスティックの瓶を眺めていた。

来る途中はウトウトしていたシュカも、あたしの腕から乗り出して見ている。商品は密封されているか透明の空間庫に入っているから、店内に匂《にお》いはあまりない。このくらいなら、鼻の利きそうな動物でも大丈夫ってことかな。

「ユウリ、アデラに興味あります？　じつは今ならライシナモンもありますよぅ」

「え、このアデラっていうのじゃなくて？」

「木の種類が違うし性能も違うので、うちでは分けて売ってます。ただまぁ……ライ山地のシナモンはお高いですからねぇ。常時は置いてませんし、店頭にも出してないんです」

「……ちなみにおいくら？」

「一本、１５００レトですよ。アデラなら半額以下」

「たっか‼　でも性能がそれだけ違うのよね？」

「そうですねぇ……。性能が倍違うかといえば、そんなことはないんですよねぇ。ただアデラだと、ちょっと体の負担になる成分が多く含まれているのが、安価の理由ですかねぇ」

「それなら、高くてもシナモンね。ライシナモンをいっ……うっ、二本！」

「おおぅ！　サンディーラング灯台から飛び降りる気持ちで買っちゃいます⁉　何かおまけしますけど、他に必要なものは？」

「あとはターメリックを買おうかな」

ターメリックの瓶のふたを開けた時、シュカが（『これも知ってるにおい……』）とつぶやいていた。ターメリック、いわゆるウコンよ。二日酔《ふつかよ》いにはウコンとか聞いたことがあるけど、まさか……？

「では、ターメリックは多く入れておきますねぇ」

「ありがと！　ねぇ、ミライヤ、調合液《ポーション》って、ジュース的なのでも大丈夫？　売れる？」

「果汁を絞ったものですか？　買います！　どんなの作るんですか⁉　楽しみ～‼　あと、回復薬も追加お願いしたいんですよぅ。もう白が二本しか残ってなくて」

「ええ⁉　もうそんなに売れちゃったの⁉　納めたの昨日《きのう》よ⁉」

「お城の人たちが仕事帰りに買っていってくれるんですけど、みんな新製品好きなんですよねぇ。ここで飲んだ人がすごく美味しいって、リピしたいって言ってましたから、もっと売れると思います。ワタシも数があれば飲んでみたいんですけど」

「わかった、急ぎで作るわ。……あたし魔量が多くて、そこそこ作れちゃうんだけど……びっくりしないでくれる？」

「あ、そうなんですね？　いいなぁ。うらやましいですぅ。あ、もしかしてワタシに気を遣ってくれてました？」

「いや、そういうわけじゃ……」

と言いつつ、目が泳いじゃうわよ。実は、気にしてたもの。

ミライヤにもだけど、普通に見える量ってどのくらいかなと気にしつつ、納めていたり。

「えーと、とにかく、作れたら多く作るわ。あ、そうだ。あの性能がわかる情報晶っておいくらくらいするの？　高価よね……？」

「ええ、まぁ……。聞いちゃいます？　30万レトくらい……」

「……うっ……。そうよね……。そのくらいはするわよね……」

30万レトか……。なかなか遠いわね……。

材料と大量の瓶を受け取って、店を後にした。

『セイラーの麻袋』と近くの青果店にも寄り、『零《こぼ》れ灯《び》亭』にも寄って調合液《ポーション》の材料や食材を買って帰った。

今日と明日は調合デーになりそう。

あたしはさっそく大鍋《おおなべ》いっぱいに［創水《マワター》］で水を出し、魔コンロにかけた。

◇◇◇

作った回復薬『森のしずく』を瓶に移し終え、ちょっとだけ残った液をグラスに移す。

前回はぴったり瓶に入りきったから、実は味見をしていなかったのよ。今回残ったのは、魔力を込める時間を短くして加熱時間が減ったからだと思うんだけど。

『クークー（ぼくもちょっとのんでみたいのー）』

「じゃ、二人で半分こして味見しようか」

シュカには小さめのお皿に入れてあげる。

なめるほどしかなかったけど、美味《おい》しい水の味がした。

清々《すがすが》しい香りと後味のほんのりとした甘さ。元々の回復薬の味を知らないからなんとも言えないけど、悪くないんじゃないかと思う。

『クー！　クークー！（おいしー！　ユーリ、これおいしーの！）』

シュカは回復薬がなくなってもペロペロとお皿をなめまわしている。

（『これ、はじめに作ったのとおなじにおいがするー』）

「あら、正解。わかるの？」

（『わかるよ！　きっとおなじお水なの』）

あれ？　もしかして、一度作ったものと効果が同じかどうかは、シュカに聞けばわかるんじゃない？

「じゃ、あとでまた味見してくれる？」

『クー！（うん！　する！）』

バサバサとしっぽを振るシュカを撫《な》でた。

夜ごはんの後にまた調合することにして、夕練《トレーニング》を広い玄関ホールでちゃっちゃとすまし、ごはんの支度を始める。

今日はタマネギを買ったので、シチューの予定。これ、タマネギっぽいものじゃなく、タマネギなの。鑑定したら『タマネギ／食用可』って出たから。

狐《きつね》にタマネギが大丈夫か心配だったんだけど、相変わらず（『ぼくはふつうの動物じゃないから！』）と言うので、まぁ平気なんでしょう。多分、妖怪《ようかい》だし……。

いろいろ鑑定したけど、日本で見たことのあった野菜や肉は、だいたいそのままの名前が付いていた。これで安心して使えるわ。

多めのバターで塩コショウの下味をつけた鶏《とり》モモ肉をジュワーと炒《いた》める。んー、バターっていい香りよね。

色が変わったらタマネギも入れて、全体がバターに馴染《なじ》んだら、小麦粉投入。またよーく炒めてから、ひたひたの水を入れて蓋《ふた》をして煮込む。これでたまねぎがクタクタになったらオッケーね。

本当ならコンソメを入れるんだけど、ないからダシ代わりにソーセージを薄く切って入れてみたわ。

最後に牛乳を入れて、塩こしょうで味を調えればできあがり。

あとはトマトとレタスのサラダとパンを盛りつけた。パンはガーリックオイルをちょっとかけて［網焼《アグリル》］を唱え、ガーリックトーストにしたのですっごいいい香りを放っている。

「はいシュカ、できたわよー」

シュカのお皿に入れたシチューには［冷却《アクール》］をさっとかけて、ちょっと冷ましてある。

一口食べると、優しい味に頬《ほお》が緩んだ。そうだ、こんな味だった。

これは昔、母が作っていたレシピだった。家のにはニンジンもジャガイモも入っていたけどね。サラサラでシチューというよりスープみたいって、食べるたびにあたしと弟が言ったっけ。

弟《あの子》、ちゃんとごはん食べてるかしら。

社会人になってそれぞれ一人暮らしを始めても、時々ごはんを食べに来ては「姉ちゃんの飯、美《う》味《ま》い」って笑っていたわね。

『クー！　クークーク（おいしー！　すきな味！　ふわふわと似てるの）』

シュカはきっと牛乳が好きなのね。

それなら、明日の朝ごはんはフレンチトーストにしようかな。牛乳も卵も入るし。

夜ごはんを食べ終えたら、また調合。今度は『森のしずく（緑）』。

シュカは味見する！　なんて言ってたけど、結局作っている途中で丸まって寝てしまった。

◇◇◇

朝のキッチンに、いい香りが漂う。

昨夜から卵と牛乳と砂糖の卵液に浸《つ》かっていたパンを、フライパンのバターの流れにジュワーッと落とし、弱火で両面じっくり焼けば、焼き目も美しいフレンチトーストができあがる。

調合に使おうと思って買っておいたハチミツを、ちょっとだけかけた。黄金色の魅惑の蜜《みつ》は高いからほんのちょっとだけね。

シュカは香りだけで、『クークークー!!』と大騒ぎだ。

ベビーリーフのサラダを添えて、ワンプレートのモーニング。スープが付けば満点かな。

となりでかぶりついたシュカは、瞬間目がうっとりとしてぽーっとなった。

（『なにこれ……おいしすぎるの……かみのたべものなの……』）

あたしはナイフとフォークで一口食べる。

ふんわりとろりと、パンのようなプリンのような食感と味。バターの香りとハチミツの濃厚な甘

みも食事というよりはデザートだ。

「朝から贅沢《ぜいたく》ねぇ……」

お酒が好きって言うと甘いものはそうでもないみたいに思われるけど、どっちも好きに決まってるわよ。白ワインにチーズケーキとか最高だし、赤ワインにガトーショコラとか至高でしょ。

幸せの朝食の後は、調合のお時間。

美味しいもの食べるためにもしっかり稼がないと。

ブルムの葉とアバーブの葉と薄切りにしたレイジエの根で作ったものだけでも、ちゃんとした回復薬になるから、他に足すものは少量ずつにしておく。ライシナモンのスティックを四分の一、ターメリック粉をティースプーン二分の一入れて、大鍋をかき混ぜた。

大鍋の液を［冷却《アクール》］で少し冷まして、昨日《きのう》青果店で買ったレモンを搾った汁とハチミツを入れてまたかき混ぜる。

濾《こ》しながらポットに入れると、立ち上るシナモンとレモンの香り。おいしそうな黄色い液ができあがった。

ハチミツレモン味の調合液《ポーション》なら美味しそうかなと思って作ってみたんだけど、あとは性能がどんな感じか。

シナモンはワンコに駄目らしいんだけど、シュカは例の主張をするのでちょびっと残った分は半分こした。

（『これすごくおいしいの！　げんきになるし、なんか毛がふわっとするよ！』）

ふむ。なんかお肌に効きそうなコメントが出たわね。

ほんのり甘酸っぱくて飲みやすい。あたしの舌には馴染みのある味だった。懐かしい夏の味。

性能も大事だけど、美味しいって心にも作用する大切なことよね。

口の周りをペロペロしているシュカを抱き上げて、あたしは意気揚々と『銀の鍋』へと向かった。

待ってました‼　とばかりにミライヤに迎えられて調合液《ポーション》を三種十本ずつ計三十本カウンターに載せた。

「うわぁ……。あれからこんなに作れたんですか？　本当に魔量多いんですねぇ」

実はその倍の数作ったんだけど、一般的な魔量多い人の範疇《はんちゅう》を超えそうなので、在庫にしておくのよ。

『森のしずく』と『森のしずく（緑）』は前回と同じ性能だったので、同じデザインで封をしてしまう。

ミライヤは「楽しみですね⁉」と言いながら、新作のキラキラとする黄色の液を情報晶にかざした。

「［性能開示《オープンプロパティ》］」

魔量回復　性能：8
疲労回復　性能：5
特効：美味　美肌（小）　美白（小）　二日酔い回復

「────疲労回復すごっ⁉　美肌⁉　美白⁉　なにそれ初めて見ますぅ‼」

おおぅ、シナモン効果？　日本のお姉さまたちがせっせとかけていただけのことはあるってこと？　それともハチミツのせい？　それともレモンのビタミンC？

「………いやもぉ、相変わらず、びっくりするような性能なんですけど………最後の二日酔いの文字の残念感はなんなんでしょうね……」

「……なんかごめんなさいね……」

「ターゲット層が貴族の女性と思わせての、酔っ払い父さんだったみたいな……いえ、素晴らしいのは変わらないです‼　治癒薬で皮膚に働きかけるものはありますけど、回復薬でってなかなか斬新です。この（小）が怖いですよねぇ。一回じゃ効果小さいからリピしてね？　ってことですよ。この女性ならどうしても欲しい効果にこれ……。恐ろしい……」

いや、そんなこと考えて作ったわけじゃないわよ⁉

「二日酔いに効くのも案外、夜会明けの奥様お嬢様たちにいいかもしれない……クフフフ」

「ええと、摂り過ぎに注意してほしいんだけど、封はどうしたらいいの？」

「オレンジ封で大丈夫ですぅ」

オレンジ色の封を、瓶に一周ぐるりと貼《は》った。『森の恵み（黄）』ってそのまんまの名前。白狐《びゃっこ》の絵の他に、レモンの絵も描いた。

「……えーと、買い取りなんですけど、美肌とか美白とか今までにない特効がついているので……2000でどうですか？」

「えええっ⁉　そんな高くて大丈夫⁉」

「ええ、これなら貴族の女性に十分売れます。貴族の方々は調合液《ポーション》にお金かけますからねぇ。男性だったら疲労回復力が高いものが……あっ、これ男性にも売れますね！　素晴らしいですぅ！」

「あたしとしてはありがたいけど、ミライヤに無理のない金額でお願いね」

売る方がそんな姿勢でどうしますか⁉　なんて怒られたわ……。解せぬ。

結局、今日の分は全部で４２０００レトになった。

びっくりするわぁ……。材料費や食費を抜いても、十回繰り返せば情報晶に手が届いちゃうじゃない。いやもう本当にびっくりよ。

回復薬を作ったり、疲労回復効果がありそうなものをダグったりしていると、夕方になっていた。

そろそろ夜ごはんの準備でもと思っていたところに、ベルがリンと鳴った。

きっとレオナルド団長だ。

玄関ホールに出ると、ぼんやり光った扉に大きな体が浮かび上がっている。

「レオさん、おかえりなさい」

一日ぶりに見る顔は、ちょっと疲れているように見えた。

あたしといっしょに出てきたシュカは、さっと団長の肩に上ってべったりくっついている。

「ただいま。ユウリ。――土産《みやげ》だ」

ボトルを三本と、軽い箱を手渡される。ワインとお菓子だって。うれしい！

とりあえず中に入ってもらって、リビングのソファに座らせた。

「お土産ありがとうございます。……お疲れみたいですけど、大丈夫ですか？」

「ああ。もうずっと書類と格闘していたから、目やら腰やらな……」

団長が困った顔して笑っている。

回復薬、疲れ目特効があるものとかもいいかも……。

シュカに（「魔力あんまりなめちゃ駄目よ」）と釘《くぎ》を刺して、よかったらどうぞと、作りたての回復薬を差し出した。

寝れば治ると遠慮する手に、蓋を開けたものを握らせる。

「ありがとう。やはりユウリの回復薬は美味《うま》いな。体も気持ちもすっきりする」

少しだけ血色がよくなりすっきりとした顔にほっとする。

夜ごはんも食べていってください。と言うと遠慮するので、「お口にあいませんか……?」と聞いてみるとすごい勢いで首を横に振られた。断りづらそうな聞き方をした自覚はあるわよ。

「それなら食べていってください。たいしたものはないんですけど」

「では、お言葉に甘えてよばれよう。俺も領から持たされた煮込みがあるから、いっしょに食べないか」

「えっ！　食べたいです！　レオさんとこの領地でとれたものですか？」

「ああ。イカと貝なんだが、食べられるか？」

魚介‼　食べたかったの‼

「どっちも好きです！　うれしいー！」

預かった鍋《なべ》を魔コンロに弱火でかける。ちらっと見たところ、トマト煮っぽい。

昨日のシチューをグラタンにしようかと思ってたんだけど、煮込みものが二品っていうのもどうかと思うので、肉を焼くことにした。レオナルド団長、お肉好きだし。

『零《こぼ》れ灯《び》亭』で買うお肉はいつもいい肉なんだけど、これは特に立派な塊肉だった。鑑定したところ豚ロースと出たので、二センチくらいの厚めに切る。豚肉には、疲労回復効果があるのよね。縮まないように筋を切ってから、塩コショウしてフライパンに投入。粒ごと入れたガーリックオイルで焼いてソテーにする。ツブツブと茶色の焼き色が美味《おい》しそうよ。

「消臭《デディオドラ》」の魔法があるから、ついニンニクも気軽に使っちゃうわよね。

つけあわせのサラダとパンも盛って、アツアツの煮込みをオーブンウェアによそえば、海の幸山の幸の食卓となった。

いただいたばかりの白ワインを開けてグラス二つに注ぐ。シュカがじーっと見てるけど、さすがに大きいシュカに化けたらびっくりされると思うわ。

シュカのお皿には『森のしずく』を入れてあげた。ごめんね、お酒はまた今度ね。

「――今日のワインはレオさんの領のワインなんですね。おいしい……。この間いただいた赤もおいしかったです」

「そうか、口にあったならよかった。魔素大暴風の被害を免れたものが結構残っていてな。今はそれを売りながら農地の立て直しをしているんだ」

「農業が盛んなところなんですか？」

「そうだな、ここより北の涼しい土地なんだが、野菜と果物を多く栽培している」

「野菜と果物、いいですね。そして海に面していると」

「そういうことだ。大きくはないが漁港があって、魚も取れるぞ」

そんな話を聞きながら、スノイカとボゴラガイの煮込みと言われたものをいただく。

トマトの旨《うま》みと魚介のダシが出ていて、美味。殻ごと入っているボゴラガイを指でつまみあげて食べると、アサリに似ている気がした。家庭の味のような優しい味。

これは、ペスカトーレってやつね。パスタでも美味しいやつ。

「……美味しいです。これはどなたが作られたんですか？」

「補佐役の奥方が作ってくれたものだ。独り身の俺を心配してくれているらしい」

ああ、団長、やっぱり独り身でしたか。

…………今、ちょっとほっとしたのは、誤解される人がいないならよかったってことだから。他に意味はないから。

「ニコニコしてどうした？　何かおもしろい話だったたか？」

「い、いえ、美味しいなぁって」

「そうだな。でも、ユウリの料理も美味い。この肉も食欲をそそる香りがして美味いぞ。ワインとも合う。ずっと食べていたいくらいだ」

（『このお肉おいしい！　ユーリのごはんはおいしいの！』）

レオナルド団長が笑いかけてくれて、シュカはしっぽをいっぱい振って、美味しいって言ってくれる。うれしい。

笑顔でいっしょにごはんを食べる人がいるって、本当に幸せなことだ。

あたしは地位とか財産とかそういうの多くは望まないけど、気の合う人たちと美味しいねって笑い合って生きていきたいわ。

◇◇◇

朝のトレーニングに、訓練場での人形叩《たた》きが追加された。

敵を素早く無力化するのにモヤが有効そうだから、モヤのコントロールの練習を始めてみたのよね。

棒のモヤを振り入れれば魔粒《まりゅう》はいらないはずってシュカが言うのでやってみたら、藁人形《わらにんぎょう》がものすごい動きで襲ってきて大変だったわよ。返り討ちにしたけど。

棒を振り下ろすとヒュッと飛んだモヤが、藁人形に巻き付き拘束する。足を払って倒したところにのしかかりカウントを取る。

今日は誰《だれ》も来なかったので、貸し切りだ。途中にシュカのもぐもぐタイムを挟みつつ、みっちりと棒を振った。

もし使いこなせるようになったら、ダンジョンとか行きたい。ぜひ行きたい。

日本にはなかったダンジョンに、ただならぬ興味がございます！　魔物の肉を食べてから募るばかりでございますのよ！　いつかはダンジョンＢＢＱよ！

◇◇◇

「レオさん、昨日《きのう》の注文の回復薬ですけど、五本ずつでいいんですよね？」

近衛《このえ》執務室の執務机の上には、回復薬が十本載っている。

昨夜、知り合いが売ってほしいって言っていると聞いて、用意してきた分だ。

「ああ。優先させてしまって悪いな。店にはいくらで買い取ってもらってるんだ？」

「『森のしずく』が８００レトで、『森のしずく（緑）』が１４００レトです」

「では、倍の金額で買い取ろう」

!?

団長の言葉にぽかんと口が開く。

な、なにを言っておりますか……!?

それ、『銀の鍋』で売っている金額よりも高いと思うの！

「融通を利かせてもらっている分だ。きっと、店の方でも売れて追加が欲しいって言われてるんだろう？」

「……おかげさまで……」

なんか怖い！　お金がザクザク入ってくる！

ミライヤが言っていた、貴族の人が回復薬にお金をかけるって言葉がわかったような気がした。

「この買ってくださるおうちは、大人の女性が何名いらっしゃいますか？」

「三名、だな」

「それじゃ……これ、新作なんですけど、おまけにつけますので、よかったらどうぞとお伝えください。お肌にいいやつなんです」

「ほう……。それは喜ばれそうだ。伝えておこう。ありがとう、ユウリ」

お得意様になってもらえたらいいなと下心アリアリですけどね。

それと陛下へのお礼も『森のしずく』と『森のしずく（緑）』を三本ずつ団長に預けた。

「そんなに差し上げていたら、利益が減るだろう」

「いいんです！　お城の葉で作らせてもらっているので、材料費の代わりです」

「確かに材料は使うが、調合師《ミキサー》は知識と魔力を売る仕事だからな。もっと自信を持っていいんだぞ？」

ちょっと困ったような顔を向けられた。

そうか、調合液《ポーション》を売るのって、魔力を売るってところがあるのか。

でも申し訳ないし気が済まないから、やっぱり陛下に献上させてもらいたいなと思う。魔力も今のところ有り余っているしね。

今日は、前から話があった魔法鞄《かばん》預かり箱を設置する場所の下見だ。

めずらしくシュカは自分で歩いていて、きょろきょろしたり匂《にお》いを嗅《か》いだり忙しい。縄張り的な何かなのか、好奇心なのかナゾ。

青虎棟《せいことう》の正面玄関は青虎口とも呼ばれ、中は広いホールとなっていてその先の廊下へ通じている。金竜宮《きんりゅうきゅう》の玄関と比べ、質実剛健といえば聞こえがいいが、正直なんにもない。魔法鞄預かり箱を設置するのには、好都合だった。

納品口の方はいつも通っている出入り口の方だ。こちらも広いけど、検品する場所と思えば広いのは当然で、そこに預かり場所を作るとなれば手狭な感じがする。

「――納品口のホールはちょっと狭いかもしれないですね。機能を分散させて、預かり場所か検品場所を外にした方がいいかもしれません」

「そうだな……副団長や警備副隊長とも話してみよう」

情報晶横で立哨《りっしょう》しているエクレールが、こちらをちらちらと見て気にしている。まぁ、気になるわよね。

ホールから外に出て見渡せば、金竜宮の建物の先に東門が見えていた。城外壁まで木立以外には何もない。空いている場所は十分にあった。

レオナルド団長は、周りを見ながらノートらしきものにいろいろ書き留めている。

そんな時だった。

「じーさまが倒れた！」

東門で大きな声が放たれた。あたしも団長もとっさに東門を見た。

二名立っていたはずの警備隊員が、一人は地面に伏せもう一人はそばに跪《ひざまず》いている。そこへもう一人警備が走って向かっていた。

レオナルド団長は耳元に手をやり、聞こえないやりとりをしている。そしてさりげなくあたしの肩に手をあてて、納品ホールの中へ入れた。

「ユウリ、執務室に戻っていてくれ」

そう言うと、さっと身を翻してまた外へ出ていってしまった。

真剣な顔をしたエクレールが、あたしを見て手を振る。

「ユウリ様、いいところに！　ここに立っていてもらえますか⁉　治癒室に行ってきます！」

「あっ、了解」

短く答え、中へ駆けていく後ろ姿を見送った。エクレールが立哨していた青虎棟入り口の情報晶横に立つ。

そんなあたしの足元で、シュカは大きなあくびをして丸くなった。

倒れていた人、どうしたんだろう。大丈夫かな。みんながつけている空話具《くうわぐ》があれば、他の人たちの会話を聞いて状況を掴《つか》みやすいと思うんだけど。

金竜宮側に立哨していた警備隊員と目を合わせ、どちらからともなくお辞儀をした。

「すみません、臨時で入ります。何かあったらよろしくお願いします」

「了解。配置に就いてくれてありがとな」

制帽の下でニカッと笑う顔は、ワイルド風のイケメン兄さん。近衛団、イケメン率高いわよ。

建物の奥から騒がしい足音が聞こえてきて、エクレールを先頭に薄い青色ローブを着た集団と、最後にマクディ警備副隊長が、嵐《あらし》のように情報晶横を通り抜けていった。

駆け抜けざまに、ちらりと横目であたしを見たマクディ副隊長はぎょっとした顔をしていた。まぁね、制服こそ警備だけど、警備じゃないのが立ってたらびっくりするわよね……。

引き受けたからには、ちゃんとやるわよ。戻ってくるまで、あたしがやれる限りの仕事をする。出入管理の基本は、どの施設でもそんなに変わらないだろう。

久しぶりだし初めての場所の立哨は、緊張するけれどもわくわくもして、自然と笑顔になってしまうのだった。

◇◇◇

気合いを入れて立ったものの、出勤時間のピークを越えた納品口はぽつりぽつりと入っていく人がいるだけだ。ゆるい。はっきり言って相当ゆるい。

「今、門で警備さん倒れてたけど、どうしたんだろうね？　大丈夫なのかな？」

「詳しいことはわからないんですけど、急病みたいです」

「そうか、大事ないといいね。衛士《えいし》さんたちは仕事大変だから、君も気を付けなよ」

「お気遣いありがとうございます。いってらっしゃいませ」

笑顔で送ると、次にいらしたのはお偉いさんな雰囲気のおじ様。服がパリッとしている。

「――――お？　初めて見る娘《こ》だね。　制服かわいいなぁ。どう？　うちの息子の嫁に来ない？」

「長官！　駄目ですよ！　女の子にそんなこと言うなんて嫌がらせです！」

「えー？　かわいいって言っただけだよ？　駄目なの？　あ、そう……ごめんね、お嬢さん。またね」

「いえ、大丈夫です。いってらっしゃいませ」

「うちの上司が大変失礼しました。つきましては――お詫《わ》びに今度お茶でも……」

「……勤務中ですので、申し訳ございません」

「――――こら！　早く来い！　お前が嫌がらせだ、バカモン！」

「えー!?　横暴上司！　……お嬢さん、また次回お詫びを……」

「……いってらっしゃいませ」

本当にゆるゆるだと思うわ。そしてあるある。日本でもフレンドリーな会社だとこんな感じだった。こんなに平和で静かじゃ、シュカもぐっすり寝ちゃうわよ。

倒れた人はどうなったのかと心配しながら、出入管理の仕事をすることしばし。

そろそろ交代の人が来るよ。と金竜宮側のイケメン兄さんが教えてくれた。この後はお昼の休憩になるらしい。

引き継ぎをして、シュカを抱き上げ急いで外へ出た。警備と薄青色ローブの集団は見当たらない。あたしはなんとなく門の方へ歩きだした。

「治癒院に連れて行ったみたいだな」

後から出てきて、同じく門の方へ歩くイケメン兄さんが言った。

制帽を外すと案外若く見える。あたしよりちょっと年上くらいだろうか。

「治癒院ですか」

「そう、黒髪ちゃんは他の国の人なんだっけか。団長の遠縁とか聞いたな」

「あ、はい、そんな感じです。ユウリ・フジカワです」

「俺はリド・クラウ。よろしくな。ユウリはまだ行ったことがないのかもしれんが、この国で病気や怪我《けが》をすると、治癒院で治癒術を受けるんだわ」

病院みたいなものね。

調合屋で売られているざっくりとした性能の治癒薬を飲むより、治癒師《ヒーラー》が治癒術を施し適切に選んだ治癒薬を飲む方が、確実なのだということだった。

「治癒院に運ばれたということは、あの薄青色のローブの人たちは治癒師《ヒーラー》ではないんですか？」

「治癒師《ヒーラー》だよ。治癒室に連れていくより、転移《アリターン》で治癒院に連れて行く方が早いから連れて行ったんだろうなぁ」

東門からなら、青虎棟に戻るより橋を越えて転移《アリターン》する方が確かに早い。

門の近くで待っていれば、レオナルド団長が戻ってきたらすぐ合流できるだろう。執務室で待ってるように言われたけど、じっとしていられそうもない。抱いているシュカの毛を無駄に撫《な》でてしまう。

「ユウリも『零《こぼ》れ灯《び》亭』で昼飯食うのか？」

「あ、いえ。門のあたりで団長たちを待ってようかと思って」

「そうか。早朝番は『零れ灯亭』で昼飯食べる奴《やつ》が多いから、話聞きたいなら行ってみるといい。もう一人の門に立っていたのもいると思うぞ」

それもいいかもしれない。なんてったって、あそこの食事は美味《おい》しい。

「リドさんも行くんですか？」

「リドでいい。敬語もいらん。俺は家で昼飯食うの。うちの飯の方が美味《うま》いからさ」

リドはパチリとウィンクして宿舎の方へ去っていった。

おうちでごはんか。それもいいな。

背中を見送って門の向こうへ視線を戻すと、橋の向こうから集団が歩いてくるのが見えてきた。

あ、帰ってきた！

あたしは大きく手を振って、レオナルド団長たちが近づいてくるのを待った。

昼食が載ったトレーを当たり前のように二つ持った団長は、『零れ灯亭』のテーブルへとなり合わせに置いた。今日のランチは牛肉と野菜の炒《いた》め物！　腕の中からシュカが伸び上がってお皿を覗《のぞ》いている。

「レオさん、ありがとうございます」

あたしがお礼を言うと、レオナルド団長は軽く笑んで応《こた》えた。

その向かいにマクディ副隊長とエクレールが、妙な顔をして並んで座った。エクレールは微妙にシュカから離れた場所にいる。この間の妖怪《ようかい》チックなところを見たからかしら。

そして二人ともなんで変な顔でこっちを見るんだろう。

「倒れた人は、大丈夫だったんですか」

「ああ、過労らしい。今のところ命にかかわるようなものじゃないらしいが、無理を続ければ病気にもなるだろうという話だ。しばらく休ませることになった」

「倒れたジーサマンド衛士は、最近孫が増えたんですよ。で、仕事の後と休みの日は娘さんの代わりに上のお子さんたちの相手をして疲れ果てていまして。シフト減らしてほしいって言われてたんですけどねぇ、人がいなくてそこそこ入ってもらってこれですわ……。俺のせいでもあります。すみませんでした！」

「人が足りないのはマクディのせいじゃない」

「ユウリ様、急に代わってもらってすみませんでした」

「ああ、そうだ！　ユウリ嬢が立っててびっくりしたんだった！　配置場所に入ってくれてありがとうございます！」

「お役に立ったならよかったです」

エクレールとマクディ副隊長にそう答えると、レオナルド団長が眉《まゆ》を上げた。

「……ユウリが代わりに入ったのか。それは悪かったな。大丈夫だったか？」

特に問題はなかったと思うんだけど……。『嫁に！』とか『お茶を！』とか言われたのは、セクハラじゃなくてコミュニケーションってことよね？ 思い出しながら「多分……」と曖昧《あいまい》に笑った。

シュカが（『マヨネーズとたべたいの』）と言うので、魔法鞄から出してかけてあげる。すると、となりで団長もちらっと見るので、小さいスプーンを入れたまま瓶を横にスライドさせた。

「レオさんもよかったらどうぞ」

「……ありがとう」

うれしそうにかけるのがかわいくて、ふふっと笑ってしまった。

向かいに座る二人がまた変な顔をするので、マヨネーズの瓶を勧めてみる。

「よかったら試してみます？ マヨネーズっていう卵のソースなんです」

「やはりこれをかけるとより美味くなるな」

「あ、俺もいいんですか？ 狐が美味そうに食べてるなと思ってたんだよなー。ヤッタ、ありがとうございます！」

「ありがとうございます。いただきます」

マクディ副隊長はたっぷりと、エクレールは控えめにマヨネーズをかけた。

二人はマヨのかかった肉野菜炒めをぱくりと食べて、目を見開いた。

「ウマー‼ なにこれ、すげーウマイー‼ トローリ！ 狐、これウマイね⁉」

『クークー（そうなの、おいしーの。おにいしゃん、よくわかってるの）』

「……これは、ユウリ様が作ったものなんですか？　すごく美味しい！　これをかけると味が変わって、どんどん食べてしまいます」

「ありがとう。東門の近くの調合屋さんでも売り始めたんですよ」

へぇとか言っているけど、食べるのに忙しくてあんまり聞いてない気が。マクディ副隊長なんてウマーウマー言いながら、パンにまで塗ってる。

まぁいい、みんなマヨの魅力にやられてしまうがいいわ。ふふん。

食事の後、エクレールは次の巡回業務へ就くために戻っていき、副隊長と団長はお茶を飲みながら人員の足りなさを嘆いていた。この後も戻ってシフトの組み直し作業をするみたい。

こんな制服まで着て協力しているのだから、誰か入ってくれと切に思う。

「いい人が入ってきてくれるといいですね」

あたしは、これ以上はやることないかなと、お先に失礼することにした。

◇◇◇

俺、いったい何を見せられてるんだ……。

マクディ警備副隊長は、油断すれば遠退《とおの》きそうになる意識を必死に留《とど》めた。そのとなりには、同じく魂を飛ばしかけているエクレールがいる。

笑う子も泣き、泣く子はおおいに泣き出す。近衛《このえ》団の獅子《しし》ことレオナルド団長が、ふんわりと笑っている。

昼食が載ったトレーをかいがいしく二つ持ち、当たり前のようにテーブルのとなり同士におきましたよ！　奥さん！

当然のように調味料を回したり、これ恋人か、いや夫婦ってことですかね⁉

砂糖吐くわ‼

なんだよもー、かわいくておもしろいユウリ嬢。憎からずっていうか、いいなって思ってたのに、すっかり団長が囲い込んでんじゃねーか。

ユウリの方もまんざらでもない様子で、にこにこしながら団長を見上げているのも信じられない。あの獅子をこんなに手なずけるとか、猛獣使いなの？　そういえば白狐《びゃっこ》も懐いている。凄腕《すごうで》の獣使い《ビーストテイマー》かよ。

マヨネーズとかいう卵のソースと同じトローリとした笑顔の我らが団長を見て、マクディは半眼になった。

確かにマヨネーズはめっちゃウマイけどさ。ってか、ユウリ嬢、料理も上手《うま》いのか。まったくもってずるいわ、団長。

マクディはさらにちぇーと思うのだったが、そんなことばかりも言ってられない。

早急にシフトをなんとかしないとならない。

団長と別れ、警備室に戻ってからも、人員のリストとシフト表を見ながら頭をひねる。

後はもうみんなに謝り倒して、休みを減らしてもらうしかない。ため息をもらしていると、休憩に入った昼番が警備室に顔を出した。

「副隊長ー、じーさまどんな感じだ？　かなり悪いのか？」

気軽に声をかけてくるのは、獣人の女性衛士ルーパリニーニャだ。マルーニャ辺境伯の姪《めい》だが、彼女の辞書に敬語の文字はない。

「過労だってさー。しばらく休みになるわ。なぁ、ニーニャ、お前の地元とかで誰か警備に入ってくれるやつい ねー?」

ルーパリニーニャは怪訝《けげん》な顔をした。

「ユーリはいつ入ってくるんだよ。今、研修中じゃないのか? 早く入ってもらえばいいじゃないか」

「へ? そんな話聞いてねーよ? 書類整理している普通の令嬢が、警備になんか入るわけないだろー?」

「普通の令嬢? あれが? ププッ! ユーリの棒術はなかなかのもんだよ。あの殺さず確保するための型。あれ、絶対に警備やってたって」

「はぁ⁉」

「朝、訓練場に行ってみりゃわかるよ。毎朝振ってるって言ってたからな」

「……マジか」

「アタシもう飯食いに行くから、エクレールにも聞いてみろよ。アイツも知ってるからさ」

そう言い残して、ルーパリニーニャは出ていった。

マジか。ともう一度マクディは思う。

警備をやっていた光の申し子。そんな都合のいい存在がちょうどよく城に現れるもんか? てか、ユウリのあの小さく細くかわいい姿で、警備? なんかの間違いだろ?

半信半疑のまま、早朝番の仕事を終えたエクレールにも聞いてみた。

「ユウリ様ですか? 棒術は素晴らしいですね。すぐにでも配置できるとは思います。……いや、でも……ひ……ですよ？　そんな方に警備など……」

「何？　ユウリの話か？　あいつ出入り監視の仕事上手いのな。長官も適当にあしらってたし、ニーニャとリリーより上手いんじゃないか。あれってなんなのかね、性格なのか社交性なのか。そろそろ入ってくるのか？　よかったじゃねーか、副隊長。っていうか、なんでエクレールはユウリに様付けなの？」

同時に戻ってきたリドまでそんなことを言いだす。

なんか、俺たちが知らない光の申し子がいるらしい――――？

狐につままれたような気持ちのマクディは、とりあえず団長に報告しようと、そのまま近衛執務室へ向かったのだった。

◇◇◇

「――――と、いうわけなんですけど……」

報告を終えたマクディ副隊長が、困惑しきった顔でこちらを見ている。

多分、俺も同じ顔で見返しているだろう。

「確かに、ユウリは不思議な棒を持っている。だが、あれは魔法使いの杖《メイジズワンド》で、殴ったり棒術に使うようなものじゃなかったぞ」

「でも、ニーニャもエクレールもなかなかの棒術だって言うんですよ？　魔法を使う時の杖として使っているなら、素晴らしい魔法の使い手だって言いますって」

それは確かにそうだ。第一、城の敷地内では、生活魔法の初級魔法しか使うことができない。訓練場で水を出して見せたりはしないだろう。

ルーパリニーニャもエクレールも、嘘《うそ》をつく性格ではない。

が、ユウリのあの華奢《きゃしゃ》な体で、棒術と言われてもにわかには信じられないじゃないか。

だが、もしも、本当にユウリが警備をやれたとする。

近衛団警備隊は貴族の親族か、国軍に五年以上在籍した者でないと入隊できないが、特例もあるし……そうか、うちの親族として入れるな。陛下も駄目とは言わないだろう。入るのに問題はなさそうだ。

ユウリにとってはどうだろう。

調合師《ミキサー》として楽しい時期のようだし、警備をやらせるのはかわいそうな気がする。

彼女は根が優しいのだろう。「役に立てるのはうれしい」そんな言葉を、何回か聞いた。

そこに付け込んではいけないと思うのと同時に、そこが警備にとってのかけがえのない資質のような気もした。

そして俺自身は。

もちろん、近衛団長としては、入隊の勧誘はしなければならないのだと思う。しかし……俺は……。

大勢の目に触れさせたくないと思う。本当は、執務室にかくまっておきたい。

しかし、初めて会った日に見せた、美しい答礼も思い出した。

そうだ、なぜ忘れていたのか。こめかみ横にピンと揃《そろ》った指、完璧《かんぺき》な敬礼だった。その姿は恰好《かっこ》良《よ》く、一瞬見惚《みと》れたのだ。

あの姿をもう一度見たい気持ちもある――――。

「まずは明日の朝、確認してからだな……」

俺はマクディと目を合わせ、うなずいた。

◇◇◇

朝だ。今日も空気がひんやりとして清々しい。

調合の仕事は順調で、昨日《きのう》は結構作れたし売れ行きもよく、足取りも軽くなる。

あたしはシュカを連れて、宿舎の裏へと向かった。

まずは外で下段打ちと中段打ちの練習をして（シュカにモヤを食べさせて）から、訓練場の中へ入る。

最初は気味が悪くてびくびくした藁人形《わらにんぎょう》にも慣れた。

棒のモヤを魔法陣にちょっとだけ振り入れると、藁人形が起動される。

どうもこの棒が力を増幅させているみたいで、普通に振りぬいちゃうと人形が吹っ飛ばされてしまうのだ。

この力の強さは人が相手じゃまずいけど、魔物が相手なら早く仕留められていいわよね。

足元に一撃入れ人形がうずくまったところへ、肩に振り下ろす。打撃を外へ向けてではなく、下へ向けて入れた方が威力があって速い。

棒を振り払ってモヤを放ち、近づかれる前に足止めしてから打撃を入れる。これだとかなり安全だ。そしてカウントを取ったら、シュカがモヤを食べる。

モヤはどうもあたしの魔力が関係しているらしく、使った後でも「早く集まれ」と念じたらすぐモヤモヤに戻ることがわかった。わりと使い放題。

いやぁ、これもう、ダンジョンデビューできちゃうんじゃない？

調子に乗ってノリノリで藁人形と戯《たわむ》れ、振り払った棒がシターン！　と藁人形を床に叩《たた》きつけたところだった。

「……ユウリ嬢……」

うんー？

振り返ると、マクディ警備副隊長とその後ろにレオナルド団長がいた。シュカはすかさず団長の下へ跳んでいき、抱っこされた。

二人とも制服を着て、なんとも言えない妙な顔をしている。

あたしが魔法陣から出ると、藁人形は動きを止めた。

「おはようございます。どうしたんですか？　朝練ですか？」

「ユウリ嬢……棒術の心得があるんですか……？」

「心得ってほどじゃないですけど、まぁ仕事で使ってたので」

「仕事……なんの仕事を……？」

「警備ですよ？」

そう答えると二人とも額に手をあてた。

何……？　あたし、なんか変なこと言った？

おもむろに顔を上げたマクディ副隊長は、あたしの目を見てからいきなりガバッと土下座をした。

「ユウリ嬢‼　お願いがありますっ‼　警備隊に入ってくださいっ‼」

はいいいぃ⁉

「ちょ、ちょっと土下座とかやめてください！　マクディさん、頭上げて……」

「いいえっ‼　うんと言ってくれるまで動きませんっ‼」

「えええええ⁉　駄目ですって！　とりあえず落ち着いて！」

あたしもしゃがみこんで、マクディ副隊長の腕を掴《つか》んで持ち上げてみるけど、動きもしない。

「お願いです！　ユウリ嬢！　人が足り――――」

「マクディ、やめるんだ。それはお願いじゃなく、脅しだ」

静かな声だった。マクディ副隊長は情けない顔を上げて、レオナルド団長を見た。

「お前が責任感ゆえにそう言っているのはわかる。近衛《このえ》団のために、ありがとう。だが、光の申し子はあるがままにしておくのが、この国のためなのだ。こちらの事情を押し付けてはいけない。ユウリにだってやりたいことがあるだろうしな」

そう聞いてマクディ副隊長は小さく「はい」と返事をして立ち上がった。

ああ、警備副隊長は言動こそやんちゃ小僧みたいだけど、いい副隊長だ。あたしよりも若いだろうに、偉いわ。

驚いてこわばっていた自分の頬《ほお》が緩むのがわかった。

彼が上司だというのなら、がんばり甲斐《がい》もあるかもしれない。

「……だから、ユウリ。今のは忘れてくれ。気にせず好きな道を行くといい。邪魔して悪かったな」

優しく細められた目に、いつも安心させてもらっていた。

この大きな優しい人は、いつもあたしのことを気にしてくれて、やりたいことをやらせてくれる。

きっと困っているのよね？　人が足りなくて。女性警備が足りないとも聞いているし。勧誘されなかったから、きっと近衛団に入るにはいろいろと資格がいるんだろうと思ってたけど、そういうことではなかったらしい。

「……あたし、貴族じゃないですけど、近衛団の警備でも大丈夫なんですか？」

「……ユウリ」

困った顔が見下ろしている。そんな顔をしても、整った顔は損なわれないわね。

「ずっとは働けないですよ？　もっといろんなところを見たいし、旅もしたい。ちゃんと暮らしていけるようになったら、お城も出ていくつもりです。だから、人が入るまで……女性の警備が入るまでとかでどうですか？」

あの悪ダヌキは気に入らないし、調合の時間が少なくなるのもさみしいんだけど、悠々自適なスローライフまで、ほんのちょっと遠回りするくらいはいいかなって。

この人たちといっしょに働くのもいいかな。と思った。

「……いいのか？　無理しなくていいんだぞ」

「大丈夫です。お城の警備もおもしろそうだから」

「……ユウリ嬢……マジ女神……。あっ、俺、もう上番しないとならないんで、後で警備室に来てください！」

「はい。後で行きますね」

マクディ副隊長を見送ると、訓練場の中に沈黙が落ちた。

レオナルド団長は腕の中のシュカを撫《な》でながら、まだちょっと困ったような顔をしている。

「……本当に、近衛団に入ってくれるのか？」

「はい。でもちょっとだけですよ？　ちゃんと役に立てるかわからないですし」

「きっと、大丈夫だ。……ありがとう。それでだな、その絶対というわけではないんだが、近衛団に入るものはステータスを確認することになっていて、ユウリは光の申し子だから、無理強いはしないんだが……その……」

「――ステータスですか。……うーん……まぁ仕方ないか……いいですよ」

あたしはちょっと考えるフリをして、もったいつけて言った。

「［状況開示《オープンステータス》］！」

〈ステータス〉
【名前】ユウリ・フジカワ　【年齢】26　【種族】人　【状態】正常
【職業】調合師《ミキサー》・衛士《ガード》　【称号】申し子［白狐《びゃっこ》の主《あるじ》］　【賞罰】精勤賞

ふふふふふ!!

もう『ウワバミ』なんて言われないわよ！

あたしは自信満々で腕を突き出した。

身分証から映し出される半透明のスクリーンを見たレオナルド団長が、口元を覆った。

「……五歳しか違わない……!?」

「えっ？　なんですか？」

「いや、なんでもない……」

顔を赤くした団長に首を傾《かし》げる。と、お腹《なか》がきゅるきゅると鳴った。

――う、恥ずかしい……。でもこれから朝ごはんなんだもの。お腹だってすくわよ。

お腹を押さえて見上げると、レオナルド団長が笑った。

「『零《こぼ》れ灯《び》亭』へ朝食を食べに行こう。入団祝いだ、好きなものを食べるといい。実技の研修は俺が担当するからな。うちの領で……赤鹿《レッドディアー》狩りでもするか」

わぁ！　そんな楽しそうな新任研修でいいの⁉

すっごい楽しみ‼

「レオさん、いいえ、団長。ご指導よろしくお願いします！」

「あ、ああ。――こちらこそよろしく頼む、ユウリ衛士《えいし》。さ、行くぞ」

そう言って先に歩きだした大きな背中を、あたしは追ったのだった。

# 第五章　申し子、獅子《しし》実家へ行く

「私がレオナルドの父、ゴディアーニ辺境伯サリュード・ゴディアーニです。はじめまして、光の申し子。我が領へよくお越しくださいました」

レオナルド団長と同じ深い青色の瞳《ひとみ》が、細められた。

――辺境伯!?　侯爵と同等ともそれ以上とも言われる伯爵位じゃない‼　聞いてない！　聞いてないですけど!?

思わず開きそうになった口をぎゅうと閉じ、鋼の精神力であたしは笑顔を作った。

「……は、はじめまして。ユウリ・フジカワと申します。この国で暮らすにあたって便宜を図っていただき、ありがとうございました」

上体を十五度倒した『室内の敬礼』になってしまったのは仕方ないと思うの。だってゴディアーニ辺境伯も上司っぽいんだもの！　警備隊の制服着ているしいいわよね？

「いやいや、役得ですよ。フジカワ嬢。光の申し子と縁が持てるなんて、こんな光栄なことはありません。しかもこんなかわいらしいお嬢さんだ。神獣も初めて見ました」

きりっとした顔がにっこりと笑った。イケオジ笑顔の破壊力よ！　さすがハリウッド俳優レオナルド団長のお父様だわ。

レオナルド団長に抱っこされているシュカは首を上げて（『おじしゃんのレオしゃんがいる！』）なんて言っている。

しかもそれだけじゃない。団長に似た長兄、次兄、甥《おい》たちと、がっしりとした大柄な筋肉たち……じゃなくて男の人たちが次々と紹介される。

それを見たシュカはぐるりと見まわして（『レオしゃんがいっぱいいる！』）と言った。

レオナルド団長は、こっそりと耳打ちした。

「……母と義姉《あね》は、今ちょっと別の場所に住んでいるんだ」

はっきり言って筋肉天国で眼福だけど、耐性ないと圧迫感がすごいかもしれない。ここにはいないお母様たちの気持ちがわかるような気がして、あたしは笑顔をひきつらせた。

これは一体どういう状況なのかというと、今あたしは近衛《このえ》団の新任研修の最中なのだ。と言うと余計に意味がわからなくなるけど、本当にそうなのでそれ以外に言いようがない。

遡《さかのぼ》れば、今朝《けさ》の話になる。

今日から新任研修で、実技の研修はレオナルド団長のメルリアード男爵領へ行くということになっていた。

宿舎の部屋まで迎えにきてくれた団長は、当たり前のようにシュカを抱き上げ、となりを歩きながらこんなことを言った。

「――もしよかったら、うちの実家へ寄っていかないか。家名を使わせてもらう話をしてから、父が光の申し子にお会いしたい、ぜひ挨拶《あいさつ》させていただきたいとうるさくてな……」

「ぜひ行かせてください！　こちらこそお名前を使わせていただいておきながらお礼も挨拶もしてなくて、申し訳ないです！」

「いや、気にするな。この国のために違う世界から来てもらった申し子に、このくらいのことをするのは当たり前だ。父はただ単に光の申し子に会いたいだけだから、遊びにいくつもりで来てくれたらうれしい」

そう照れた笑顔を向けられた。

実は気になってたのよ。ご挨拶とかしなくていいのかなって。ああ、もう。昨日《きのう》知っていれば菓子折りの一つでも用意できたのに。

そういう気を遣わせないように、レオナルド団長はこんな直前に言い出したのかもしれない。

調合液《ポーション》は大量に作り置きしてあるから、調合液《ポーション》とマヨネーズを手土産にさせてもらおう。

王城東門からお堀を渡って、公園まで来るとすっと手を差し出された。自分の手を乗せると、優しくでもしっかりと握られてシュカといっしょに抱きしめられた。

「［同様動《ダスチエフオロー》］［転移《アリターン》］」

一瞬の浮遊感とドキドキの後に視界に入ったのは、立派な石造りの門とその向こうのお屋敷。

ひっろ‼

王城の周りに建っているお屋敷なんかよりも広くて立派。なんせ敷地の広さが違うわよ。広々としていてアプローチはちょっとした丘のようで、その先に青空を背景にそびえたつ白のお屋敷。いや、ミニ城。屋根は紺色なのが大変上品だ。

もしや獅子様、ここを実家だと言うのでしょうか……。

「ここがうちだ」

言っちゃったわよー！　うちだ。って！　いや、確かにそうなんでしょうけど、『うち』っていう単語はもっと慎ましいイメージよ⁉

ここが男爵家ってことかしら。男爵ってもっと庶民的かと思ってたけど、やっぱり貴族は貴族ってことなのねぇ……。

——とか思ってたあたしのバカ‼　んなわけないじゃない‼　辺境伯邸よ‼　立派に決まっ

てるわ‼

一通り紹介が終わると、大きな体に幼さが残る顔を乗せた甥っ子くんたちが、真っ先にシュカに向かった。上のお兄さんのお子さんで、十四歳と十六歳。中学生・高校生くらいの男の子でも、神獣は気になるのね。日本では醒《さ》めた子も多い年ごろだけど。

時々あたしの方をちらちらと見ながら、交互にシュカを撫でたり抱っこしたりして笑顔を見せている。

あたしは肩にかけている魔法鞄《かばん》に手を入れ、回復液とマヨネーズが入ったバスケットを取り出した。直接渡すのがマナー的に大丈夫かどうなのかわからなくて、レオナルド団長に声をかけた。

「……レオさん、あのこれを……よかったらご家族で召し上がっていただければと思うのですけど……」

団長は眉《まゆ》を下げ一瞬困った顔をしてから笑った。

「そんな気を遣わなくていいんだぞ。今回はありがたくいただくが、次回からは気軽に遊びにきてやってくれ。────父上、ユウリ嬢からお土産をいただきましたよ。陛下もお飲みになっている回復薬です」

ほう、陛下も。室内の視線が団長の手にあるバスケットに注がれる。

この中ではちょっとだけ線の細い下のお兄さんが受け取り、上のお兄さんが「ありがとうございます。みんなでいただきます」と言った。二人ともよく似ている。顔や体形だけじゃなく、雰囲気も。

ゴディアーニ辺境伯が、さっきのレオさんとよく似た困ったような笑みを浮かべた。

「光の申し子のなんと律儀なことよ。フジカワ嬢、ありがとうございます。私もユウリ嬢とお呼びしても？」

「も、もちろんです！　ユウリで構いません！　平民ですのでそう接していただけたらと思います」

「いやいや、光の申し子にそういうわけにはいきません。――――まぁ、嫁として来ていただけるなら、また話は変わってきますが」

嫁⁉

ヒョッという変な声が喉《のど》の奥で鳴った。

ゴディアーニ辺境伯はおかしな様子のあたしを見て、クックックと楽しげだ。

「父上！　ユウリ嬢をからかわないでください！」

「からかっているわけではないが……ユウリ嬢、よかったら昼食をいっしょに――」

「いや、もう行きます！　邪魔しないでくだ……近衛の研修中なので失礼します！」

赤い顔をしたレオナルド団長は口早にそう言うと、シュカを甥っ子くんたちから奪って、あたしの手を掴《つか》んで部屋から出てしまったのだった。

◇◇◇

少し高台にあるゴディアーニ辺境伯邸からは、賑《にぎ》やかな街並みが見下ろせた。お屋敷の前の石畳はまっすぐに街中へ延び、街の向こうには一面の青が広がり海岸線がくっきりと浮かび上がっている。大きな港には、こんな遠くから見ても大きいと感じる船が数隻停泊していた。

辺境伯領都ノスチールは控えめに言ってもものすごーく栄えていた。

白壁の建物が多く、青い海とのコントラストが美しい。

「素敵な街ですね。それに大きい」

「王都、ラトゥーユ領都ラトアに次ぐ、国内で三番目に大きい街だ。――正直、この後に男爵領へ連れて行きづらいものはある」

そんなことを言ってはいるけど、見上げた横顔はほんのり笑っている。

きっと、レオナルド団長も生まれ育ったこの街が好きなんだろう。

王都レイザンよりも冷たい風が、あたしたちを撫でて通り抜けていった。

「あ、ちょっと待ってください」

「どうした？」

「いえ、ちょっとメモを……」

あたしはレオナルド団長の背中に隠れ、慌ててスマホを立ち上げた。

こんなところに来ることなんてそうそうないから、マップアプリを開いてピンを差し、お気に入りに入れておく。後でゴディアーニ辺境伯邸ってタグをつけておこう。

「――お待たせしました」

「今日は近衛団の研修だからな。体力訓練で歩くぞ」

体力訓練って、ブートキャンプみたいだわ。男爵領がどこにあるか知らないけど、そこまで歩くのかしら。

大変そうだけど異世界の街を見ながら歩くのは楽しそうだ。あたしはちょっとわくわくしながら、レオナルド団長について街へ向かって歩き出した。

「あっ、レオさん！　屋台で殻ごと焼いたホタテが売ってます！」

「よし、補給だ。水分も取るんだぞ」

レオナルド団長から手渡されたホタテは、殻から外されて串《くし》に三つ刺さっていた。

続けて持たされたのは抜かりなく白ワインだ。

「ありがとうございます！　いただきます」

一つはフーフーして肩に乗ったシュカにあげ、一つは自分でかぶりついた。

噛《か》むと濃いホタテの出汁《だし》がじゅわーっと口中に広がる。軽い塩味だけなのにこの美味《おい》しさって、どうなっているの？　その出汁と混ざりながら口の中をすっきりとさせていく、白ワインがもうたまらない。

「美味しい――‼　すごい美味しいです！」

『クー！　クー！（おいしーい‼　ホタテさいこーなの‼）』

「ああ、美味《うま》いな。これはノスホタテだ。このあたりの海で捕れる海産物は、味が良く人気がある。王都でも扱っている店があるんだぞ。――だが、やっぱり新鮮なものをその街で食べるのが一番だな」

レオナルド団長は物足りなそうにしているシュカに、もう一つ食べさせている。本当に優しい。

あっという間にみんなでペロリと食べて、ワインも飲んでしまった。

賑やかな通りには両側に店が立ち並び、ちょっとした隙間《すきま》には露店や屋台が店を開いていて、あちこちで美味しそうな煙が上がっている。

「すごい活気がある街なんですね」

「今日は調和日だから特にな。神殿へ礼拝する人たちで人通りが多いから、店も稼ぎ時なんだろう」

商魂たくましくて素晴らしいわ。

海産物食い倒れツアーとかしたいところ。

あたしがあちこち見ていると、大きな手が頭にポンと乗った。

「あまり食べ過ぎると昼食に響くぞ」

なんでいろいろ食べてみたいってバレたんだろう。あたしはニマッと笑ってごまかした。

それから野営の準備だと言って、服屋で暖かそうな毛織物の服を何着か買い与えられた。すごくかわいい普通の服だけど、この後近衛《このえ》団の研修に使うってことよね……？

次は礼節を学ぶと言われ、領都でトップクラスだという高級店へ連れて行かれた。多分ドレスコードがあるお店。近衛の制服は正装だからどこに着て行っても問題ないらしいんだけど、もしかしたらこの店のために制服でって言われていたのかも。

そこで出された昼食は、ゴディアーニ辺境伯領の南端にあるデラーニ山脈で放牧されている牛肉(超高級品)のステーキだった。

さすが高級店、塩のみの味付けなのにものすごくめちゃくちゃ美味しい。うっすらと魔物肉のあの爽《さわ》やかな香りが漂う気もする。

「──この牛が放牧されているデラーニ山脈って、魔素が濃いんですか」

「おっ、気づいたか。そうだ、そのあたりは聖地と呼ばれている。魔素というよりは土の気が濃いんだ。だからそこで育った動植物は、魔物肉に似た香りがするのだろうな」

魔物に近いのかなんなのか、いまいちよくわからないうちの神獣も、この肉は大変お気に召したようだ。

(『レオしゃんのまりょくのあじと、ちょっとにてるの』)

赤身の肉を夢中で噛んでいる。

レオナルド団長の魔力は、土の気が混じっているってことだろうか。

肉の味に負けない重めの赤ワインも大変美味しゅうございました。ごちそうさまでした。

今まで生きてきた中で一番高価だと思われる昼食の後は、また野営の準備と物資の補給だと食料品を買いまわった。新鮮な海の幸からバターたっぷりのビスケットまでいろいろ。夕食も楽しみになってくる。

でもなんか疑問も残る。だって正直、今日、研修とか訓練なんてした?

納得いかないあたしに、レオナルド団長はほんのり笑みを浮かべた。

「こっちでの研修は終わりだ。うちの領へ行こう」

差し出された手に自分の手を置き、団長の［転移《アリターン》］でメルリアード男爵領へ向かう。

浮遊感の後で視界に入ったのは、教会にも見えるかわいらしい建物と、その後ろに広がる海の青だった。

◇◇◇

真っ白い館《やかた》は、別荘といった雰囲気の小さくかわいらしい建物だった。張り出した岸壁の上に建ち、オーシャンフロントどころかぐるりと海が見渡せる。

「このメルリアード男爵領は、ゴディアーニ辺境伯領の南に隣接した領でな。もともとうちが治めていたんだが、大暴風の後に手が回らなくなった父が俺に譲ったんだ。だからここは元辺境伯別荘で、現男爵領主邸になる」

やっぱり元は別荘だった。遊びのある洒落《しゃれ》たデザインがいかにもだ。

レオナルド団長が男爵になった経緯《いきさつ》も知れた。おうちの領を引き継いだってことか。上のお兄さんはそのうち辺境伯領を引き継ぎ、下のお兄さんはその補佐だから団長に譲られたと。近衛団長と男爵の仕事って両立できるものなのね。

扉を開けると、玄関ホールには眼鏡《めがね》にダークスーツの長身の男性が立っており、恭しくお辞儀をした。

「おかえりなさいませ、レオナルド様。ユウリ様、白狐《びゃっこ》様ようこそいらっしゃいました」

「…………………戻った。あぁ、これは領主補佐をやってくれている者でアルバートという」

レオナルド団長はちょっと変な顔で、執事然としたアルバート補佐を紹介してくれた。団長と同い年くらいだろうか。鋭い目が切れ者っぽい雰囲気を漂わせている。

「はじめまして、ユウリ・フジカワです。このたびはお世話になります」

『クー！（よろしくなの！）』

シュカともどもお辞儀をすると、細い銀縁眼鏡の向こうの厳しそうな目が、あたしを捉《とら》えた。と思ったら、すぐに相好が崩れた。

「なんてしっかりしたお嬢さんでしょうか！　……絶対に逃すわけには……」

「……アルバート、目の色が変わってるぞ。というか、なぜここにいるんだ。今まで一度もこんな出迎えしたことないじゃないか」

「部下とは聞いていますが、若くて綺麗《きれい》なご令嬢と二人っきりにしておくわけにはいきませんからね。滞在中は執事として側《そば》につかせていただきます。レオナルド様には隙を見て領地の仕事もさせますし、一石二鳥です」

レオナルド団長の肩ががっくりと下がった。

……さっきの考えは撤回。団長と領主の両立は大変なのかもしれない。

お茶をいただいてから、二階のゲストルームへ案内してもらった。トイレと洗面スペースが付いた使いやすそうな部屋だ。手入れが行き届き、花まで飾られている。小さくても領主邸、いつ主《あるじ》が帰ってきても快適に過ごせるようになっているのだろう。

お風呂《ふろ》は一階にあるらしい。

入浴後に野営の準備をすると言われたので、早めに入っておこうと浴室へ行くと、ちゃんと男女別に分けられていた。

猫足《ねこあし》のバスタブ横の大きなガラス窓からは外の海が見えている。なんという絶景。なんという贅《ぜい》沢《たく》。

陽《ひ》は直接見えないけど、黄色に染まりつつある海が夕方を告げていた。


シュカは膝《ひざ》の上に座り、気持ちよさそうに目をつぶっている。あたしはぼんやりと湯舟に浸《つ》かりながら、その優しい青色を眺めていた。

レオナルド団長、レオさん。メルリアード男爵。ゴディアーニ辺境伯ご子息。

いろいろな団長を見た日だった。

辺境伯ご一家はみんな武人っぽくて、団長もそこにしっくりはまっていた。

でも、三男というのがちょっとかわいい。時々ワンコみたいなのはそのせいなのかしら。

みんなハリウッド俳優みたいだったわ。

映画の中のような、舞台の上のような。

あたしはこの世界に来てから、なんかいつも楽しくてわくわくしてふわふわして、ずっと旅行しているような気分だった。

非日常が続いていて、異世界ファンタジーテーマパークにいるような気分。

でもそれもしょうがないのかもしれない。だって日本のあたしの世界には、貴族も王様も物語の中にしかいなかったんだもの。

――――こんなんでいいのかな。あたし、本当にちゃんと生きてるのかな。

現実味が足りなくて、自分で自分が不安になる。

一度死ぬような目に遭ったから、どこか壊れてるのか。転移して間もないからなのか。今後この世界に馴染《なじ》んで、現実感が戻ってくるのかもしれないけど。

まぁ、考えていても仕方がないか。

そろそろ上がって、野営の準備とやらに参加しよう。

キャンプでもするのかとパンツスタイルで玄関ホールへ行くと、レオナルド団長が「こっちだ」と声をかけてくれた。

外ではなく、さっきお茶をいただいたサロンへ案内される。そこから外へ通じる扉の向こうは、眼下に広がる海を前にしたテラスになっていた。

ラタンのような植物を編んで作ったテーブルセットには、グラスとワインが準備されている。

あたりはオレンジ色で、もうあと少しで陽が沈みそうだ。

迫力ある夕景に目が離せないでいると、団長はグラスにワインを注ぎ目の前へ差し出した。

「あっ……ありがとうございます」

シュカには小さなお皿に回復液を入れてあげている。あれ？　なんか見覚えある封のような
……？

「……それ、あたしの……？」

「ああ。『銀の鍋《なべ》』で買ってきた。ユウリも回復薬の方がいいか？」

「ええ⁉　い、いいえ、自分のは必要な時に飲みますからお構いなく！　っていうか、言ってくれれば差し上げるんですけど⁉　シュカの分はあたしが用意しますし！」

「何言ってるんだ。大事な商品を簡単にあげては駄目だぞ。うちの領のお客様として来てもらってる間は、お金も物も出させるつもりはないからな」

「……はい……。ありがとうございます。――――………うん？　今、お客様って言いました？」

「あ、いや、研修中の衛士《えいし》に出させるわけないと言っただけだ」

「そうですか……？　訓練とかした覚えがないんですけど……」

「研修初日はいろいろ大変だったな。さ、とりあえず座ってゆっくり休め。ワインもたくさんあるからな」

大変だったっけ……？　ま、いいか？

ワインのおかわりを注がれて、さぁさぁと勧められるままに飲んでいるうちに話はうやむやになり、陽は海の向こうへ消えていった。

◇◇◇

海風がひんやりするので、毛織物のコートを羽織った。野営の準備だって買ってもらったものが、さっそく役に立ってる。

「王都より北になるから、夜になると冷えるだろう？」

「ちょっと涼しいですね」

レオナルド団長と向かい合い、卓上魔コンロで昼間買ったものを温めながらつまんでいた。シュカは焼きイカ（マヨネーズ付き）に夢中だ。

アルバート補佐は家族と食事をすると言って、一旦《いったん》帰宅している。奥様と三歳になる息子さんが待っているらしい。それは帰らないとだめよ。

「ユウリはこの国の地理を少しは知っているか？」

「いえ、あまりよく知らないです。王都のあたりはなんとなくわかるんですけど」

「そうか。一つの島大陸が丸々レイザンブール国となっていて、丸まった飛竜の形だと言われている」

レオナルド団長が指で描いたのは「？」のような形だった。

「北西の端が大陸最北端ゴディアーニで、そのすぐ下にある大陸最西端がここメルリアードだ。王都は入江の中になる。距離的にはさほど遠くはないが、高い山脈が隔てているから実際に移動するなら、ぐるりと海側を行かねばならない。［転移《アリターン》］か転移門を使って行き来するのが一般的だな」

「転移門、ですか？」

「ああ、［転移《アリターン》］は高位の魔法になるから、使えない者も多いんだ。だから王都と五つの辺境伯領都は転移門で結ばれていて、通行料さえ払えば誰《だれ》でも通れるようになっている。一回1万レトだが、馬車の移動で二週間かかることを考えれば安過ぎるくらいだな」

馬車で二週間……。想像できない……。

「高位の魔法だから使えない人がいるって、どういうことですか？　魔法スキルは使っていれば上がるんですよね？　もしかして魔法書『上級』が高くて買えないとか……」

「『上級』は高いな。30万だったか」

「……ポーションの性能計る情報晶と同じお値段……」

「ユウリはあれが欲しいのか。あの情報晶は機能性能計量晶というんだが、中古品も出回っているはずだぞ。魔法書も古本があるしな」

「中古、いいですね！　検討してみます。あ、中級の魔法書を買おうと思ってたのに、忘れてた……。もう初級では全然上がらないんですよ」

「そろそろ50くらいになるのか？　常に自分のスキル値より必要スキル値が高い魔法を使っていかないと、上がらなくなってくるのは知ってるんだな？　今後はより上位の魔法を使うことになり、魔粒《まりゅう》の消費が激しくなるぞ。魔法スキル値は経済力値と言えるくらいだ。上級までとなると、魔粒《まりゅう》代がかなりの額になる。だからさほど魔法が必要ではない者は、初級の生活魔法に困らないほどしか上げないんだ」

ああ、魔粒《まりゅう》代ね。それなら大丈夫だわ。チートで魔粒《まりゅう》いらないから。

「だから［転移《アリターン》］が使えない人が多いんですね。あたしは調合するのに必要なので、できるだけ上げたいと思ってます。［転移《アリターン》］も使いたいですし」

「そうか、では明日は魔法のスキル上げを研修に組み込もう」

明日はちゃんと研修するみたい。魔法のスキル上げも手伝ってもらえるらしいし。

よくわからないからなんとなくで上げてたら、きっとだめなのね。魔法もよくわかってなかったけど、スキル自体ももう少し勉強した方がいいのかもしれない。

よし！　明日から、魔法の練習本腰入れてやるわよ。

次の日、あたしは林の中で赤鹿《レッドディアー》を前に魔法を唱えていた。

団長からもらったおさがりの魔法書「中級」から、一つだけ覚えさせられた呪文《じゅもん》だ。

赤鹿《レッドディアー》の四本の足にはすでにモヤが絡まって身動きできない状態で、すぐ前にはシュカが飛びかかろうと待ち構えている。

慌てずに詠唱するのみ。練習の時のように落ち着いて。

「創風紐《マエアホールド》」……「創風紐《マエアホールド》」、「創風紐《マエアホールド》」！」

五回目で成功した。ヒュッと風を切る音とともに、赤鹿《レッドディアー》の首にモヤが巻き付く。魔力を引き絞って絞め上げていくと、抵抗していた大きな体は草むらへ横倒しになった。シュカがすかさず跳びかかり、モヤにかぶりつく。

林の中で遠巻きに見ていた他の赤鹿《レッドディアー》たちは、慌てて森の方へと逃げていった。

「いいぞ！　ユウリ、よくできたな！　これでしばらくは里へ下りてこないだろう」

後ろで控えていたレオナルド団長が、頭をポンポンと撫《な》でた。

「――緊張しました……。体が大きいと、絞め上げる力がいるんですね。練習の時の魔畑鼠《デビルマウス》とか一角兎《ホーンラビット》はちょっとの力で退治できたんですけど」

「そうだな、この魔法で大きな魔物を狩るのはちょっと効率が悪い。魔法スキルが上がれば威力の大きな魔法も使えるようになるから、地道に練習だな。効率で言えば、ユウリのその短杖《ワンド》の魔気《まき》で、捕獲から絞めるまでやってしまえば一番早いんだが」

「それだと魔法のスキル上がらないじゃないですか」

団長は笑って赤鹿《レッドディアー》の回収へ向かった。

魔物の中でも魔獣といわれているものは魔力を持った獣なので、存在自体が悪というわけではないらしい。

自然の生態系に組み込まれた存在だから、根こそぎ狩る必要はない。増え過ぎてしまったり人の生活圏に出てきてしまったものだけを駆除しているのだそうだ。

そしてこういった畑や家畜に害なす魔獣の駆除は、冒険者ギルドに依頼を出したり（受けてもらえるかわからない）、傭兵《ようへい》ギルドに依頼を出したり（日単位での雇用なので割高）、自衛団で対策するか（農民には危険）のどれかになる。

で、ここ男爵領では、自衛団と領主が対応していると。それはまぁ、近衛《このえ》団長ならあっという間だろうしね。

「解体屋に出してから、屋敷に戻ろう」

「はい。今日食べられないのはちょっと残念ですけど」

「冒険者や国軍はすぐに食べることもあるがな。俺も学生の時に授業で食べたが、あまり美味《うま》くはなかったぞ。専門の業者に処理してもらった方が美味い。熟成してからユウリに返すから待っててくれ」

それなら楽しみに待っていよう。

ひらりと馬に乗ったレオナルド団長が、さぁと馬上から手を差し出した。

ああ、やっぱり乗るんだ……。そりゃそうだ、乗らないと帰れないんだし……。

馬の頭の上に跳び乗ったシュカが、得意げに（『はやくはやくー。おうまたのしいの！　びゅんびゅんしてほしいの！』）なんてことを言っている。

ちょっと！　びゅんびゅんとか冗談じゃないわよ⁉

大丈夫、行きもなんとか来られたんだし、帰りもなんとかなる！

あたしは一瞬目を閉じ、眉間《みけん》にぎゅっと力を入れてから顔を上げた。

「よ、よろしくお願いします！」

苦笑いした団長は片手であたしを持ち上げ、横座りで自分の前に座らせる。

…………高い…………。

馬なんて今日初めて乗ったけど、日本で見た馬より大きいのよ。

怖い。本当に怖い。

団長の太ももに軽く挟まれていて、落ちそうとかそんなことはないんだけど、高さに恐怖しか感じない。

あたし高所恐怖症ではなかったはずなのに…………。

「大丈夫か？」

「――大丈夫、です…………」

あたしはがたがたと震えながらレオナルド団長にしがみついた。

「有能な女性衛士にこんな弱点があったとはな」

「……こっちに来る時、高いところから落ちて……死んだから……だから……多分……それで……」

「同様動《ダスチエフオロー》」「転移《アリターン》」

浮遊感の後、そっと地面へ立たされて抱きしめられる。

「――大丈夫だなんて言うな。そんな目に遭ったなら、高い所が怖くて当然だ。辛《つら》い時は辛いって言っていいんだ。言えばみんな気づくからな。俺もできる限りのことをする。だからちゃんと言うんだぞ」

耳元で聞こえる声は優しくて。

「……はい……」

安心したら、我慢していた涙がこぼれてしまった。

本当はすごく怖かった。今まで高いところで怖いなんて思ったことなかったから、理解できなくて余計に怖かった。

「すまない。辛い思いをさせた。乗馬ができなくても、高い所が苦手でも大丈夫だからな。そんな人はいっぱいいる。それでもできる仕事もたくさんある。だから心配するな」

温かい胸、力強い腕。

レオナルド団長の言葉を聞きながら、あたしは次から次へとこみ上げてくる涙を止められなかった。

◇◇◇

——光の申し子は死の直前に渡ってくる。

俺は華奢《きゃしゃ》な体を抱きしめながら、思い出していた。

赤鹿《レッドディアー》がいる場所へ向かう時も、確かにユウリは馬上でとても怯《おび》えていた。ただ、初めて馬に乗るご令嬢は怖がることがほとんどで、ユウリもそういうことなのだと思っていた。

それに［転移《アリターン》］の魔法は、［位置記憶《リコーディネイラマーク》］した記憶石《アンカーストーン》がないと使えない。護衛の仕事上、各地の記憶石《アンカーストーン》が魔法鞄《かばん》に入っているが、自領の赤鹿《レッドディアー》が出る場所の記憶石《アンカーストーン》なんてものは持っていない。だから馬で移動するしかなかった。

だが、無理に狩りに出なくてもよかったのだ。

最初に馬に乗った時に気づけば、こんな泣かせることもなかっただろうに。

いつもは凛《りん》としたユウリが幼子のように泣いていて、切なく愛《いと》おしかった。

死の直前にこの国へ連れてきてくれた神には感謝するが、その前に助けることはできなかったのかとも言いたくなる。

俺が知っている光の申し子についての文献や言い伝えの中には、亡くなるその瞬間にこの世界へ来るという話はなかった。

だが、きっとそういうことなのだ。俺の中でユウリの話はぴたりとはまった。

何もなく平穏に暮らしている人が、いきなり渡ってくるわけない。

神が介入できる死という瞬間のみ、それが為《な》されるのだ――。

だとしたら、心の傷についてのケアも考えるべきだ。城へ戻ったら、早急に王へ奏上しなければならない。

落ち着いてきたユウリを屋敷で休ませ、俺は赤鹿《レッドディアー》を解体屋へ持っていった。解体屋の主人は、傷がなく状態がいいと驚き喜んだ。

肉の一部を熟成まで頼み、残りの肉や角や皮は買い取ってもらうと、手数料を引いても機能性能計量晶が買える金額になって戻ってきた。

これでユウリが少しでも元気になればいいのだが。

屋敷へ戻ると、アルバートの妻のマリーと、息子のミルバートが来ていた。

シュカがしっぽを振って気を引きながら跳び、ミルバートが追いかけている。神獣は子守りも上手《うま》いようだ。

ユウリはマリーと料理の下ごしらえをしていたらしく、横顔に楽しそうな気配を漂わせている。

ふと、俺に気づき笑顔を向けた。

「レオさん、おかえりなさい」

やはり、笑っている方がずっといい。

美味いものをたくさん食べさせ、好きなことをさせて、たくさん笑わせたい。

土産《みやげ》だと言って帰りに買ってきた果物をテーブルにどさりと置くと、ユウリは目を輝かせた。

「これなんですか？」

「スコウグオレンジだ」

「こんなに緑色なのに、甘い香りがする」

ユウリは香りを確かめて、［洗浄］の魔法を唱えた。

そこで俺ははっきりと、疑惑を抱いた。

――腰にベルトが付いてない。

日中から気になっていた。ユウリは魔粒《まりゅう》をどこにしまっているのだろうと。

魔法鞄から魔粒《まりゅう》ケースへの補充は、魔法を使う中に組み込まれた動作だ。だから、それが全くないのは不自然でどうにも気になった。

短杖《ワンド》を差しているベルトには、小さい魔粒《まりゅう》ケースが付いていた。だがその大きさでは、四つのポケット全部に風魔粒《まりゅう》を入れたとしても［創風紐《マエアホールド》］十回分くらいにしかならないだろう。

練習も含めて三十回は使ったのに、ユウリは補充を一度もしなかったのだ。

シルフィード《風》の加護があったとする。付近の風の気を魔法に使い、足りない分を魔粒《まりゅう》で補うが、せいぜい消費が一、二割少なくなるくらいだ。ゼロにはならない。

その後もよく見てみれば、［創水《マワター》］［点火《マファイヤ》］［網焼《アグリル》］とさりげなくちょくちょく魔法を使っている。

五人と一匹で夕食を取る間も無防備に魔法を使うから、アルバートやマリーが不自然さに気づくのではと、俺が冷や冷やしてしまった。

次の日も魔法のスキル上げ中だというのに、全く補充をしない。

聞くのが怖いが、これはもう、放っておくわけにはいかないだろう。

「……ユウリ、魔粒《まりゅう》はそのベルトのケースだけか？」

「はい、そうですけど。魔法鞄にまだ入ってますよ」

得意げな顔をしている。いや、そういうことじゃないんだが……可愛《かわい》いな。

「補充しているところを見ていないが……。――もしかして魔粒《まりゅう》、必要ないのか？」

そこでやっと気づいたようで、黒曜石《オブシディアン》の瞳《ひとみ》がまん丸になった。

そしてきまり悪そうな顔をした。

「……実は、いらないです……」

「四種類とも？」

「……はい」

やはりそうなのか――。

なんでもないように聞いたが、そうだと言われると衝撃で言葉に詰まってしまう。

どうりで、魔法スキルを上げるのに魔粒《まりゅう》代がかかるぞと言った時、困った顔を見せなかったわけだ。

魔粒《まりゅう》がいらないとは、どういうことなのだろう。気を集める力が強いのか？

しかも四大元素《エレメンタル》全部。

光の申し子、一体どうなっているんだ。

目の前で不安そうにしている顔に、笑いかける。

「――――では、ユウリ。スキル上げのメニューを変えよう。今まで教えたのは、魔粒《まりゅう》消費を抑えたものだ。魔粒《まりゅう》を消費しないのであれば、遠慮しないで最短コースでいこう」

「は、はい！　スキル上げにもセオリーがあるんですね。よろしくお願いします！」

「今、スキル値はいくつだ？」

「56です」

俺は魔法鞄から自分の魔法書「上級」を取り出して、ユウリに渡した。

「自分のスキル値よりも高い魔法が成功すると上がりやすい。だが、高過ぎても全く成功しなくて上がらない。だから、『必要スキル値』が20ほど高い、稀《まれ》に成功するくらいの魔法を使うのがコツだ。今なら、上級魔法の［位置記憶《リコーディネイラマーク》］がいいだろう」

「［位置記憶《リコーディネイラマーク》］？」

「［転移《アリターン》］と対になった魔法でな。この記憶石《アンカーストーン》に場所を記憶させておき、［転移《アリターン》］の指針とするんだ」

銅貨ほどの大きさで穴のあいた環《わ》型の石を差し出して、手のひらに載せる。

「これを持って、［位置記憶《リコーディネイラマーク》］を唱えればいい」

「はい。――――えーと……［位置記憶《リコーディネイラマーク》］……［位置記憶《リコーディネイラマーク》］［位置記憶《リコーディネイラマーク》］…………」

［位置記憶《リコーディネイラマーク》］は位置を読み、石へ記憶させる魔法だ。比較的魔粒《まりゅう》も魔量の消費も少ないが……。

大変な勢いで消費されているだろう元素《エレメント》と魔量を思うと、恐ろしいものがある。

俺はシュカを撫でて精神安定を図りながら、見守った。

「あっ！　色が変わりました！」

「成功して記憶されたということだ。上書きできるからどんどんやっていいぞ」

「はい！　「位置記憶《リコーディネイラマーク》」「位置記憶《リコーディネイラマーク》」「位置記憶《リコーディネイラマーク》」「位置記憶《リコーディネイラマーク》」「位置記憶《リコーディネイラマーク》」………」

…………。

「―――「位置記憶《リコーディネイラマーク》」「位置記憶《リコーディネイラマーク》」「位置記憶《リコーディネイラマーク》」「位置記憶《リコーディネイラマーク》」「位置記憶《リコーディネイラマーク》」「位置記憶《リコーディネイラマーク》」「位置記憶《リコーディネイラマーク》」「位置記憶《リコーディネイラマーク》」「位置記憶《リコーディネイラマーク》」「位置記憶《リコーディネイラマーク》」…………」

…………おい…………。

「―――「位置記憶《リコーディネイラマーク》」「位置記憶《リコーディネイラマーク》」「位置記憶《リコーディネイラマーク》」「位置記憶《リコーディネイラマーク》」「位置記憶《リコーディネイラマーク》」「位置記憶《リコーディネイラマーク》」「位置記憶《リコーディネイラマーク》」「位置記憶《リコーディネイラマーク》」「位置記憶《リコーディネイラマーク》」「位置記憶《リコーディネイラマーク》」「位置記憶《リコーディネイラマーク》」「位置記憶《リコーディネイラマーク》」「位置記憶《リコーディネイラマーク》」「位置記憶《リコーディネイラマーク》」「位置記憶《リコーディネイラマーク》」…………」

…………おいおいおいおい…………。

「―――「位置記憶《リコーディネイラマーク》」「位置記憶《リコーディネイラマーク》」「位置記憶《リコーディネイラマーク》」「位置記憶《リコーディネイラマーク》」「位置記憶《リコーディネイラマーク》」「位置記憶《リコーディネイラマーク》」「位置記憶《リコーディネイラマーク》」「位置記憶《リコーディネイラマーク》」「位置記憶《リコーディネイラマーク》」「位置記憶《リコーディネイラマーク》」「位置記憶《リコーディネイラマーク》」「位置記憶《リコーディネイラマーク》」「位置記憶《リコーディネイラマーク》」「位置記憶《リコーディネイラマーク》」「位置記憶《リコーディネイラマーク》」「位置記憶《リコーディネイラマーク》」「位置記憶《リコーディネイラマーク》」「位置記憶《リコーディネイラマーク》」「位置記憶《リコーディネイラマーク》」「位置記憶《リコーディネイラマーク》」…………」


―――おいいいいいいっ‼　本当に、一体どうなっているんだ光の申し子⁉

魔粒《まりゅう》を必要とせず、この魔量。

冗談ではなく現在最強の魔法使い《メイジ》なのではないか？

大きな魔法ほど使用する魔量は多い。魔量が多ければ威力の大きい攻撃系魔法を広範囲にかけられる。

こんな小さい男爵領なんてあっという間に焼け野原だろう。

これはまずい。絶対に誰《だれ》にも知られてはいけない。陛下の耳にも入れられない。

悪用される恐れもあるし、光の申し子が、ユウリが危険分子として扱われてしまうかもしれない。

光の申し子とはこういうものなのか。

この世界の常識では測れない存在だということが、やっとわかった。身に染みた。

こんなに強いのに、全力で守らないとならないのだ。

片手に魔法書を持ち真剣に魔法を唱えている横顔に、風になびく黒髪がかかる。

可愛くて強くて無防備で心配で。

俺の心臓を締め上げにくる。

本当に、恐ろしい生き物だ。

# 閑話三　辺境伯家の人々

それはゴディアーニ辺境伯三男本人の口から告げられた。

「明日、光の申し子が了承したら連れて参ります」

近衛《このえ》の制服を着た彼は、仕事終わりにそのまま伝えに来たらしい。ポカンとする兄たちに大したことではない風にそんなことを言った。

――明日、光の申し子が、来る、かもしれない――？

あの！　伝説のような存在の！　光の申し子が！　うちに！　来るかも⁉

それを、前日の夕方に聞かされるって、なんの嫌がらせだ――‼

思えば昔からそうだったとゴディアーニ家長男、フェルナンドは思う。長男次男が学院へ入っていた頃《ころ》に小さかった弟レオナルドは、大層甘やかされていた。そのせいでおおらかにざっくりと育ってしまった。

大事なことは早く言えと口を酸っぱくして教えているのに、この弟は――――！！！

父上が光の申し子にお会いしたいと言っていたから、いい機会だと思ったのだろう。悪気はない。律儀でもある。

が、せめて二日前に思い立ってくれたなら‼

いや、当日ではなかっただけマシだと思うことにしよう。

いっしょに聞いていた次男ペリウッドも、一瞬後にはすぐに動き出した。

本来であれば来客時などの采配《さいはい》は、三兄弟の母であるゴディアーニ辺境伯夫人がするはずで、さらにその手伝いを長男フェルナンドの妻がするはずなのだが、生憎《あいにく》二人ともいない。

辺境伯夫人は実家である伯爵家へ帰っている。弟である伯爵に女の子の孫が生まれ、「お祝いに行って参ります」と家を出たっきりもう一年だ。

もちろん、国軍の出港式だの高位貴族が視察で来た時のおもてなしだの、行事やどうしても外せない用事の時は戻ってくる。そしてまたすぐに実家へ帰っていく。

「孫が小さくて目が離せない時期なのよ。男の子と違って、怪我《けが》でもしたら大変なのよ？　見守る人は何人いても足りないの。そうだわ、せっかくだもの、こちらの毛織物のケープをお土産に買っていってあげましょう」

孫がって、あなたの孫じゃないでしょう！

一家は心の中で突っ込むが、夫人がそれに気づくことはなかった。

よっぽど娘や女の孫が欲しかったのだろうと、夫と息子たちは見守ることにした。

だが、一人残された長男の嫁は一気に仕事が増えた。しかも義父に夫に義弟、学院に行っているとはいえ息子が二人、右を見ても男、左を見ても男。屈強な辺境伯の血を引いた筋肉男子ばかり。

他国からの侵略を退け海賊を蹴散《けち》らしてきた頼りになる血筋も、集まれば威圧感が半端ない。

「もう嫌‼　わたくしだって、かわいい女の子やドレスやお花の方が好きに決まってますわ！」

そう言って、王都の別邸に引きこもってしまった。

王都での社交も妻の務めですわ！　と言われれば、よろしくお願いしますとしか答えようがない。

[転移《アリターン》]で夜会に出ればいいとは言えないのだ。

ご婦人たちに怖がられモテなかったゴディアーニ辺境伯の男性たちは、嫁に来てくれた女性に甘い。

今回もフェルナンドは母と妻に知らせを出そうかとも思ったのだが、もし光の申し子が来なかった時のことを考えると、わざわざ知らせなくともいいかと消極的になってしまった。

家中が慌ただしい気配に包まれている。

どこか遠くの方から「レオナルド様がご令嬢をお連れになるそうだ!」と大きな声が聞こえた。光の申し子ということを伏せるために、ペリウッドがそういうことにしたのだろう。別な意味で、大変な騒ぎになっている。

光の申し子がいらっしゃるなど、本当に大変なことなのだ。お会いすることですら、奇跡。少しの粗相もあってはならない。

そうだ、食材の準備もしなければならない。もし泊まっていただけるのであれば、昼夜朝までの準備をしておけば……いや、明日は調和日だ。取引のある食料店はほとんど休みになる。さらに三食分用意せねば!

だが、実際に光の申し子が滞在したのは、ほんの数分のことだった。

二人の退出後、父と兄たちは片手で顔を覆った。

なんということだ、あのレオが光の申し子に恋をしている――――!

むずがゆい気持ちで、大人たちはジタジタしたいところをぐっと我慢していた。

優しい視線も、守るように出ていった背中も、甘い、甘ったるいぞ! 末っ子よ!

二度の婚約破棄を経験して、とうとう自分から心を寄せる人を見つけたようだ。

光の申し子も嫌がっている風もなく、いかつい風貌《ふうぼう》の男たちに囲まれても全く怯《おび》える様子もなかった。近衛団で慣れているのか、肝が据わっているのか。

伝説の存在という神々しさはなく、小柄で華奢《きゃしゃ》で可愛《かわい》らしい。纏《まと》う雰囲気は凛《りん》として、貴族のご令嬢というよりは国軍の女性兵士に近い。

北方海の武の守りであり国軍の指揮を執る辺境伯家には、しっくりと馴染《なじ》んでいた。

もしかしたらもしかするのかもしれない。

義妹が光の申し子。すごいな。さぁ、レオのお手並み拝見といこうか。フェルナンドは小さく笑った。

妻が出ていって以来、久しぶりに屋敷が明るい空気に包まれていた。

「……神獣様、可愛かった……。父上、ユウリ様はおじ上と結婚されるのでしょうか……？」

フェルナンドの長男フローライツが口を開いた。

「あ、いや、どうかな……？　レオはしたいかもしれないが、ユウリ嬢はどうだろうか……」

「……あの、俺が、結婚を申し込んだら駄目でしょうか……。俺の方がおじ上より年が近いと思うのですけど……」

息子がもじもじとそんなことを言い出し、フェルナンドは口をあんぐりと開けた。

「……可愛らしいユウリ様に、もれなく神獣様までついてくるなんて……最高です」

「ずるいです兄上！　俺もユウリ様と結婚したいです！」

弟のフリーデまでそんなことを言い出した。

それ、どう見ても神獣目当て。

近衛団に入る！　とまで言い出した息子たちを、フェルナンドは困ったような微笑《ほほえ》ましいような気持ちで見守った。

まぁお前たちがどんなに騒いだとしても、あんなどっぷりはまっているレオが手放すわけないがな――。

◇◇◇

「――あなた‼　こ、この空き瓶！　この回復薬はどうされたんですの⁉」

なぜか久しぶりに帰ってきたフェルナンドの妻アマリーヌが、夫婦の寝室で血相を変えている。

指さす先には、つい今しがた飲み干した回復薬の空き瓶があった。

「これは土産《みやげ》にもらったものだが……？」

「誰にいただいたんですの⁉　この狐《きつね》印の回復薬は、国王陛下御一家もお飲みになっているという、今王都で一番話題の調合液《ポーション》ですのよ⁉　どこに売っているのかもわからず幻の調合液《ポーション》と言われているのに、なぜここにあるんですの⁉」

妻の興奮した様子に、フェルナンドはそんな大層なものを買ってきていただいたのかと驚いた。

「そうなのか……。確かに、今まで飲んだことのない美味な回復薬だった」

「まぁ……！　わたくしも飲んでみたかったですわ……」

「ん？　まだあるぞ。飲むか？」

「いいんですの⁉　あなた、ありがとう～！」

パーッと笑顔になる妻に、フェルナンドはいそいそと冷やしてあった回復薬を持ってきて、蓋《ふた》を開けて手渡した。

「――！　本当に美味《おい》しいですわ……！　この狐印の回復液には黄色という種類があるらしいんですの。それがお肌にすごーくいいって、この間のお茶会で第二王子妃殿下が言ってらしたのですわ。でもそちらは王族のみなさまでもなかなか手に入れられないらしくて……。一度は飲んでみたいものですわね……」

　久しぶりに会った可愛い年下の妻がうっとりとそんなことを言うから、夫としてはつい甘やかしてしまいたくなる。

「そうか、では今度聞いておこうか。手に入るようなら頼んでおこう」

「ええ⁉　本当ですの⁉　あなた〜大好き〜‼」

　こうして、ゴディアーニ辺境伯家長男の嫁が、また本邸に戻ってきた。

　一年後、待望の長女が生まれ、本当の孫娘を抱きにゴディアーニ辺境伯夫人も戻ってくるのだが、それはまた別の話。

# 第六章　申し子、衛士《えいし》へ

実技の研修。この機会に、他の人と同じく敬称なしにしてもらった。

レイザンブール城の警備室で、マクディ警備副隊長から城内の地図を丸暗記することや対応の仕方やそれぞれの番の仕事などを教わる。シュカもあたしの膝《ひざ》の上で、真面目《まじめ》に話を聞いている。いっしょに働いてくれるみたいね。

「ホントなら、もうちょっと座学に時間取れたんだけど、団長が実技に時間取り過ぎるから……」

マクディ副隊長がぶつぶつと愚痴っている。

「そうなんですか？　実技の研修中も国内の地理とか、テーブルマナーも含めたマナーの勉強とか、座学的な勉強もしたから長かったのかも？」

「テーブルマナー？」

「そうなんです、ドレスコードがあるすごく高そうなお店で、デラーニ山脈の牛肉のステーキをいただいたんですよ。美味しかったなぁ……」

「……それデートだろ……絶対デート……」

「え？　なんですか？」

副隊長、白目でなんかつぶやいてるけど、大丈夫かしら。

実技の研修は楽しかった。王都以外の初めての街に、レオナルド団長のご実家に、別荘みたいな領主邸。素敵だったし、驚いた。

魔法の練習もたくさんして［転移《アリターン》］がギリギリ使えるくらいまでスキルが上がったし。

――――それに、団長が心のこわばりをほぐしてくれた。いつからか力が入って凝っていた部分は、思えば日本にいたころからだった気がする。両親が事故で亡くなってからずっとしっかりしなきゃって気を張り詰めてた。あんな風に泣いたことなんてなかった。

思い出すと、恥ずかしいわ……。

「明日から番に就いてもらうけど、何か質問あるー？」

「早朝番に入って、４番に就くことになるんですよね？」

「そうそう、早朝４番が一番仕事が少ないから、新人はそこから始めることになってるんだわ。明日の早朝番には新人が入るのを言っておくので、時間早いけどよろしく！」

「はっ！　ユウリ衛士、明日早朝４番に就く件了解！」

この国では、国軍などの戦いに討って出る職を「兵士」、自衛団や近衛《このえ》団などの護《まも》って戦う職を「衛士」と呼ぶ。

なのであたしの職業はこの先しばらく「衛士」ということになる。

「……うぁぁ……立派過ぎて引くぅ……。エクレール二号……」

やろうと思えば、ちゃんとできるのよ？

嫌そうな顔のマクディ副隊長を内心でニヤニヤしながら見て、警備室を後にした。

明日からちょっと忙しくなるから、やれることはやっておかないと。

『銀の鍋《なべ》』へは、お土産を持っていくついでに多めに回復薬の納品はしたし、回復薬もまだ在庫がある。余力があったら夜に作っておこうか。

あとは常備菜が何種類かあると、楽よね。

青菜とポクラナッツの和え物と、根菜の炒《いた》め物と……塩味ばっかりで困る。塩、砂糖、コショウ、ワインビネガー、あとマヨネーズしかないんだもの。味付けが単調になるのは仕方がないんだけど。『零れ灯亭《こぼびてい》』に寄って販売庫（正式名称は無人販売庫らしい）を覗《のぞ》くと、夏野菜がいろいろ出ている。ナスやズッキーニを見て、トマト煮いいかもと思って、さらにケチャップなら作れるんじゃない？　と、ひらめいた。

トマトとタマネギと香辛料を煮込んで作るんだったような気がする。

山盛りトマトも売られているし。よし、トマト煮とケチャップを作ろう。

部屋に戻ってスマホでダグると、材料はトマト・タマネギ・ニンニク・塩・砂糖・コショウ・酢・ローリエで、煮込んでザルで濾《こ》すだけだった。

調合液《ポーション》と似てる。案外簡単ね。

トマトとタマネギとニンニクは鍋に入れてから、［粉砕］の魔法を使って細かくする。おお！　すごい細かくなってる！　［粉砕］ってハンバーグに入れるみじん切りには向かなそうだけど、こういうソースとかドロドロしたものにはいい感じ。

ワインビネガー以外の調味料を入れてドライのローリエをひらりとのせたら、魔コンロで煮込む。焦がさないように時々かき混ぜながら、コトコト。

椅子に乗ったシュカは前足をテーブルに乗せて、しっぽを振っている。

（『ケチャップ？　オムライスの上の赤いの？』）

「そうそう、オムライスにかかってるやつね。お米があればねぇ、オムライス食べられるんだけど」

（『ぼくね、ソーセージにつけるのもすきなの！』）

あら、いいじゃない。わかってるわねぇ。

「じゃ、夕ごはんにソーセージ焼こうか」

ハンバーグにかけてもいいし、豚肉を炒めてもいいし、肉料理と合うから活躍の機会が多いかもしれない。

そうだ、マヨネーズと混ぜればオーロラソース！　クレープ生地に塗っていろいろ巻いてもいいかも。

調味料が一つ増えると、料理の幅が広がる。今度、中濃ソースにもチャレンジしてみようかな。

煮込みが終わったらワインビネガーを混ぜてできあがり。一応ザルで濾したけれども、市販のよりもざらっとしていて、トマトの味が濃い。

夜ごはんはシュカのリクエストの、［湯煮《アボイル》］でボイルしてから軽く［網焼《アグリル》］で焼き目をつけたソーセージと、夏野菜のトマト煮。どっちもパンに合って美味しかった。ワインがすっごく飲みたかったけど、明日のことを考えて我慢よ我慢……。

あと明日のお昼のお弁当も作った。お弁当箱なんてなくても、魔法鞄《かばん》に入れたら大丈夫。ちょっと縁の高いオーブンウエアに入れたら、小洒落《こじゃれ》たランチプレートになった。

初出勤でちょっと緊張するから、お弁当のお楽しみを用意しておくのよ。これでがんばれるはず！　いや、がんばらなきゃ！

寝る前にステータス確認をしておく。

（［状況《ステータス》］）

〈ステータス〉

【名前】ユウリ・フジカワ　【年齢】26　【種族】人　【状態】正常
【職業】調合師《ミキサー》・衛士《ガード》　【称号】申し子［白狐《びゃっこ》の主《あるじ》］　【賞罰】精勤賞

〈アビリティ〉
【生命】２４００／２４００【魔量】５０８４８／５０８４８
【筋力】54【知力】87【敏捷《びんしょう》】93【器用】89
【スキル】体術 65 棒術 91 魔法 62 料理 93 調合 86
【特殊スキル】鑑定［食物］41 調教［神使］１００ 申し子の言語辞典、申し子の鞄、四大元素《エレメンタル》の種、シルフィードの羽根、シルフィードの指、サラマンダーのしっぽ
〈口座残高〉 ３８６５００レト

魔法は結構上がったし、他のも少しずつ上がってる。元のスキル値が低いものは上がりやすいし、高くなるとなかなか上がらない。

棒術のスキルに比べて、体術のスキルが低いのがちょっと気になるような。警備やるならやっぱり体術も上げた方がいいのかしら。誰かに相談してみようかな。

◇◇◇

警備の朝は早い。

早朝番は、東門が開く六時には番に就かなければならない。まだ半分寝ているシュカを抱えて、五時三十分には部屋を出た。

早いは早いけど、ショッピングモールの早番は六時上番が多かったから、慣れてるのよ。早出残業があればもっと早いしね。

城には三つの出入り口がある。金竜宮《きんりゅうきゅう》と白鳥宮の玄関である王宮口、王城正門から真正面に見える青虎棟《せいことう》の正面玄関口、金竜宮バックヤードと青虎棟の廊下に繋《つな》がっている納品口だ。

その中でこの時間に唯一開いている王宮口から中へ入った。

緊急の使者や夜遊び帰りの王族の人用に、この出入り口が閉まることはない。外壁の方の門も、正門は閉まってしまうけど横の通用門は開いていて、夜間は遠見隊が番をしている。

「おはようございます」

近衛詰所で座哨《ざしょう》していた衛士たちは、艶《つや》消し黒の制服。遠見隊の人たちだ。挨拶《あいさつ》すると、そのうちの一人の獣人さんが立ち上がった。

「ユウリ衛士か？　オレは遠見隊の隊長、ルベルディーモ・マルドだ。案内するよ」

「──マルドって、ニーニャの親戚《しんせき》ですか？」

「ああ、いとこになる。話は聞いてるぜ？」

一体、なんの話を聞いてるのやら……。

ルベルディーモ隊長はニヤッと笑った。レオナルド団長と同じくらいの年かしら。耳はルーパリニーニャと同じ狼《おおかみ》耳、顔もワイルド系で似てる。

詰所の奥へ入ると近衛団の控室と繋がっており、あたしは教えられていた自分のロッカーを開けた。身分証明具を使って開けるタイプなので、魔法鞄を入れておいても安心。

イヤーカフ型の空話具《くうわぐ》と、円筒につばが付いたケピ帽型の白い制帽を素早く装備して、ルベルディーモ隊長の後に続いた。

青虎棟の廊下に出る扉の横の情報晶に、身分証明具をかざして上番した記録を残す。タイムレコーダー的にも使うのね。

隊長が扉を開けると、暗い廊下に出た。常夜灯だけが灯《とも》り、静まりかえったそこはいつも見る景《け》色《しき》とは全く違っている。

「この扉開いて明るくしておいてあげるから、その間に納品口の扉を開けるといい。ここ、護衛室のとなりの部屋だけど、場所わかる？」

「はい。大丈夫です。あの真ん前の扉が納品口ですよね」

「そうそう、方向音痴じゃないみたいでよかった。じゃ、初日がんばれよ」

「ありがとうございます」

納品口へ続く扉を開けると、明かりが煌々《こうこう》としていて、まぶしくて目を細めた。

「――新人来たか？」

そう言った男には見覚えがあった。あの――槍《やり》男！

あたしがこっちの世界に来た初日に、悪ダヌキにくっついて槍持ってきた奴《やつ》じゃない‼

「……はい。ユウリ衛士上番しました。よろしくお願いします」

「お前の番はここだ。五番に立て」

「……新人は四番に入ると聞いてますが」

「うるさい！　口ごたえするな！　女は五番か六番に入ることになってるんだ！　六番は開錠番でお前には無理だから五番だ！　開錠作業が終わったら六番に入れ！」

槍男はそう言い捨てると、一番最後に入ってきた男と目を合わせて共に納品口から庭の方へ出ていった。

それに男たちが三人ぞろぞろと続く。

「嬢ちゃん、よろしくな」

笑顔を向けてくれたのはベテランっぽいおじいちゃん衛士《えいし》。他の若い二人は、目礼だけして出て行った。まぁ、無視されるよりはマシかな。

そしてあたしは納品口に一人取り残された。

初日の新人を予定外の配置場所において一人にするとか、ありえない。

ふうん、そうくるのね？　あたしは冷ややかにキレた。

槍男を棒のモヤでキュッと締めちゃって、逆らえないようにするのは簡単だけど。

こういうのは、利用して万倍返しだわ。

今立たされている早朝五番は、納品口の金竜宮側の出入り口に就く番だ。金竜宮で働く料理人や清掃・洗濯係の人たちが入っていく時に、通行証無しで中へ入る人がいないか、おかしな物を持ち込まないかを見張る番となる。

一番二番は東門の立哨《りっしょう》。納品業者の通行許可証を確認するのが主な業務となる。

三番は北側の宿泊棟側へ、四番は南側の正門側へ、それぞれ立哨して用のない者がその先へ入らないように見張る。

正門は八時に開門するから、四番は実質八時までの番で、以降は巡回と休憩回しをすることになる。

仕事の邪魔にならないように、目が覚めてきたシュカを肩に乗せて首に巻く。空話具からベルの音が六回鳴り、扉からコックコートやエプロンドレスの人たちが入ってきた。

「おはようございます」

「おはようございます。今日は新しい人なんですね。よろしくお願いします」

「こちらこそよろしくお願いします。――――おはようございます」

「おはよう。おお、美人さん！　朝からツイてるわ」

「本当だ。ツイてるな。まかないに牛肉出すか。——またねお姉さん」

いや、牛肉ほどの価値はないと思うわ。帽子で顔隠れてるから割り増しで見えるだけなのよ。

苦笑しながら中へ入るのを見送って、また次の人に声をかける。

「おはようございます」

「おは……‼　えりまきじゃない⁉　生きてるの⁉」

「はい。驚かせて申し訳ございません」

「いやいやいや、大丈夫。こっちこそ驚いて申し訳ない」

次から次へと入ってくる人たちを見送り、一息つくころには一時間経《た》っていた。

「嬢ちゃん、どうだい？」

外から中へ入ってきたのは、おじいちゃん衛士。

「あ、お疲れ様です。やっと人が途切れました」

「うんうん。この時間までが山場なんだよ。ユウリ衛士って言ったか？　ワシはリアデクだ。敬語も敬称もいらんよ。ちょっと休憩してくるといい。飲み物飲んで、お手洗いに行っておいで」

ニコニコとリアデクが五番へ立ってくれる。

休憩回しあるんだ。助かるわ……。

「ありがとう！　すぐ行ってきます！」

「そんなに焦らなくていいよ。外でずっとあいつら二人サボっているから、ちぃとは仕事させるさ。新人たちにも休憩させてやらないと。みんなすぐ辞めちゃうからね」

「槍男……いや、あの偉そうにしていた男、サボってるんですか？　ひどい」

「家が伯爵家だからねぇ……。なかなかみんな逆らえないんだよ。ユウリもすまないね、かばってあげられなくて」

「いえ、あんなのなんともないですよ！　休憩回してもらえてうれしいです。いってきます！」

近衛《このえ》団控室へ戻って、回復薬を取り出しシュカに飲ませる。今日は棒のモヤを食べてないから、代わりにね。

『クー！（おいしー！）』

（「後でモヤも食べさせてあげるからね」）

（『うん！　でもわるいひとたちガブってして、まりょくたべようとおもってるの』）

なんと。ちゃんと見てるのね。

（「……おなか壊すからやめておきなさいね」）

『クー』

小休憩を取って急いで戻ると、リアデクは「また後でな」と外へ戻っていった。

入れ替わるように、眉間《みけん》にしわを寄せた男が戻ってくる。槍男といっしょに出ていってずっと外にいた男。こいつが今日の早朝六番、鍵《かぎ》持ちの開錠番のようだ。

肩の上でシュカが静かに威嚇しているのを感じる。シュカの魔力だか神力だかが、ピリピリと静電気のようだ。

眉間しわ男はこっちを見ることなく、青虎棟へ続く扉の向こうへ消えた。

開錠番は、青虎棟の共有場所である書架、会議室、謁見《えっけん》の間、正面玄関口などを開錠して回ってくる。警備の仕事に慣れたらやる番だった。

八時前に開錠作業から戻ってきた眉間しわ男は、当然のように五番の方へ来た。

「お前が六番に立て」

「……一日に何回も番が変わるなんて聞いていませんが」

「さっきバッソーラ伯爵令息にそう言われただろ？　さっさとしろ。ほら、人が来るぞ！」

わざわざ家名を出してくるところが腹立たしい。本人が伯爵様なわけじゃないクセに！

（『ユーリ、やっぱりガブってしていい？』）

（『……やめときなさいね。美味《おい》しくないから』）

苦々しく思いながらも、青虎棟へ入る人を待たせるわけにもいかず六番へ移動した。

空話具からベルの音が八回鳴っている。

シュカはふわりと床へ下り（『おさんぽしてくるの』）と言って開け放たれた扉から青虎棟の中へ入っていった。

それからは出勤ラッシュ。長蛇の列にはならない程度に、切れ間なく人が入ってくる。

おはようございます。と、よろしくお願いします。を何度言ったかわからない。スーツの人は文官かしら。エプロンドレスの方は食堂の人。みなさん気軽に声をかけてくれてうれしいんだけど、ちょっと大変なのよ。

そんな中、出口側にも人影が見えた。

あら、この時間に外に出る人もいるのね。とそちらを向くと、そこにいたのはレオナルド団長だった。

胸元にはシュカが抱えられている。なんかすごいドヤ顔よ。

金竜口前の眉間しわ男を見ると、離れていてもわかるほどのうろたえっぷりだった。

「団長、おはようございます」

「……いつも通りレオでいいぞ。ユウリは初日からこんな忙しい番をやっているのか？」

「そうですね。昨日《きのう》、マクディ副隊長に言われていたのは外の立哨だったんですけど、違う番に就かされてます。さっきまでは金竜宮側に立っていて、その後そちらの衛士にここに立つように言われました」

「ほう？」

レオナルド団長は、初日に見た以来の恐ろしく鋭い視線を、金竜宮側の方へ向けた。

眉間しわ男は後ずさり、ごくりと喉《のど》を鳴らす音が聞こえたような気がした。

◇◇◇

「お前はなぜ彼女をあそこに立たせた？」

レオナルド団長の低い声が聞こえる。ほとんど人が通らない金竜宮の出入り口の方で二人は向かい合っていた。眉間しわ男がガタガタと震えているのが見えている。

青虎棟へ入ってくる人を考慮して、叱《しか》るような声ではないし大きくもないけど、団長の声は通りがいい。

あたしは「おはようございます」と言いながら入っていく人を見送りつつ、耳をそばだてた。

「……ノ、ノーマン衛士に命令されました！」

あっさり同僚を売ったわね。

「ほう。そのノーマン衛士はどこにいる？」

「……外の番におります！」

それを聞いて、レオナルド団長は納品口から外へ出ていってしまった。

情けない顔で固まったままの眉間しわ男を眺めたりしながら、十五分ほど経《た》ったころ。

空話具に通信が入った。

『ノーマン衛士、こちらレオナルド。聞こえるか？』

『――は、はっ！　レオナルド団長、ノーマン聞こえます！』

『ノーマン衛士、現在地を述べよ』

『――げ、現在、ま、前庭、繋ぎ場付近巡回中でありま…………うわぁぁぁぁっ‼』

な、何⁉　うるさい！　通信でわめくのやめてほしい！

『――――マクディ警備副隊長、こちらレオナルド。服務規程違反者、確保。「零《こぼ》れ灯《び》亭」まで急行せよ』

『こちらマクディ！　「零れ灯亭」急行の件了解！』

『零れ灯亭』？　前庭を巡回しているのに、裏の宿泊棟で確保……。

――サボってたってこと⁉　他全員が立哨している中、食堂で休憩⁉　ありえない‼

中からマクディ警備副隊長が出てきて、早足で駆け抜けていった。通りかかった時にこっちを見て事態を察したのか、がっくりとうなだれたのが見えた。

今の時間は、本来であれば巡回の時間。なんだけど、臨時でレオナルド団長とマクディ副隊長と、手荷物検査の打ち合わせをする時間の予定になっていた。

――でも、その前にやることがあるな。

「ユウリ、ごめんなさい……。ちゃんと言っておいたのに、まさかあいつら命令無視するなんて思ってなくて……」

警備室で身を縮めて座っているマクディ副隊長の前で、あたしは首を傾《かし》げた。

「うーん……きっと、今までもこんな感じだったんでしょうね……。辞める人多かったんじゃないですか？」

「じつは多かったです……。っていうか、多いんだよ。そうか、こんな嫌がらせがあったら辞める人もいるよなぁ……」

「そうだな。上の者の目が届けばいいんだろうが、なかなか全部は見きれないのが現実だ。ユウリの働いていたところではこういう問題はなかったのか？」

「――あたしがいたところは、班で受け持ちではなく個人で受け持っていました。なのであまりサボることはできなかったんですけど」

「ああ、なるほど。それぞれに責任を持たせるのか。それはいいかもしれない。――マクディ、それで配置してみるか？」

「え……でも……俺にできますかね……？」

マクディ副隊長は、横に立つ団長をちらりと窺《うかが》った。

「マクディ、今はお前が隊長だ。お前以外に誰《だれ》ができる？　ユウリ、知恵を貸してくれるか？」

「「はい」」

近衛《このえ》団の団長は人を乗せるのが上手《うま》いわよね。

さっそく配置表と地図と時程表が執務机に広げられる。

「――一人につき一番ずつにすると、他の誰かに任せるというのがなくなるし時間の調整も一番ずつできるから、効率はよくなると思うんです。配置人数も減らせるかも」

「え、本当に？　すげぇ。やるやる！」

「あたしはこちらでのやり方がわからないので、おかしなこと言うかもしれないんですけど──東門の立哨って、納品業者の通行許可証を確認するのが主な仕事ですよね？」

「そうそう。あとは不審者を敷地に入れないことかな」

「今日納品口に立ってて、四件しか納品業者が来なかったんです。外の倉庫に入れる商人を合わせてもそんなにいないんじゃないですか？　それなら東門の立哨は一名でも大丈夫かなと思うんですけど」

「……言われてみれば、そうかも……。門には左右に一人ずつ就くものだって疑いもしなかったわ……」

　確かに見栄えも必要なのよ。二人で立って隙を見せず、守りに堅い城だとイメージ付けるのは大事なんだけど、それは正門の方でやればいいと思う。

「何かあった時は城裏への通行者を見る番がすぐ近くにいますし、東門は一人で大丈夫だと思います」

　そう言うと、マクディ副隊長は目を輝かせて新しい配置表を書き始めた。

「ってことは、朝昼夜一人ずつ減らせるってことだよなぁ⁉　すげー！　団長、ノーマンはクビにしても大丈夫です！」

「そうか。では懲戒免職の手続きを行おう。もう一人の衛士の処分はどうするか。本人は脅された、言わされたって言っているが」

「でも俺の命令を聞かずに持ち場を勝手に変えて、新人に不当な扱いをしたわけですよねぇ。懲戒は必要だと思います」

「では、そちらも手続きしよう。二か月の謹慎と、その後半年の減俸程度でいいだろう。では二人とも、あとは頼んだぞ」

そう言って、レオナルド団長はシュカを抱えたまま出ていった。

人員が二人減ることが確定。がんばって配置を考えないと。

「マクディ副隊長、これ、今日中に考えないとって感じですね？　明日は……無理かな。明後日《あさって》までには変更できるといいですよね。基本の早朝番、朝番、昼番、夜番は変わらないようにすれば、そんなに混乱はないと思いますし」

「ユウリー！　頼りになるー‼　そーだな、とっとと変えよう」

「そうそう、あと、青虎棟正面玄関の外の立哨《りっしょう》もなくても大丈夫じゃないですか」

「ん、やっぱ、二人もいらないか」

「いえ、一人もいらないかな？」

「え」

「だって玄関の中に、出入り監視の警備がいますよね。正門に二人いて常時巡回者もいるし、外側はいなくても問題ない気がします」

「……王城の正面玄関に警備を置かないとか、容赦ねぇ……」

「一応、正面玄関立哨と巡回を組み合わせた番を用意しておいて、人が足りない時には抜ける番にしておけば使いやすいと思うんですけど、どうですか？」

「……素晴らしいっす！　師匠！」

誰が師匠よ。もう、副隊長ったら調子がいい。日本ではこういうのよくあったわ。とにかくムダを減らせってね。

こんな感じで見栄えに目をつぶって削って整理して、一日に必要な人員は五人も削れた。そして二時間後には仮の時程表ができあがった。青虎棟正面玄関の番も無くせば九人。

うん。――――これならあと二人くらい退職しても大丈夫。

「これでだいぶ余裕ができますね。休みの日数も増やせますし、急な欠勤にも耐えられると思います。あたしが警備やらなくても大丈夫です」

「師匠！　見捨てないで！」

「ふふふ。冗談ですよ。女性が入ってくるまでって約束ですからね」

あたしはニヤニヤしながら、チキンサンドにかぶりついた。食事も取らずに作業に熱中していたところへ、レオナルド団長が差し入れしてくれたのよ。

丸パンにグリルチキンとレタスをはさんだだけのサンド。こういう忙しい時は手軽に食べられて助かる。きっと忙しい文官さんでも仕事の合間にさっと食べやすいように、作ってあるのだろう。

となりでシュカはお弁当をはぐはぐ（『やっぱりユーリのふわふわオムレツが一番なの。ケチャップも合うの』）と食べている。

それをレオナルド団長とマクディ副隊長は微妙な顔で見ながら、チキンサンドをかじっている。

「……狐、口がすごいことになってるよ……？　それ美味《うま》いの？」

『クー！（おいしいよ！）』

トマトケチャップ、見た目がちょっとアレかしらね……。

瓶を取り出して、チキンサンドにちょっとかけてみる。ん、美味《おい》しい。塩味だけのチキンが華やかな味になる。鶏肉《とりにく》とトマトって組み合わせも合うわよね。

ふと前を見ると二人がじっとこっちを見ていた。

「――よかったら、かけます？　トマトのソースなんですけど」

ケチャップの入った瓶を、スプーンごと勧める。

「いただきます！」

「ありがとう。いただこう」

二人とも慎重に少しだけかけていた。見た目の鮮やかさに恐る恐るなんだろうけど、元々塩味が付いてるから、それで正解。

二人の目が見開き、さらにもう一口もう一口と食べ進めている。

「ウマー！　狐、コレもウマイな!?　お前、ウマイものばっか食ってるんだな!?」

『クークー（そうなの。ユウリのごはんおいしいの。マクしゃんよくわかってるの）』

「美味いな……。うちの領の煮込みに似ている」

いやいや、あのペスカトーレにはかなわないですよ。新鮮な魚介の煮込みおいしかったなぁ。

「これはケチャップって言うんですけど、トマトと野菜を煮込んで作ったソースになります」

気に入ってもらえたみたいなので、お昼に食べるつもりだったお弁当も出すと、二人の顔が輝いた。

眩《まぶ》しい黄色のオムレツの上に、真《ま》っ赤《か》な波線を描くケチャップ。この鮮やかな色彩は大人もときめくわよね。

新しい職場での緊張をほぐすため、自分のお楽しみ用に作ったお弁当だったけど、結局あたしの口には一口も入らなかった。

でも、いいのよ。ほぐさないとならない緊張は、なくなったからね。

◇◇◇

当日中に新しい時程と配置が告知され、その三日後の早朝から新しい時程が実施されることとなった。異例の早さだったらしい。

シフト勤務のような、働く時間が変わる仕事に就いている人の健康被害の記事をネットで読んだから、変更ついでにそれもレオナルド団長とマクディ副隊長に言ってみた。

近衛団はだいたい、早朝番→朝番→朝番→昼番→夜番→夜番→休み、という感じのローテーションだ。

生活のサイクルがコロコロ変わるのは、体によくないみたいですよ。というと、二人は黙り込んだ。思うところがあったのかしら。

まずは警備隊から変えてみようということで希望を聞くと、おじいちゃん衛士《えいし》たちは朝番希望で、獣人衛士や朝が苦手な若い衛士が夜番希望が多く、上手いこと分かれたので同時に短期間で勤務時間が大きく変わるシフト制はやめることになった。マクディ副隊長、がんばったと思う。

予定が立てやすくなって、助かるわ。

そして本日施行初日。あたしは〔朝八番〕に入る。八時に上番し、一番忙しい納品口の青虎棟側、〔納品青《のうひんせい》〕と略されている場所の立哨から始まる番だ。

手荷物検査が始まると、女性の手荷物を拝見することがあるので、この〔朝八番〕は女性の優先番とされている。

女性優先番は他に、早朝番で六時に金竜宮側（〔納品金《のうひんきん》〕）から始まる番、昼番、夜番の全部で四つ設けられていた。どれも巡回と出入り口に就く時間が多く割り当ててあった。

でも、三人しかいないから、休みの日など埋められない番は男性衛士が入るしかないのよ。早く女性衛士が入ってくれるといいんだけどねぇ……。

「おはようございます！」

『クー！』

はりきって納品口ホールへ入ると、目に入ったのは女性衛士のうしろ姿だった。スカートの制服着てる！　制服の改造が役に立ったみたい！

……………っていうか、泣いてる？　よく見てみれば頭はうなだれ、肩にかかる茶色の髪が震えていた。

その横には金竜宮側の情報晶横で立哨するマクディ副隊長。それはもう情けない困り顔でこっちを見た。

金竜宮へ入っていく人たちも、見ないようにしてあげながら、そそくさと入っていく。

「マクディ副隊長が女の子泣かしてる……！」

「ユウリ、やめて！　人聞き悪いから！　俺、無実だから！　休憩回しにきてるだけなのに！」

上番時間前だけど、サービスしましょ。

あたしは副隊長をそっと押して場所を代わってあげる。時間まで代わりに立っててあげよう。

副隊長はあたしに目礼をして、そのお嬢さんをホールの隅へ連れていった。

「――――次は〈正面口〉です～……。朝の正面玄関なんて～……高位貴族ばかり……吐きそぅ～……」

泣いていたわけじゃなく、口を押さえて浅い息をしていた。過呼吸の症状に似ているけど、大丈夫なのかしら……。

「俺がいっしょに入るから、大丈夫だって。それともユウリの〔納品青〕と代わってもらう？」

「朝の〔納品青〕はもっと地獄……」

……これからその地獄に立つ人がここにいるんですけど……。

なんとか落ち着いてきたらしいお嬢さんは、青い顔であたしの方を見た。

「ユウリ衛士……？　はじめまして……リリーと申しますぅ……。お手数おかけしてすみませんでした……」

のんびりとした話し方のリリーは、引きつった笑みを浮かべた。可愛《かわい》らしい顔が台無しだった。立哨どころか寝かせておくレベルの顔色の悪さだ。

「……大丈夫？　副隊長に立っててもらって、ちょっと休んだら……？」

「大丈夫ですぅ……。私、ちょっと緊張しやすい質《たち》で〜……。では、行きますね……」

緊張しやすい質なんて可愛い程度の話には見えないけど、リリーはフラフラしながらも納品口ホールから出ていった。

「……大丈夫でしょうか……？」

「駄目なら警備室で休ませておくし、俺も〔正面口〕にいるから大丈夫でしょ」

「今までもこういうことがあったんですか？」

「時々ね。だからあんまり出入り監視がない番を任せてたんだわ」

そうか、それで会ったことなかったのね。

でも……困ったな、女性優先番は出入管理、こっちで言うところの出入り監視の仕事が多いのに。

「そうなのね……。それなら、他の男性衛士と同じ番に入ってもらうのもいいかと思います」

「んー……でもさ、やれない仕事はできればない方がよくない？」

「それはもちろんそうなんですけど」

お疲れ様です！　と外から交代の衛士が入ってきた。マクディ副隊長が敬礼で引き継ぎをしている。

あたしは〔納品青〕の持ち場に就く。同じく八時上番の衛士がもう一人来て、情報晶と入り口を挟んだ反対側へ立った。

八時から九時のこの忙しい一時間だけ、〔納品青〕も二人体制となる。

軽く新しい時程の話などしているうちに、一人二人とスーツの人が納品ホールへ入ってきた。

そして、空話具《くうわぐ》からベルの音が八回鳴った。

「おはようございます。お通りください」

怒涛《どとう》の挨拶《あいさつ》ラッシュが始まる。さぁ、今日も元気にいくわよ。


あっという間の立哨二時間。

その後は、リリーと交代して正面玄関〔正面口〕立哨二時間。あたしが交代に行った時には、リリーの顔色はすっかり良くなっていた。案ずるより産むがやすしってことなのかしら。

お昼の休憩の後は巡回。同じく巡回のリリーとすれ違うと、もう別人のようにいきいきとしていた。

つぶらな瞳《ひとみ》はきらりと光り、ふっくらした頬《ほお》がピンク色。シュカを撫《な》でる余裕まで出てきている。

「ユウリ衛士、お疲れ様です～」

「お疲れ様です。ユウリでいいのに。近衛《このえ》団は敬称敬語なしって聞いてるけど」

「そうなんですよ～。でも私、誰《だれ》に対してもこの話し方で……。このままでもいいですか～？」

おっとりとそう言われ首を傾《かし》げられたら、駄目とは言えないわよね。

あたしは笑って話しやすい方でいいと答えた。

「女性優先番は、騎馬巡回ができるから、うれしいです～。私、馬が大好きで、馬に乗れる仕事だから、警備隊に入ったんですよ。……あの、巡回時間が長いのは、ユウリ衛士の意見が反映されてるって聞きました」

「ニーニャも騎馬巡回が好きって聞いてたから、それもちょっとはあるんだけどね。でも、お手洗いとか更衣室とか、女性じゃないと入れない場所を少人数でもしっかり見れるようにと思って。女性の目線じゃないと気づかないこともあるし」

「そうですよね～。城内の巡回もがんばりますね～」

「あたしも、がんばるね。もし、出入り監視の仕事が辛《つら》いなら、男性衛士と同じ番に入ることもできると思うけど、大丈夫な感じ？」

「大丈夫とは言い切れないのですけど……騎馬巡回のために、がんばりたいんです～」

ひたむきな瞳があった。

あー、好きなことのためにがんばるって、いいわよね。苦手なことも乗り越えていこうって、偉いわよ。こんなおっとり女子なのに、芯《しん》はしっかりしてるみたい。

できることだったら、助けてあげたいし、力になってあげようと思った。

「情けないことにあたし馬に乗れないから、その分もよろしくね」

「女の人は乗らない人も多いですから。私が二人分乗ります～！」

大きく笑った顔。今日一番の明るい声だった。

◇◇◇

トン、トン、トン。

軽いノック音に、俺は書類から顔を上げた。

このノックの仕方はユウリだ。扉が開き、白い制帽から流れる黒髪を揺らして小柄な体が入ってきた。

「失礼します」

すぐに駆け寄り胸に飛び込んでくるのは、シュカ。

主《あるじ》の方は苦笑するばかりで、部屋の片隅に控えている。シュカといっしょにこちらへ来てくれたらいいのにとは思うが、そんな都合のいいことにはならない。

疲れているのか、どことなく元気がないように見えた。

警備隊に入って間もない。まだ慣れずに疲れているのかもしれない。

この時間、ユウリは巡回なのだが、手荷物検査を導入する準備に充ててもらっていた。

正直、書類仕事は切り上げられるが……。

「すまない、もうちょっとかかる。茶を飲んで待っていてくれないか。ついでに俺の分も頼めるか？」

「はい」

「焼き菓子も食べてもらえると助かる。頂き物なんだが消費しきれなくてな」

「みなさん、甘い物よりお酒が好きなんですね？」

「……その通りだ」

ユウリはクスクスと笑いながら、茶を用意した。一つを俺の机の上に載せ、もう一つは焼き菓子といっしょに応接セットのテーブルへ。

書類を読むふりをしながらこっそりと見ていると、ユウリはソファに座り帽子《かぶ》を取り、小さく「乾燥《アドライ》」と魔法をかけている。ああ、頭が蒸れるからな……。式典の時にしか被らない制帽を思い出し、内心で深く同意した。

「──警備隊の仕事はどうだ？ 少しは慣れてきたか？」

「はい。元々の仕事とそんなに変わらないので、のびのびやらせていただいています。………嫌な奴《やつ》も減ったし……」

後半は小声でよく聞こえなかったが、困ってないのならよかった。

「そうか。それならよかった」

「……ただ、馬が」

「馬？」

「はい。騎馬巡回ができないのが、悔しいというか……」

「ああ……。だが、近衛団としては、女性衛士には城内巡回してもらえる方がありがたいぞ」

「でも、いざ外で何かあった時に、駆け付ける時間に差が出ます」

淡々とそう言った顔は、同情や慰めなどを必要としていない職業人の表情だった。

真面目《まじめ》で責任感が強い。光の申し子が精勤賞を持っているというのは、そういうことなのだろう。

「……ユウリとしては嫌かもしれないが、他にも巡回している者はいるはずだ。乗馬が上手《うま》い者が行けばいい。適材適所という言葉があるだろう？」

「そうなんです。そうなんですけど！」

そう言って、ユウリは口を尖《とが》らせた。

な、なんだ、唐突にかわいいじゃないか。今までにない素の表情に、胸を一突きにされる。

「今までやろうと思って、努力してできなかったことって、そんなになかったんですよ。だから、不甲斐《ふがい》ない自分に納得がいってないっていうか」

なんと。ユウリが弱音を吐いている。言葉は硬いが、弱音だよな。

今まで一定以上の距離にしか来なかった猫が、ツンとしながらも近づいてきたみたいなコレは一体。

膝《ひざ》の上のシュカをギューッと抱きしめそうになり、『チチッ！』と威嚇された。

それでも緩みそうになる口元を、書類で隠す。

「……そんなにがんばらなくてもいいんだぞ」

俺がそう言うと、ユウリはハッとした後に、小声で何やらつぶやいた。

「……そうだった……がんばらないでスローライフしようと思ってたのに……社畜に逆戻りするとこだったわよ……おそるべし警備……」

「どうしてもというのなら、今度またうちの領に遊びに来るといい。子どもの乗馬用に小型の品種がある。それで練習してみるのもいいんじゃないか」

「……すごくうれしいんですけど……さすがに甘え過ぎじゃないですか……？」

「馬に乗るくらいで、甘えてることにはならないだろう」

「そうですか？　んー……そういうものなのかしら……。じゃぁ、よろしくお願いします。また行きたいなって思ってたので……」

少し照れながら、ユウリは笑顔を見せた。

急ぎトト馬の手配をアルバートに頼まないとならないな。金額はどのくらいになってもいいから、性格のいい馬を探《こ》してもらおう。そのうちアルバートの息子のミルバートも乗るだろうしな。

「あっ、そういえば、リリー衛士《えいし》はスカートの制服ですけど、もしかして女性衛士の騎乗スタイルは横乗りなんですか？」

「横乗りが多いが、どっちでも構わないぞ。ニーニャは普通に男乗りだ」

「あー、ニーニャっぽい。よかった。あたしも乗れるようになったら、パンツスタイルの制服を作ってもらうことにします」

「……そうか」

応援はするが、スカートの制服ではなくなるのは少し残念な気がした。

◇◇◇

目線を合わせずほんのりと顔を赤らめながら話をするのは、近衛《このえ》団の獅子《しし》ことレオナルド・ゴディアーニ近衛団長。

筋肉大男な上司であり友人のただならぬ様子に、ロックデール近衛副団長は白目になった。

お前は乙女か……！

確かに、引き継ぎというのは、起こった出来事を次の番の者に伝えることだ。が！　違うだろ！そんな仕事の役に立たない激甘情報を引き継ぎしてどうする！

光の申し子が弱音を吐いたと？　甘えてるんだろうと？　ああ、そうだろうよ、そうだろうよ。

もう、勝手にしろ！　ケッ！

そう思いながらも、ロックデールは真面目な顔を作った。

出勤してきたばかりの三十路《みそじ》の寂しい独身男に、そんなことを話すというのはどういうことなのか、理解させないといけない。

「――――レオ、それは友人ポジションを獲得したということだな」

「……友人……」

「気安い友人だ。もしくは家族だな」

「……家族……」

どよーんとレオナルドの表情が陰った。

「よかったな。近い人物だと認識されているじゃねーか」

「……そうだな……」

しょんぼりとしたレオナルドを見て、ロックデールは溜飲《りゅういん》を下げニヤリとした。

間違いなく好かれているんだろうが、それは絶対に言わない。

一人だけいい思いしやがって。

脈あるんじゃないかなんて、絶対に言ってやらんからな。

◇◇◇

朝番は夕方に時間があるのがいいわよね。

今のところ八時上番の〔朝八番〕専任になっているので、仕事の前にトレーニングもできるし、仕事の後にこうやって調合液《ポーション》を納品することもできる。

目の前のカウンターでは、ミライヤがベビーピンクのツインテールを揺らして、回復液の確認をしているところだった。

「――はい、確かに受け取りました。あと、最近マヨネーズが売れるの早くて、数多めに入れてもらえるといいんですけど、どうです？」

「そうなの？　マヨネーズが広まるのはうれしいから、がんばってみるわね」

「遠くから買いにきてくれるお客さんもいるんですよぉ。それで売り切れていると申し訳なくて。ユウリの負担が増えるのも本意じゃないんだけどなぁ……。悩ましいです」

「ありがと。やれる範囲でがんばるから、大丈夫」

回復液はまだまだ在庫があるし、あとはマヨネーズ作ればいいだけだから問題ない。

「あ、そういえば、機能性能計量晶はもう買ったんですか～？　赤鹿《レッドディアー》狩りで貯《た》まったって言ってましたよね？」

「そうそう！　それがね、団長が知り合いのお宅で中古のがないか聞いてくれるって言うから、ちょっと待ってたんだけど……」

◇◇◇

昨夜、レオナルド団長が部屋を訪ねてきたのだ。

熟成された赤鹿《レッドディアー》の肉と、機能性能計量晶を持って。

「――この間の肉と、これはうちの長兄からだ」

「…………ええ⁉　な、なんでですか⁉　新品に見えるんですけど⁉」

「新品だな。場所を取らない最新型と聞いたぞ。ユウリが欲しがってるものを聞かれたから、そう答えておいたんだが。回復薬のお礼だそうだ」

確かに団長の手にある機能性能計量晶は、水晶の下の土台がスリムで『銀の鍋《なべ》』のものより小ぶり。

「はい⁉　回復薬のお礼が最新型の機能性能計量晶っておかしいでしょ‼　っていうか、お礼はもういただいてます！　お肉やらお菓子やらたくさんいただいたじゃないですか」

「これは長兄から個人的なお礼だって聞いている。もらっておけばいい。白狐《びゃっこ》印の回復薬はお金を出せば買えるものじゃないらしいし」

団長はそう言って、おかしそうに笑った。

「どこで手に入るのかもわからない、幻の調合液《ポーション》と言っていたな。ああ、そうだ、もし黄色のものが手に入るなら、買わせていただきたいと言われている。もしあれば買い取らせてもらってもいいだろうか？」

「ええ⁉　幻⁉　もちろんありますし差し上げます！　あたしが作っているっていうのは、ご存じないんですか？」

「ああ、あまり知られない方がいいと思ってな。気づいているかもしれないが、一応ユウリがどこかで買ってきたという体《てい》にしてある。幻だから、もし手に入れば幸運というところだな。少し売ってもらえればそれで充分なんだが」

とレオナルド団長は言うものの、調合液《ポーション》数本じゃ釣り合わないと思うのよ！

差し上げます。いや、買い取らせてもらう。と押し問答を繰り広げ、買い取ってもらった挙句に、結局は情報晶を受け取ってしまったのだけど――――。

◇◇◇

「――――まぁ、そういうわけで、ピカピカ新品最新型の情報晶で性能を計ったものが、そちらになります」

「ひゃー！　さすが次期辺境伯様、やることが違いますねぇ⁉」

「本当にすごいわよね、たかだか回復薬のお礼に機能性能計量晶。びっくりよ」

「あ、たかだか回復薬っていうのには同意できません。白狐印の調合液《ポーション》、本当にすぐ売れちゃいますから。ただ、買うのはお城勤めの人たちで、本当に疲労回復に飲みたいだけって感じで、あんまり話題にのぼってなかったみたいなんですよ」

「お疲れの人たちが飲んでるのね。開発の参考にするわ。――――ん？　なかったみたいって過去形なの？」

「そうなんです。この間買った男の人が、奥さんにお土産に買っていったら、大変な騒ぎになったって言ってました。なぜか、社交界で話題なんだそうですよ」

半眼でじとーっとミライヤがあたしを見る。

嫌な汗が背中を流れるわよ。

「ご、ごめん……個人的に売ったやつが、多分そういったところに流れてるんだと思われる……」

そう、レオナルド団長からも、店主と相談した方がいいかもしれないって言われている。

一つの店でしか売っていなくて売っているお店を特定されたら、危ないかもしれないって。

無理やり売らされたり、貴族同士の争いに巻き込まれたり、作り手を教えるように脅されたり。

「ミライヤには悪いんだけど、他のお店にも卸してもいい？」

「うちのことは気にしなくていいですよぉ。他の店でも売った方が、作り手を特定されづらいと思います。間に誰か入ってもらうのはどうです？　販売店への配達をしてくれる信用できる人に。その方がユウリの安全も確保できて、ワタシも安心です」

それいいかもしれない。

ただ、心当たりになるような人がいない。

こっちに来て知り合ったの近衛《このえ》の人たちばっかりだもの。みんな働いていて配達の仕事なんてできないわよね。

「……考えてみるわ」

「ユウリ、こういう時は地位のある人に相談ですよ！　ね？　いますよね？　身近に地位も人脈もお金も持っている人が！」

……いますけど、あたし本当に甘え過ぎだと思うのよ。

なんだかんだでずーっとレオナルド団長にお世話されてる。知り合いが少なくて頼れる人も少ないから、どうしても団長にばかり言うことになってしまう。

「大丈夫ですよぅ。きっと相談されたがってると思います」

されたがってるって……。

まぁ結局多分、団長に相談するんだけど。なんかちょっと複雑よ……。

ちなみに、白狐連れていると白狐印の調合液《ポーション》の作り手だと思われないかっていうのも、聞いてみた。

そしたら「神獣の白狐を連れているような凄腕《すごうで》の獣使い《ビーストテイマー》は、調合液《ポーション》なんて作りません」ってきっぱり言われたわよ。えー、そうなの？　解せぬ。


次の日、さりげなく聞いてみると、レオナルド団長が二つ返事で引き受けてくれた。

「わかった、下番後に部屋へ呼びに行くから待っててくれ」

大変いい笑顔でございます。

獅子様の晴れやかな笑顔は素敵だけど、なんというかこうミライヤの思うツボって感じでますます解せぬだわ。

夕方、部屋へ寄ってくれたレオナルド団長といっしょに団長の部屋へ向かった。アルバート補佐が来る日らしいので、いっしょに話をすることになっている。

「同じ棟なんですよね？　近くていいです……え？」

あたしが見上げると、きまり悪そうな申し訳なさそうな顔をした団長が、となりの部屋のドアの前で立ち止まった。

「あ、いや、その、空いていた部屋がたまたま俺の部屋のとなりだったんだ。何かあった時にすぐに駆け付けられるからいいかと思って勧めたんだが……。すまない……。言おう言おうと思っていたんだが……」

身分証明具をドアノブのところにあて、ガチャリと扉を開ける。

「散らかっているが……入ってくれ」

となりって誰《だれ》が住んでるのかなって思っていたのよね……。

レオナルド団長が、おとなりさんだったのね。

◇◇◇

大きな体を小さくしながら、先に部屋へ入っていくレオナルド団長。

そんなすまなそうにしなくてもいいのに。きっと心配してくれたんだろうし。

ちょっと丸まった背中を見ながら、かわいい人だな……と思った。こんな大きくて屈強な近衛団の団長に思うことじゃないかもしれないけど。やっぱり大型犬みたいだ。

『クークゥ（レオしゃんのおうち来たことあるよ。つくえがお山なの）』

そういえばシュカは団長といっしょに行ったことがあったっけ。机がお山？

「……部屋の間取りは同じなんですね。あ、でも置いてるものが違うから、雰囲気も結構違うわ……」

広々としたLDKはあたしの部屋にはない執務机がどーんと置いてあった。部屋の中は片付いて綺麗《きれい》なのに、大きな机の上だけが書類山積みでカオス。

わかります。部屋はアルバート補佐が片付けているんですね！

ふふっと笑うと、気づいたレオナルド団長が片手で口元を押さえながら顔を赤くした。

「あ……俺はあまり片付けが得意ではなくて……」

「レオさんはいろんなことできるから、苦手なことくらいないと」

「……そうか」

「アルバートさんが来るまで、お仕事していてもいいですよ。お茶淹《い》れましょうか」

「頼む。ではお言葉に甘えて仕事をさせてもらおう」

シュカはさっさと団長の膝《ひざ》の上へ乗った。あたしがお茶淹れるのを邪魔しないように、気を遣ったのよね？　そうよね？（多分、違う）

キャビネットには見慣れない素敵な食器や茶器が並んでいて、さすが男爵様は宿舎備え付けの器具なんて使わないんだなと感心した。

お茶を淹れて、レオナルド団長に勧められたお菓子を食べていると、アルバート補佐がやってきた。

配達の間に入ってくれる話はすぐに引き受けてくれたけど、報酬の話で揉《も》めた。

だって二人とも受け取らないいって言うんだもの。

「――では、調合液《ポーション》を買い取っていただくというのはどうですか？　『銀の鍋』だけは今までと同じ値段でお願いしたいんですけど、他はどこにでもお好きな値段で売っていただいて構いません」

「それではユウリの儲《もう》けが少なくなるな」

「いえ、全部『銀の鍋』に売ったのと同じだけの儲けです。それで充分です」

団長はうーんとうなった。アルバート補佐は眼鏡《めがね》の縁に触れながら考え込んでいる。

「例えばそのお話に乗るとして、どこに売りましょうか。辺境伯《あちら》に売れば高く買い取ってくれるでしょうし、貴族間のやりとりに上手《うま》く使うでしょうけど……。少し癪《しゃく》ですね」

「そうだな。こちらで手にするのは高く売った分の儲けだけだからな。もっと効果的に……おっと、買い取る方に考えてしまったが、ユウリは本当にいいのか？」

二人の話を聞いていて、ふと『街おこし』という言葉が頭をよぎった。

男爵領、のんびりしていてとってもよかった。でも、辺境伯領の後に行ったせいか、何もないと思ったのも事実。

人が増えれば経済も活発になるだろうし、そうすると税収も上がる？

白狐印が人気あるというのなら、人を呼べるんじゃない？

「――はい。よかったら買い取ってください。男爵領では売らないんですか？」

「うちの領には調合屋がないんだ。もしかしたら食料品店《グローサリー》で少しだけ扱っているかもしれないが。うちみたいな人口が少ない街では、最初から［転移《アリターン》］でよその街まで買いに行くか、配達屋《ポーター》へ頼むかどちらかだから、店自体が少ないんだ」

過疎の村みたい……。

「……お金がかかる話だから言いづらいんですけど。売店、あったら楽しそうですよね。景色《けしき》が綺麗な場所に、領主邸みたいな素敵な建物の」

大きくなった話に、団長は面白そうにあたしを見た。

あたしが思いついたのは、道の駅っぽいものを男爵領に作ったらどうかなということだった。道の駅メルリアード。あ、語呂《ごろ》もいい感じよ。

街おこしに道の駅は王道でしょ。なんにもない街が個性ある道の駅を運営して、すごい集客数を誇るなんてサクセスストーリー、いくつもあった。

白狐印の調合液《ポーション》と、男爵領の名産を売るお店とかどうかな。海が綺麗だったから、海の見える見晴らしのいいところに建てて、ちょっとした休憩スペースなんて用意して旅行気分を盛り上げて、よその領から来てもらったお客さんにお金を落としていただくの。

「――――いいな。面白そうだ。だが、そもそも男爵領で白狐印を売っているという情報をどう流す？」

「王都か辺境伯領都に、アンテナショップ……ええと、男爵領はこんなところです遊びに来てねという紹介をするお店も作るとか。そこで、白狐印を少量と男爵領の名産品、それと男爵領の売店の[位置記憶《リコーディネイラマーク》]した記憶石《アンカーストーン》を売るのはどうですか。白狐印が売り切れていたら、その記憶石《アンカーストーン》で[転移《アリターン》]すれば買いに行けますから」

面白そうに聞いていた顔が、キラリと目を光らせた。

「記憶石《アンカーストーン》を売る、か。うん、面白い。アルバート、いけるか？」

「はい、すぐに。素晴らしい提案でした。ユウリ様、近々またお時間いただけるようお願いします。それでは、失礼しますね」

アルバート補佐はお茶も飲まずに帰ってしまった。

ええ？　用事いいのかしら？　調合液《ポーション》の話を聞きに来たわけじゃないわよね。何しに来たんだろう？

「……アルバート、書類を持っていくのを忘れてるな。こんなミス珍しい。よっぽどユウリの提案が魅力的だったのだろうな」

「そうですか？　あたしのいた国では、そんな風に街おこしをすることがあったんです」

「街おこし、ぴったりな言葉だ。なかなか夢がある話だったぞ。その売店から街に発展していったら面白いだろうな」

団長のワクワクしている少年みたいな顔を見て、うれしくなる。

メルリアード男爵領の発展に役に立てたらいいな。

あっ、田舎《いなか》でスローライフ、男爵領でするのもいいかもしれない。

部屋に戻って久しぶりにスマホのマップを立ち上げた。

男爵領の地図を眺めようと思ったんだけど、目に入った『銀の鍋』のタグを見て驚く。

あたしが付けた［調合液《ポーション》・マヨネーズ］と書いてあるタグには、イイネ！　のフラッグが立っていた。

そして新たな公開タグが付いていていた。

［マヨウマ！　入荷求む！］

◇◇◇

申し子――――――！

他の申し子がタグを見て来てくれたんだ!!

マップを拡大してよく見ると、あたしが付けた以外のタグも付いていていた。主に王都の下の方、南の海側。

冒険者ギルド、それに重なるように付いている『転寝亭《うたたね》』、音楽ギルド、鍛冶《かじ》ギルド、『黄金のリンゴ亭』には［シードル］というタグも付いていた。他には魔法ギルド、銀行、レイザン管理局というあたしが行ったことがある場所にもタグが付けてあった。

今まで気づかなかった。他の人が付けたタグがあるかもなんて思いもしなかったから、よく見てなかったわ。

この人、ずいぶんマメにタグ付けてるのね。なんか楽しそう。王都もあちこち行ってみたくなってきた。

そういえば明後日《あさって》は街に行く。ぜひこのシードルを飲んでみたいものだわ。

次の日の仕事後。

あたしは昨夜大量に作ったマヨネーズを納品しに『銀の鍋《なべ》』へ行った。

「────そういうわけで、男爵領が間に入ってくれることになったから」

「ふふふ〜。そうですかぁ」

ミライヤがにんまりと笑っている。この全《すべ》てお見通しですよって顔！　なんでそんな顔されなくちゃならないのよ！　ああ、でもその通りの展開になりましたよ！　解せぬ！

あたしはちょっとふくれながら、マヨネーズをカウンターに置いていく。

「今日は多めに置いていくわね。マヨネーズも回復液といっしょに配達してもらうことになってるし、あたしが納品するのはこれで最後かな」

「配達してくれる人、どんな人が来るかな〜。独身の素敵な人だといいなぁ〜」

「ええ？　もう新しい人の話？　お世辞でも、さみしいって言ってよー」

「だってユウリまた遊びに来てくれるでしょう？」

「……まぁね」

「シュカもいつでも来てくださいね。ご主人様がいなくても来ていいんですよぉ？」

『ムグー！（一匹でも来るの！）』

シュカはミライヤが出してくれたシリーゴールの実を夢中でほおばっている。シュカが言うには、風の気をたっぷり含んでいて美味《おい》しいのだそうだ。うちの神獣あちこちで餌付けされてるわよね。

「ところで、マヨネーズ買っていくお客さんってどんな感じの人が多いの？」

ズバリ、あたしと似た感じの人いない？　って聞くのは怪しすぎるから、ちょっと遠回しに聞いてみる。

「いろんな人がいますけど、リピーターが多いんですよぅ。ポーションを買ったついでにマヨネーズも買って、おいしかったからもう一度っていう感じで。遠くから買いにきた人は、冒険者風の若い男の人でしたね。セイラーさんも買いにきますよ」

セイラーさん！　卵買う時に言ってくれれば、あげるのに！

そして、その冒険者風は怪しい。若い男の申し子が冒険者やってるのかしら。マップのタグには確かに冒険者ギルドもあった。

異世界転移して冒険者ってすごい王道行ってる。ラノベ書けるわね。

せっかくお店に来たので、調合液《ポーション》の材料というか香辛料をいくつか買う。トウガラシとドライの薬草とあとちょこちょこ。

それじゃまた買いにくるわね。と、納品最終日にあたしたちは笑顔で別れたのだった。

今日は待ちに待った休日。異世界であっても休日はうれしいものでございます！

あ、正確にはお休みではなく仕事も兼ねたお出かけなんだけど。

王都は午前中の早い時間でも賑《にぎ》わっていた。

肩に乗っかったシュカが、興味深そうに街のあちこちをきょろきょろ見ている。

（『レオしゃんのとことはずいぶん違うの』）

……男爵領と王都を比べないであげて。

そのメルリアード男爵ことレオナルド近衛《このえ》団長は、そんなことを言われているとも知らず、ほんのり笑みを浮かべてとなりを歩いている。

今日は魔道具を見に街へ来たのだ。

団長からいっしょにどうだ？　と聞かれて二つ返事で乗っかった。そんな楽しそうなの行くに決まってます！

メインで見るのは魔法鞄《かばん》預かり箱。他に無人販売庫も見るそうだ。

「まずは魔法ギルドを見よう。魔道具はだいたい見本が魔法ギルドへ納められている。ギルドに委託されたものであればそこで買えるし、見本しかない物なら店を紹介してもらえるからな」

ウキウキしながら魔法ギルドへ入った。相変わらず混んでいる。

混み混みの受付ホールを抜け、「調合釜《がま》室」「魔法札《マジックカード》書写室」と書かれた扉を通り過ぎていくと、一番奥に「魔道具展示室」と書かれた扉があった。

中は広い部屋だけど細かく区切られていて、あちこちにテーブルセットが置いてある。

受付にいたギルド職員のおじさまは、魔法ギルド魔道具部門の技術主任でニコラウスと名乗った。開発の方の責任者らしい。

魔法ギルドの魔道具開発の責任者ってことは、魔道具界のトップってことじゃない？　すごい。

重鎮の雰囲気など微塵《みじん》もないニコニコ顔で、ニコラウス技術主任は魔法鞄預かり箱のブースへ案内してくれた。

何種類もの箱が置いてある。大きさもいろいろあるみたいだし、縁が木製の物の他に、鉄製の物、色ガラスが入った物など、置く場所に合わせて選べるみたい。

技術主任が、ニコニコしながら説明してくれている。

「一番最新型はこれです。これがとにかくすごいんですよ。魔法ギルドで開発したものなんですがね……」

指されたのは座布団くらいの台座の上に皿が載っており、手前側に情報晶が付いたものだ。全然箱じゃない。

「魔法鞄を魔法鞄と同じ原理で少しずらした座標にしまっておくんです。これがすごい技術でして、なかなか作り上げることができなかったんですよ。一旦《いったん》、この皿の上で結界を張るのがミソで……………あ、ごめんなさい、つい熱くなってしまいました。もちろん、身分証明具で管理しますので、出す時の間違いもありません。とにかく場所を取らないのが売りです。これ一つ置く場所があればいいだけですからね」

説明は途中耳をすり抜けていったけど、省スペースはわかった。

これいいわよね！　これなら納品口ホールの中に置いてあっても場所を取られないから、検品もホール内のままで大丈夫。

「そうそう、あとこちらは複数台を紐《ひも》づけできます。そうすることで、入り口出口が違う施設でも、移動の手間なく取り出すことができるんですよ！」

「すごい！　出入り口全部に置けば、どの出入り口からでも取り出せるってことですか⁉」

「そうなんです！　すごいでしょ⁉」

「遠く離れてても大丈夫なんですか？」

「遠く……？　あ、いや、すみません、お嬢さん。この建物の端と端くらいは大丈夫でしたが、どのくらいの想定ですか？」

「あ、いいえ、遠く離れた領でも大丈夫なら、荷物の転送とかにも使えたら便利だなぁと思って。身分証明具じゃなくて合鍵《あいかぎ》みたいな物を使って、離れた街と街でやりとりできるとか」

「！！！！　画期的！！！！　それ‼　やれそうな感じ‼　座標は固定しないようにしてあるから

多分いけるし、照合の記述に手を加えてやれば……」

そう言ったかと思うと、技術主任は走っていってしまった。

ええ？　ニコラウスさーん、お客さん放置ですかー？

「……ユウリ、すごいな。それができれば、［転移《アリターン》］を持つ者がいなくても物が運べる。高位魔法が使えない者が多いうちの領にも、物が入ってきやすくなる。他の国でも使えれば、国同士の親書のやりとりが早く確実になる。もしできたら大変役立つものになるぞ」

ちょっと思いついて言ってみただけなのよ。そんなすごいことなんて全然考えてなかったんだけど……。

あたしとレオナルド団長がそのへんの魔道具を眺めていると、ベテラン風の女性職員さんが走ってきた。

「……す、すいません……ニコラウスが、失礼いたしました……」

「お気になさらずに。あと販売庫を見せていただきたいのだが、案内を頼めるだろうか？」

「もちろんでございます。あちらが無人販売庫の展示場になっております」

連れてきてもらったあたりは、こちらも箱っぽいものが並ぶブースだった。

販売庫の方は、商品側の情報晶で選んで、受け取り側の情報晶かコイン投入口からお支払いして、受け取り皿の上に出てきた商品を取る仕組み。だから、商品一つ一つの箱に扉は付いていない。

魔法鞄預かり箱に似ているけれども、木枠や金属枠の前面が透明で、商品がよく見えるように透明度が高いガラスが使われているのがわかる。

「販売庫の方も技術の進歩で、最新のものにはいろいろな機能が付いております。たとえばこちらは全方向に明かりが付いておりまして、陰の部分も明かりを付けてちゃんと見ることができます。

こちらは前面にルーペが付いてますので、細かいところまで見えるんですよ。あとこちらが、一番のおすすめで、機能性能計量品が付いた物でございます。お客様が買う前に性能を確認できるのが売りです」

ギルド職員のお姉さまはにっこりと笑った。このお姉さまも熱がすごい。

「――さっき見たんですけど最新の魔法鞄預かり箱って、販売庫とちょっと似てますね。物と受け取り場所が離れてるところとか」

「ああ、そうでございますね！　どちらも空間魔法を使っているのですが、預かり具の方は空間魔法で使用する空間そのものを使い、身分証明具を鍵《かぎ》にしております。販売庫の方は転移魔法を使っておりますので、出し入れ場所と設置場所の間に入れる移動のクッションとして、空間魔法が使われております。似てるのですが、仕組みは少し違うのでございます」

なんとなく、わかったような？　わからないような？

魔法陣を記述する魔書師《サークルライター》にはなれないなと思った。

「見たところ、商品を入れる扉が付いてないようなのだが、どうやって入れるのだろうか。今、宿舎にあるものは裏に扉が付いていて、そこから商品を入れていたのだが」

「ああ、それは少し前の型になりますね。今のものは冷蔵冷凍温めの個別室内の温度が変わりづらいように、開かない設計になっております。入れる時も取り出し皿に商品を置き、情報晶で操作して中へ商品を入れるんですよ」

「ほう。進歩しているんだな。それでは何年かごとに新しいものを買わないとならないな」

ええ、よろしくお願いします。とお姉さまは笑った。

レオナルド団長とギルド職員のお姉さまは、納品日や金額など詳しい話をするべくテーブルへと移ることになった。

あたしはもっと魔道具が見たかったので、部屋の中を見て回ることにした。

足を止めたのは調合釜のブース。

調合専用の釜というのがあるらしい。説明書きには、魔力の伝わりが速いとか、かき混ぜ補助付きとか、発熱冷却機能付き熱源いらず！　とか書かれている。

でもどれもあまり大きくなくて、今使っているスープストック用特大寸胴の半分以下の大きさだ。

……魔力量の差か……。

もっと大きいのがあれば欲しかったんだけど。残念。

◇◇◇

調合釜のブースには魔コンロも置かれていた。一般家庭で使われている家魔具としてのコンロというよりは、調合師《ミキサー》向けの機能が付いたものだ。火力調整が細かくできるものや、冷却機能が付いたものがある。

ある程度温度が下がってから瓶に詰めているけど、待っている時間は確かにちょっともったいないのよ。自然に温度が下がってからと思い込んでいたけど、急速冷却って品質変わらないのかしら。

眺めたり考え込んだりしているところへ、レオナルド団長とギルド職員のお姉さまが来た。

「どうした？　何かおもしろいものがあったか？」

「あ、急速冷却って調合液《ポーション》の品質変わらないのかなと思ってたんです」

「ええ、急速冷却をいたしますと、品質は変わります。ただ、ほんの少しでございます。それでも気にされる方は、自然に冷めるのを待ってから瓶に詰めておりますね。品質が変わらない程度に［冷却］をかける方もいらっしゃいますよ」

なるほど。やっぱり急速冷却は品質が変わるのね。魔法とかを使ったとしても、徐々に下げるなら大丈夫ってことか。

「勉強になりました。ありがとうございます」

「いえいえ。興味を持っていただけるのはうれしいことでございます。神獣をお連れになるほどの獣使い《ビーストテイマー》でいらっしゃるなら、調合液《ポーション》もよく使われますでしょうし、選ぶ時の参考にでもなれば幸いです」

本当にシュカを連れているだけで調合師《ミキサー》だとは思われないみたい。

あたしたちは挨拶《あいさつ》をして、魔法ギルドを後にした。

「そろそろ昼になるが、ユウリは何か食べたいものがあるか？　休日に仕事してもらったお礼に好きなものをごちそうしよう」

「いいえ、その分のお給料が出ると聞いてますし、お金は自分で払いますけど、その……レオさんは、『黄金のリンゴ亭』というお店を知ってます？」

あたしがそう言うと、レオナルド団長はニヤリとした。

「ああ、それはいいいな。近衛《このえ》団の誰かに聞いたか？」

ダーグルマップ見ました！　なんて本当のことは言えないので、曖昧《あいまい》にええ、まぁ……と笑ってごまかした。

お店はすぐ近くだった。お昼前だったせいか、店内はまださほど混んではいない。

団長が店員さんに何か言って、あたしたちが通されたのは二人掛けのテーブルが置かれたこぢんまりとした個室だった。

注文をレオナルド団長にお任せすると、まずは黄金のリンゴ酒、シードルとお皿に入ったリンゴ水が出てきた。リンゴ水はシュカの分らしい。グラスが二脚とフルボトルが一本そのまま置かれる。

団長の大きな手が上品にグラスへ注ぐ。立ち上る泡に見惚《みと》れていると、グラスを手渡された。

「いただきます」

甘酸っぱい爽《さわ》やかな香りが鼻を抜ける。ひやりとした黄金色が、シュワッと口の中で弾《はじ》けた。

甘さが控えめの辛口で、酸味がやや強め。いわゆる料理を選ばない味だ。

「美味《おい》しい……」

ほぅとため息をつく。喉《のど》も渇いていたから格別に美味しいわ。

『クゥ――（おいしいー。ぼくリンゴ大好きなの）』

うちの神獣も大満足のよう。レオナルド団長の膝《ひざ》の上で目をトロンとさせている。

「レオさん、シュカもすごく気に入ったみたいです。リンゴ好きらしくて」

団長はシュカをふわりと撫《な》でた。

「そうか。うちの領もリンゴを育てているんだぞ。山の方には野生のヤマリンゴもある。あと四か月もすれば時期が始まるな。シュカも食べにくるか？」

『クー！　クー！（行くー！　ぜったい行くー！）』

すっかり餌付けされてる気がする。

練習で使った記憶石《アンカーストーン》があるから、男爵領は行こうと思えば行ける。［転移《アリターン》］はまだちょっと失敗が多いけどね。

運ばれてきた料理は、ポクラナッツ油がかかったサラダに、溶けたチーズがのったパン、根菜とブロックの豚肉がこんがり焼けたローストポーク。

どれもリンゴ酒と合います‼　豚肉ってリンゴと合うわよね。厚切りのローストポークは、塩がまぶされた外側がカリッとした食感なのに、中の肉は柔らかくて甘い。美味しいー！　お酒が進んじゃう。

それにしても、レオナルド団長のチョイスって本当にあたしの好みとぴったり。弟よりも似てるかもしれない。異世界の人なのに。不思議。

ちらりと見ると、目が合った。

うん？　なんだ？　みたいな優しい顔をするから、困って目を伏せた。

「……あ、あたしがいた国では、こういうローストポークをリンゴソースで食べることもあるんですよ」

「ほう。リンゴがソースになるのか？」

「はい。甘酸っぱいソースなんですが、肉の味を引き立てるんです。……ただ、使う調味料がこちらになくて、どう再現できるか今考えていました」

醤油《しょうゆ》がないのよ。醤油は作るのが難しいわよね。まだ味噌《みそ》の方が実現できそうな気がする。手作り味噌はよく聞いたけど、手作り醤油は聞いたことがないもの。

「そうか。こちらでは肉に果物を合わせることはないな。それは食べてみたい気がする」

「合わない感じがしますよね。でも不思議と美味しいんです。いつか再現できたら、味見してくださいね」

「食べさせてくれるのか。楽しみに待っているぞ」

それからさっきの魔道具の話をしてくれた。

二週間後に王城管理委員会の定例会があるのだそうだ。そこで手荷物検査の件が通る予定で、すぐに設置できるように話がついたらしい。

あの最新型の手荷物預かり具にしたみたい。箱じゃないから預かり具なんだって。それぞれの出入り口に一台ずつ、三台。その場ではイイネ！　って盛り上がったけど、金額のこと考えると怖いっ……。

「──預かり箱を置く予定だった外の場所は、そのままになるってことですか？」

「そうだな。使ってもいいという陛下の許可は出ているが、この予定だと使わないことになりそうだ」

納品口の外は青虎棟と金竜宮が繋《つな》がる角の部分だ。ちょっと陰になる場所もあり、東門までは何もなく広々として気持ちがいい場所。なんとなく使わないのももったいない気がした。

「──屋根があってベンチが置いてあるような、ちょっとした休憩場所があるといいなと思ってたんですけど、そういうのには使えませんか？」

「休憩場所か。そういえば、金竜宮の下働きの方からそういった希望があると聞いてたな」

「魔法鞄《かばん》を中に持ち込めなくなると、外でちょっと休憩っていうのが増えるんじゃないかと思うんです。あと、すごく私用で申し訳ないんですけど、おべんと……や、家で作ったごはんが気兼ねなく食べられる場所があったらうれしいなと思って」

「気にせず食堂で食べていいんだぞ」

「でも、食堂で出ないごはんを食べているとすごく見られたりして、申し訳ないような恥ずかしいような、落ち着かないんですよね……」

「そうか、それはかわいそうな気もするな。ふむ……。確かに外の休憩所というのはいいかもしれない。闇曜日と調和日の『零《こぼ》れ灯《び》亭』の混雑も解消されそうだし、わかった。こちらも会の方で出してみよう」

やった。言ってみるものよ。

王城ってもっと固いものかと思ってたけど、臨機応変で対応早いわよね。陛下が采配《さいはい》しているからかしらね。管理や賃金も王の私財からって言っていたし。

薬草畑のことも議題に挙げるって聞いている。二週間後の会以降はいろいろ変わりそう。忙しくなるけど、楽しみ。

そして結局、レオナルド団長にごちそうになってしまった。『黄金のリンゴ亭』って提案してくれたお礼だって。それにお礼いる⁉　でもごちそうさまでした！

# エピローグ　申し子、休日の過ごし方

連休二日目は、シュカと裏の森へ遊びに行った。

シュカはうれしそうにぴょんぴょんと飛び跳ねて、草むらに顔を突っ込んでいる。

「シュカー、なにかおもしろいものあったらおしえてねー」

『クー！（わかったのー！）』

「虫とかヘビはいらないからねー」

この国ではそろそろ夏の前の雨期に入るのだという。

今日はしばらく使う分の薬草を、雨が降る前に摘みに来たのだった。

森には獣道よりは太い道が通っており、木漏れ日が降り注いでいる。

あたしは立ち止まり「[空読《リウエザ》]」と魔法を唱えた。

胸の前に水盤のような輪が広がり、半球状に青が映し出される。所々にある雲は刻々と形を変え、薄《う》っすらと紫色の風が渡っていった。

この魔法で見えるのは今の空模様で、これが読めるようになると先の天気が予想できるのだ。

腕のいい天気読み魔法使《メイジ》いは数か月先まで予想したり、ざっくり一年を予想することもあるそうで、どこの領でも引っ張りだことか。特に農業がさかんな地域なら、絶対に欲しい人材よね。

でも残念ながらあたしには、現在晴れで森にいる間は晴れているだろう。ということくらいしかわからなかった。凄腕《すごうで》魔法使《メイジ》いまでの道は遠いわ。

『クー！　クー！（ユーリ！　おいしい実がなってるよ！）』

鳴き声のする方へ行くと、草にまぎれた低い木に黒色のように濃い青紫色の実が生《な》っていた。

シュカはすでに口元を紫色にしてかぶりついている。

こんな雑草みたいな木をよく見つけるわよね。よく見てみれば、近くに同じ木がいくつも実をつけている。

「鑑定」

■ ナイトビルベリー／食用可　体によい成分あり

スキル値が上がった鑑定［食物］が微妙な仕事をしている。体によい成分ってざっくりし過ぎじゃない？

［洗浄］の魔法をかけて一つ口に運ぶと、見た目のまんま濃くて甘い。ブルーベリーと巨峰の間のような味だった。

このままにしておいたら雨でダメになるだけだろうから、摘んでいってもいいわよね。

鳥が食べる分を残して、熟していた実だけ摘んだ。

あとはベースになるブルム、アバーブの葉、レイジエの根と、鑑定をかけて体によいと出た葉を数種類いただいて帰った。

摘んできたナイトビルベリーは調合液《ポーション》にするほどの量はなかったので、生食分を少し残しあとは果実水にしてしまう。瓶にナイトビルベリーと［創水］で出した水を入れ、魔冷蔵庫へイン。魔法鞄に入れちゃうと時間経過がないから、魔冷蔵庫へ。明日の朝には美味《おい》しく飲めるかな。

回復薬を作ったり『音《おと》ってみた』を見たりしていると、そろそろの頃合《ころあ》いになってきた。

夕方、ちょっとだけお洒落《しゃれ》なんてして、シュカもブラッシングされてフカフカになって、待ち合わせ場所へと向かう。

着いた場所は『零れ灯亭』。

一番奥の個室に案内されて入れば、ミライヤ、ルーパリニーニャ、リリーの女子たち三人に出迎えられた。

「あ、ユウリが来ましたねぇ」

「おそいぞー！」

「お疲れ様ですぅ」

本日、女子会開催。

遅番のルーパリニーニャが休みで、早番のリリーが翌日休みの日に予定を立てたのだ。東門が夜九時に閉まってしまうため、ミライヤはうちにお泊まり。宿泊の申請は抜かりなく通っている。

ミライヤと警備女子二人は、お店の人とお客さんの関係で元々知り合い。ルーパリニーニャとリリーはもちろんお互い知ってはいるけど、女子はバラバラに配置されるからじっくり話をしたことがないということで、三人は初の飲みということになる。

あたしもミライヤとしか飲んだことがないから、楽しみだわ。

ミライヤはエール、警備女子はワイン、シュカは果実水と回復液が手元に来たところで、お疲れ様でしたーと会が始まった。

「警備女子の集まりに呼んでいただき、ありがとうございますぅ！」

ミライヤがエールを両手で持ってお辞儀した。いきなりおもしろいんですけど。

ルーパリニーニャは膝にシュカを乗せて、ゴキゲンでワインをあおっている。

「三人しかいないからなー、多い方が楽しいに決まってるよなぁ」

「そうそう、ミライヤ来てくれてありがとー」

「ミライヤさん、よろしくお願いしますね」

おっとりと言うリリーに、ミライヤが首を振った。

「ミライヤでいいです！　リリーさん！」

「私もリリーでいいですぅ、ミライヤさん」

白ヤギさん黒ヤギさんが浮かんだのはなぜかしら……。

リリーは上品にワインを飲み、あっと声をあげた。

「いいニュースですぅ。お二人はお休みだったからご存じないと思いますけど、新しい女の方が警備に入ってくるみたいですよ～」

「え、本当⁉」「そうなのか⁉」「もう一人入ってきたらユウリは辞めて調合に専念できますね……ふふふ」

小さい声でなんか変なのが聞こえた気がする。

「なんでも金竜宮のお掃除の人で、異動を希望したらしいです～。男爵家の四女とかいう噂《うわさ》で」

そうそう、王城内で働いている人は、基本的にお掃除の人まで貴族か元貴族の親族だ。厩務員《きゅうむいん》のルディルですら、子爵の子息。とにかく身元の確かな人しか勤務できない。

近衛《このえ》団だけ特別に、国軍で五年働いた人も在籍することができるけど、その場合は軍が身元を保証しているということになっているらしい。

その新しく入ってくる男爵家の息女さんは、リリーが見たところしっかりした感じの三十から四十歳くらいだという話だった。

「へぇー、まぁ護衛隊にはそのくらいの女衛士《えいし》が何人もいるしな。警備にいてもいいよな」「……ユウリの恋のライバル登場でしょうか……」

ルーパリニーニャが言う向かいで、やっぱりミライヤが小さくなんか言ってる気がするのよ。

「ミライヤ？　なんか言った？」

「いえー、なにも言ってないですよぅ？　っていうか、みなさんおいくつです？　ワタシは二十四歳なんですけど」

「アタシは十九だぞ」

「私は二十一歳です」

ニーニャ、十代なのね⁉　この国では十八歳で成人を迎え、お酒が飲めるようになり結婚もできるようになるから、十九で飲んでても問題ないんだけど。

それにしても二人とも若いわね。

そんな若者たちに対して、勝手に後ろ向きなのはピンク髪の調合師《ミキサー》。

「……うぅ、みんな若いですね……ユウリも若いですよね……」

「何言ってるのよ、ミライヤの方が若いに決まってるじゃない。言ったことなかったっけ？　あたし、二十六よ」

あたしがそう言うと、えええええ――――⁉　と三人に叫ばれた。

何よ、二十六歳じゃダメなの？

「ユウリ衛士、同じくらいの年だと思ってました～」

「そうだよなぁ、そんな上だとは思いもしなかったぞ」

「大丈夫です、ユウリ！　そんなに変わらないです！　これからですよぅ」

なんか微妙にチクチクするし、これからなんなのかしら。

次は何食べます？　ユウリの好きなものでいいぞ。ってなんとなくみんなが優しいのも解せぬ。

宴もたけなわになってくると、いろんな話が飛び出す。

リリーの家が元男爵家で、魔素大暴風の時に被害が大きくて国に税が納められず、爵位を返上した話は涙を誘った。

リリーも働きに出るしかなく、馬に乗りたかったから国軍の騎馬隊に行きたかったけど、親に反対されて近衛にしたって、そりゃ反対されるわよ。

ミライヤの年ごろの男の人との出会いがないという切実な話も、みんなの涙を誘った。

「近衛団なんて、男の人いっぱいいるじゃないですかぁ！　うちなんて、お客さんは疲れてくたびれたおじさまばっかりなんですよ⁉」

失礼な。それ、高位文官さんたちよね？

「男がいればいいってもんじゃないぞ。ロクでもないのもいるんだからな」

ルーパリニーニャがそう言うと、あたしもリリーも思いっきり首を縦に振った。

「そうですよ〜。今は懲戒免職だとか謹慎処分だとかで、ずいぶんよくなりましたけどね。警備だって嫌な男性はいるんですよ」

「おお、そうだな。結局ロドリコも辞めちまったらしいな。さっぱりしたな！　ハハハ！」

あら、槍《やり》男を売った本人も辞めちゃったのか。ま、謹慎なんて不名誉な処分を受けたら居づらいだろうね。

ますますお酒が美味しいわ。

いい人がいたら紹介してほしいとちゃっかり頼んでいるミライヤは、好みのタイプを聞かれてどんなタイプでもいいとか言いつつ「背が高くて細くて優しくてかっこいい人ですかねぇ」とか両手を組んで目をキラキラさせていた。どんな人でもいいって割に、条件多い。

「んー、護衛隊長とかか？」

「駄目です！　キール隊長は駄目！　私の王子様だから駄目！」

リリーがドンと机を叩《たた》いて、すごい迫力であたしたち三人は引きました。はい。

リリーはああいう正統派な美形さんが好きなのね。

青みを帯びたプラチナブロンドに切れ長の目、スマートな物腰。確かに王子様っぽい。って言っても本物の王子様見たことないけど。

「あ、キール護衛隊長さん、知ってますよぅ。でも、綺麗《きれい》過ぎません？　美人過ぎてちょっと緊張しちゃうかも」

「アタシもああいう細いのより、ロックデール副団長みたいな男がいいな。やっぱ男はがっちりとして腕っぷしが強くないとな！」

がっちりと腕っぷしが強い男がいい。っていうのには同意する。ロックデール副団長は素敵だし。

大人の余裕みたいなのがあるわよ。

「ニーニャさーん、じゃぁ団長さんはどうです？　がっちりと腕っぷしも強いですよぅ？」

ミライヤ、そこでなんでニヤニヤしながらあたしを見るの。

あたしはそっぽ向いてワインを飲んだ。あー、美味《おい》しい。

このラムチョップも美味しい。

シュカのお皿にも取り分けてあげようと思ったら、ルーパリニーニャの膝《ひざ》の上でもうすっかり丸くなって寝ていた。

「んー、団長かぁ。男爵様、スカしててなぁ。副団長みたいな男の色気っていうか、野性味が足りないんだよな」

「ニーニャ衛士、それ以上にあの顔が怖いですよぅ！　体も大きくて怖いし、団長はないですよ～」

「そ、そんなことない！　……と思うけど……」

ミライヤのニヤニヤが痛いわ……。

「そういうユーリはどういう男がいいんだ？　マクディ副隊長と仲いいよな。エクレールともよくしゃべってるし」

「私が他の早番の人に聞いたのは～、国土事象局の長官補佐に口説かれてるとか～」

「モテですか？　モテですね？　ユウリが憎いですぅ！」

痛い痛い痛い！　笑いながら二の腕叩かないで！

ミライヤとリリーは、すっかりできあがっている。

ニーニャは酔わないでよ。三人運ぶとか無理だから。

「いやいやいやいや。補佐の人はよく知らないし挨拶《あいさつ》程度よ？　エクレールはまぁちょっと話するけどなんか恐れられてるし、マクディ副隊長は若いのに仕事できる人でわりと好きだけど、弟みたいな？」

「じゃ、誰《だれ》がいいんだよ」

「そうですよー。キール隊長は駄目ですよー」

「さぁさぁ、吐くがいいですぅ」

うわぁ、困った。どうしてこう女子たちは恋バナ的なものが好きなの。若いノリで誰々さんが～

とか言える年でもキャラでもないんだけど……。

って言うかね、こんな入ったばっかりで誰がいいも何もないわよ。レオナルド団長以外にそんなによく知らないから！

苦笑しながらのらりくらりしていると、

「大人ぶってるんじゃないですよぅー！」

というミライヤのくすぐり攻撃に落城した。

なんか吐かされて生暖かい目で見られたわよ……。一生の不覚……。

◇◇◇

雨期直前の休日。俺はユウリと魔法ギルドへ出かけた。

ユウリもシュカも街を見ながら楽しそうだ。となりで歩いていてうれしくなってしまう。

半分仕事のような休日ではあるが、このくらいの役得はあってもいいだろう。

魔法ギルドでは、今度王城で導入する魔法鞄《かばん》預かり具の納品手続きを進め、領の方で使う販売庫の話も聞いてきた。

預かり具の方は城で使うのにぴったりのものが最新版ででていて、ちょうどいいタイミングだった。ユウリのお眼鏡にもかなったようだし、高価ではあったが王城で使うに不足なしだろう。

のんびりと食事をして街を散歩して帰ってくると、部屋で待っているのは領の仕事の山だ。

ため息をひとつつき、書類の山へ向かった。

正直、あまり書類仕事は得意ではない。だが、あと残っているのは住人たちからの意見書だ。これを読むのは嫌いじゃなかった。

『ノスラベンダーが咲き始めました』『マイガロフィッシュの群が北上しとります』『再・火熊《レッドベアー》出没。注意が必要』など、領のことがわかる。

意見書という名の領主宛《あて》の手紙みたいなものだ。下に小さく『お体に気を付けてくださいませ』と書いてあるものもあった。いつも領にいられない領主でも気遣ってもらえるとは。

火熊《レッドベアー》はどうなっただろう。脅しは設置してあるし、自衛団が対処するとは聞いているが、心配なところだ。

書類の山がほぼなくなったころに、領主補佐のアルバートがやってきた。

「サウデラ山の火熊《レッドベアー》はどうなってる？」

「時々姿が見えているそうですが、里には出てきてないとのことです。［稲妻］の結界が効いているみたいですよ」

デラーニ山脈に属するサウデラ山はやはり土の気が濃く、魔物が好む土地だった。火熊《レッドベアー》や他の魔獣が多く生息しており、時々こうした騒ぎになる。

山の麓《ふもと》付近に脅しの結界を敷き詰めるのはお金がかかったが、安全には代えられない。

この結界は最近開発されたもので、人には無害にできているのだ。こういった進歩は本当にありがたい。

「あと、例の土地の方ですが、月光邸から南下した、海の見える見晴らしのいい丘を検討しています。民家が集まっているあたりからも近い場所ですね。記憶石《アンカーストーン》渡しておきましょうか？」

「そうだな、もらっておこう。時間がある時に見に行っておく」

ユウリを連れて行ったら喜ぶだろうか。白狐《びゃっこ》印の調合液《ポーション》を売る売店の話が本当になって、驚くだろうか。ああ、それなら、決まって店ができてから連れて行って、驚かせるのもいいかもしれない。処理済みの書類を渡し、未処理の書類を受け取る。読んでも読んでも終わらないのはなぜなんだろうな……。


「行き来してもらって悪いな、アルバート」

「まぁ、そんな時もあるでしょう。――――秋まで、ですね?」

「陛下から正式に話を頂いた。多分、そうなるだろうな」

「そちらの準備も進めないとなりませんね。とりあえず領のことはお任せください。あなたのお兄様が……ペリウッド様が手伝いに来てくれますし、なんとかなりますよ」


アルバートは夕食を置いて帰って行った。

今晩はグリルしたマイガロフィッシュと、ボゴラガイと野菜のスープだった。ありがたい。もう数か月もすれば、こういった自領の料理が毎日の夕食になるのだろうな。

料理をする小柄な姿が勝手に思い浮かんで、困った。

昼間シードルを飲んでいた時も、リンゴソースができたら「味見してくださいね」なんて可愛《かわい》いことを言っていた。


――――手を伸ばしてはいけない人だというのに。

王城に降臨した申し子。そこが望まれた場所だというのなら、そこで花咲くのだろう。連れては行けない。

だが、喜んでほしくて笑顔でいてほしくて、何もかも与えたいし、全力で守りたい。そう思うことくらいは許してほしい。

俺はまたひとつため息をついて、食事の支度を始めた。

次の日、一日の引き継ぎを副団長のウィリアムとしていると、マクディが下番の報告へやってきた。

特に異常がない時は省略でよいとしているため、何かあったのかと身構えるとそういうわけではないらしい。

「団長、あの、手荷物検査のことなど聞きたいこともありますので、よかったらこの後飲み……食事でもどうですか？」

「ロックデールと飲む約束しているんだが、いっしょでいいか？」

「もちろんです！　お二人とごいっしょできるなんて光栄でっす！」

また、思ってもいないことを。その証拠に口元が笑いそうにピクピクしている。

全く……。ウィリアムと目を合わせると、落ち着いた壮年の佇《たたず》まいで苦笑いをしていた。

「二人で先に始めていていてもいいぞ」

「はい！　では『零《こぼ》れ灯《び》亭』で待ってまーす！」

……そうか、今日は店で飲むのか。いつも二人で飲む時は、つまみを買ってきて部屋で飲んでいたのだが、たまには外で飲むのも悪くない。

マクディが去った後は、一日の引き継ぎを再開する。

警備隊へ女性の入隊希望者が来たことを話すと、ウィリアムもほっと顔が緩んだ。

女性衛士の不足は近衛《このえ》団の長年の悩みの種だったが、ここにきてにわかに解消の兆しが見えてきた。

やはり女性用の制服のおかげだろう。今思えば、なぜ女性用の制服が必要だと気づかなかったのかと思うが、以前は全く考えも及ばなかったのだ。

こうやって希望者が現れたところを見れば、本当にそこに敬遠される理由があったのだとわかる。

教えてくれた王城裁縫師《ロイヤルテイラー》とユウリにはお礼をしなければなと、改めて思うのだった。

仕事後、着替えをしてから『零れ灯亭』へ行く。個室に案内され部屋の中へ入ると、ロックデールとマクディが妙な雰囲気だった。

ロックデールはこめかみを押さえ、マクディは背を丸めて首《こうべ》を垂れている。

「……どうした？」

俺がそう声をかけると、ロックデールは声を潜めた。

「……いや、どうというわけではないんだがなぁ……」

となりの部屋からは賑《にぎ》やかな笑い声が聞こえている。

『……そん時、あのクソ隊長がなー……』

『ニーニャ衛士《えいし》、お行儀悪いですよぅ』

『ハハハ！　悪《わり》ぃ悪ぃー！』

『……まぁまぁ、そこがニーニャの可愛いところよ』

…………察した。

どういうことだと目線をやると、マクディが神妙そうな顔をしつつ目が笑っていた。

どうやら、知っていてわざとここへ来たようだ。

「部屋を変えてもらうか？」

「まぁまぁ団長様……。とりあえず飲み物でも……」

置いてあった新しいグラスへワインが注《つ》がれてしまう。

マクディめ、なんとしてでも女性衛士たちの話が聞きたいのか。

この警備副隊長は、時々こういういたずらをする。それでも憎めないのが得な性格だな。

ロックデールも眉間《みけん》にしわを寄せながら苦笑した。

「マクディ、今晩の酒代はお前持ちだぞ」

「えー！　そんなひどいっす！　お二人の酒の量は人外じゃないですかぁ！」

「酔うと声がでかくなるからなぁ。となりの部屋に気を遣って、そこそこにしておいてやる」

「くぅ……。ちょっとした好奇心だったのに……」

好奇心、マクディを殺す。だな。

自分のその性格を省みるいい機会にしてもらおう。

聞こえてくる話はなるべく聞かないように酒とつまみに集中することにして、俺もグラスに口を付けた。

◇◇◇

となりの個室にはルーパリニーニャとリリー、ユウリとシュカと『銀の鍋《なべ》』の店主がいるらしい。

話を聞かないようにするのも気を遣うが、こちらの話題も考えないとならないぞ。男同士の遠慮のない会話というわけにはいかないじゃないか。

「――レオ、さっきマクディとも話していたんだがな、新しい副団長にエクレールはどうだ？」

「エクレールか。騎士科出てるんだったな？」

「ああ、騎士科卒で警備隊志望した変わり種だ。騎士科出てれば副団長になれるし、なんだかんだで今一番人数が揃《そろ》ってるのが警備隊だしどうよ？」

「そうだな、検討してみよう。護衛隊からも推薦があれば出してもらうことになっているからな。警備隊はエクレールを抜いて大丈夫か？」

「配置を変えたので人数的には大丈夫ですけど、早番の要《かなめ》の一人なんで早番に負担がかかるかもしれませんね」

早番は少し年がいった衛士が多い。エクレールを抜くと新人ではない若い衛士が少なくなるということか。ユウリの負担が増えるのはかわいそうだ。

「――そういえば、今日挨拶にきていた女性が入団したら……ユウリは退くということでいいのか？」

「やだ、団長ー。駄目に決まってるじゃないですかー。絶対に逃しませんよ？　少なくとも新人が定着してくれるまでは引き止めますから」

マクディ、ふざけたような言い方の時から、目は笑ってなかったぞ。

だが、まぁそうだろうな。入団しても辞めてしまう者も多い。ユウリも優しいし責任感が強いから、残ってはくれるだろうが、やりたいことだけやらせてあげられない申し訳なさが残る。

また次の女性の志望者なんて、いつになるかわからないだろうに。

ふとした間。

『駄目です！　キール隊長は駄目！　私の王子様だから駄目！』

どうしたものか反応に困る言葉が降ってきた。思わず三人で目を合わせた。

この声はリリー衛士だな。そうか、キールが好きなのか。

うちの護衛隊長はとにかく人気があり過ぎる。以前、俺に手紙を託した猛者《ご令嬢》もいた。

『……あ、キール護衛隊長さん、知ってますよぅ。でも、綺麗《きれい》過ぎません？　美人過ぎてちょっと緊張しちゃうかも』

『アタシもああいう細いのより、ロックデール副団長みたいな男がいいな。やっぱ男はがっちりとして腕っぷしが強くないとな！』

不意に出た己の名前に、ロックデールがぎょっとなった。そしてその後、我慢してるようでいて、どうにもしまりのない顔をしている。

『ニーニャさーん、じゃぁ団長さんはどうです？　がっちりと腕っぷしも強いですよぅ？』

ぶっ。

俺は飲んでいたワインを吹き出すところだった。

『んー、団長かぁ。男爵様、スカしててなぁ。副団長みたいな男の色気っていうか、野性味が足りないんだよな』

『ニーニャ衛士、それ以上にあの顔が怖いですよぅ！　体も大きくて怖いし、団長はないですよ〜』

………世を儚《はかな》みたくなった。

今すぐにでも退団して領に帰ろうか……。

遠い目をして壁を見ていると、他の二人の気の毒そうな雰囲気が肌に刺さる。

リリーの追い打ちの言葉で完全に表情をなくしていると、

『そ、そんなことない！　……と思うけど……』

天使の声が聞こえた。

生きろと、神は仰《おつしや》るのか――――。

もう完全に聞き耳態勢に入ってしまう。

『そういうユーリはどういう男がいいんだ？　マクディ副隊長と仲いいよな。エクレールともよくしゃべってるし』

『私が他の早番の人に聞いたのは～、国土事象局の長官補佐に口説かれてるとか～』

マクディもすっかりへらへらした笑顔をなくして、顔を赤くしている。

国土事象局の長官補佐？　口説かれているってどういうことだ。そんな話聞いてないんだが。

『……いやいやいやいやいや。補佐の人はよく知らないし挨拶《あいさつ》程度よ？　エクレールはまぁちょっと話しするけどなんか恐れられてるし、マクディ副隊長は若いのに仕事できる人でわりと好きだけど、弟みたいな？』

マクディは『わりと好き』でパッと顔を輝かしたが、『弟みたい』で真顔になった。

『じゃ、誰《だれ》がいいんだよ』『さぁさぁ、吐くがいいですぅ』等、責める言葉が続いた挙句、実力行使に出たらしい。

『……やめてやめてー！　くすぐらないでーっ……!!』

息も絶え絶えな天使の……いや、ユウリの声が聞こえてきた。

『言う！　言います！　レオさん……レオナルド団長で、お願いしますっ……』

――――――――!!

俺はとっさに口元を押さえて、横を向いた。

二人の顔を見られる気がしない。

なんとなく、にやにやした視線も感じるし、うらめしそうな視線も感じる。いやそれは、マクディ、お前が蒔《ま》いた種だぞ……。

「……ここは俺が出そう。マクディ、酒頼んでくるといい。俺の分は辛口の白ワインと炭酸水を頼む。つまみも好きなもの持ってこい」

「あぁ、俺はカリコリン種の赤で頼むなぁ」

「了解しました！」

俺が出すと言った途端に元気になった現金な部下を見送る。

残された三十路《みそじ》二人は、どちらからともなく大きな息を吐いた。


すっかり飲んで食べて愚痴を言って、マクディは部屋へと戻っていった。

となりの部屋のお嬢様方も帰っていき、部屋は静かだ。

俺たちはゆっくりとグラスを傾ける。

「……で、レオはどうするんだ？」

「どうも何もないな」

「アレを聞いてもか？」

俺の名を呼んだ、声。

それがどういう意味合いなのかなど、男女の関係に疎《うと》い自分にわかるはずもなく。ただ一番親しい人の名を挙げたのだろうと思うのが、自然な気がした。そんな理由でも、選んでくれたのがうれしかった。

「――――第一、王城に降臨した申し子を、連れ去るわけにはいかないだろう」

「俺は光の申し子伝説には詳しくないからな、そんなもんはクソくらえだ。お前はちゃんと申し子を見ているのか？　申し子がいれば王城は栄えるかもしれん。だが申し子はそれで幸せになれるのか？　言い伝えを守るのと、申し子が幸せになるのとどっちが大事なんだ？」

旧友の珍しく熱い言葉を黙って受け止めた。

胸の中の何かが音を立てて崩れたような気がした。

申し子の幸せ、か。

「申し子の自由にさせると、陛下が仰ったんだろ？　それなら、お前についていきたいと、向こうに思わせればいいだけだ」

ニヤリと笑うロックデールに、苦笑を返す。

「……婚約破棄を二度もされている身には、荷が重い話だな」

「ま、『ついてってあげなきゃ』でもいいんじゃねーの」

思わず二人で笑った。

それは少々情けなくはないか？

だが、ユウリにそれを言われるのも悪くないな……。などと、俺はしょうのないことを思い、最後のワインを飲み干した。

# あとがき

みなさま、はじめまして。くすだま琴《こと》と申します。この本が初の書籍化作品となります。どうぞよろしくお願いいいたします。

こちらは『カクヨム』というＷｅｂ小説サイトで公開していた作品で、第5回カクヨムＷｅｂ小説コンテストの異世界ファンタジー部門にて特別賞を受賞し、書籍化という機会を与えていただきました。いつも応援してくださる読者様、ありがとうございます。このような機会をくださった『カクヨム』様にもお礼申し上げます。

この物語は異世界へ転移した主人公がいろんな人と出会い、いろんなことを経験して、少しずつ馴染《なじ》みながら暮らしていく話になります。知らない世界だけど、でもどこか懐かしい街を旅するような、そんな風に楽しんでもらえたらうれしいです。

イラストを描いてくださいましたぽぽるちゃ様、小物の細部まで素敵で主人公たちはかわいくかっこよく感激です。コンテストで選んでくださったカドカワＢＯＯＫＳ編集部のみなさま、右も左もわからない新人にご指導くださった担当Ｈ様、大変お世話になりました。感謝しかありません。

書籍の発売にあたり、携わってくださったすべてのみなさまに厚くお礼申し上げます。

そして、背中を押してくれた友人たち、温かく見守ってくれた家族、シュカの名付け親のＴにもたくさんの感謝を。

最後にこの本をお手に取り読んでくださったあなたへ最大の感謝を。ありがとうございます！

それではまた次巻でお会いできることを心から願って。

カドカワBOOKS

# 警備嬢《けいびじょう》は、異世界《いせかい》でスローライフを希望《きぼう》です
## ～第二《だいに》の人生《じんせい》はまったりポーション作《づく》り始《はじ》めます！～

2020年12月10日　初版発行

著者／くすだま琴《こと》

発行者／青柳昌行

発行／株式会社KADOKAWA

〒102-8177
東京都千代田区富士見2-13-3
電話／0570-002-301（ナビダイヤル）

編集／カドカワBOOKS編集部

印刷所／大日本印刷

製本所／大日本印刷



●お問い合わせ
https://www.kadokawa.co.jp/（「お問い合わせ」へお進みください）
※内容によっては、お答えできない場合があります。
※サポートは日本国内のみとさせていただきます。
※Japanese text only


Printed in Japan
ISBN 978-4-04-073890-1 C0093

# 新文芸宣言

かつて「知」と「美」は特権階級の所有物でした。

15世紀、グーテンベルクが発明した活版印刷技術は、特権階級から「知」と「美」を解放し、ルネサンスや宗教改革を導きました。市民革命や産業革命も、大衆に「知」と「美」が広まらなければ起こりえませんでした。人間は、本を読むことにより、自由と平等を獲得していったのです。

21世紀、インターネット技術により、第二の「知」と「美」の解放が起こりました。一部の選ばれた才能を持つ者だけが文章や絵、映像を発表できる時代は終わり、誰もがネット上で自己表現を出来る時代がやってきました。

UGC（ユーザージェネレイテッドコンテンツ）の波は、今世界を席巻しています。UGCから生まれた小説は、一般大衆からの批評を取り込みながら内容を充実させて行きます。受け手と送り手の情報の交換によって、UGCは量的な評価を獲得し、爆発的にその数を増やしているのです。

こうしたUGCから生まれた小説群を、私たちは「新文芸」と名付けました。

新文芸は、インターネットによる新しい「知」と「美」の形です。

2015年10月10日
井上伸一郎